JN328080

慶應義塾大学法学研究会叢書　別冊［16］

André Breton

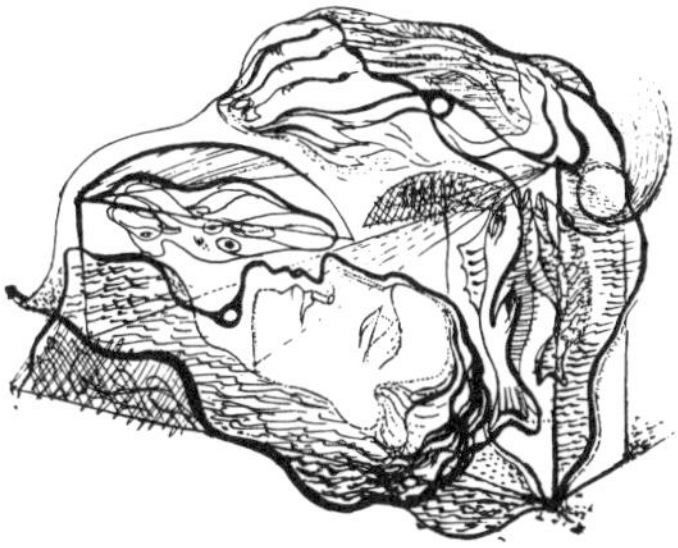

アンドレ・ブルトンの詩的世界

朝吹亮二

慶應義塾大学法学研究会

アンドレ・ブルトンの詩的世界

アンドレ・ブルトンの詩的世界　目次

II

凡例

本書ではアンドレ・ブルトンの作品の引用は次のプレイヤード版全集に拠った。
André Breton, *Œuvres complètes* I, Gallimard, Bibliothèque de la Pléiade, 1988.（主に 1911–1930 の作品）
André Breton, *Œuvres complètes* II, Gallimard, Bibliothèque de la Pléiade, 1992.（主に 1931–1940 の作品）
André Breton, *Œuvres complètes* III, Gallimard, Bibliothèque de la Pléiade, 1999.（主に 1941–1953 の作品）
André Breton, *Œuvres complètes* IV, Gallimard, Bibliothèque de la Pléiade, 2002.（主に 1954–1966 の作品および補遺）
それぞれ、*OCI*、*OCII*、*OCIII*、*OCIV* と略記する。

ブルトンの引用の訳文については、原則として、『アンドレ・ブルトン集成』1〜7（2巻、および8巻以降は未完）人文書院を参照させていただいた。巻数は『集成1』『集成3』のように表記した。
『アンドレ・ブルトン集成1』一九七一年（散文作品1『ナジャ』巖谷國士訳、『通底器』豊崎光一訳）
『アンドレ・ブルトン集成3』一九七〇年（詩1『慈悲の山』入沢康夫訳、『地の光』入沢康夫訳、『熔ける魚』大岡信訳、『磁場』阿部良雄訳、他）
『アンドレ・ブルトン集成4』一九七〇年（詩2『自由な結びつき』大岡信訳、『白髪の拳銃』菅野昭正訳、『水の空気』大槻鉄男訳、『シャルル・フーリエへのオード』菅野昭正訳、『星座』、『A音』、『作業中徐行せよ』大槻鉄男訳、『処女懐胎』阿部良雄訳、他）
『アンドレ・ブルトン集成5』一九七一年（『シュルレアリスム宣言集』生田耕作訳、『シュルレアリスムの政治的位置』田淵晋也訳、『シュルレアリスムとは何か』生田耕作訳）
『アンドレ・ブルトン集成6』一九七四年（評論1『失われた足跡』巖谷國士訳、『黎明』生田耕作・田村俶訳）
『アンドレ・ブルトン集成7』一九七一年（評論2『野をひらく』粟津則雄訳）
『アンドレ・ブルトン集成』以外では次に列挙するものを参照させていただいた（特に『ナジャ』『シュルレアリスム宣言・溶ける

魚』に関しては註を含め左記の巖谷國士訳・解説の岩波文庫版におおいに啓発された）。
『シュルレアリスム宣言・溶ける魚』巖谷國士訳、岩波文庫、一九九二年
『ナジャ』巖谷國士訳、岩波文庫、二〇〇三年
『狂気の愛』笹本孝訳、思潮社、一九八八年
『狂気の愛』海老坂武訳、光文社文庫、二〇〇八年
『黒いユーモア選集1、2』、山中散生・窪田般彌・小海永二他訳、河出文庫、二〇〇七年
『秘法十七番』宮川淳訳、晶文社、一九七一年
『秘宝十七』入沢康夫訳、人文書院、一九九三年
『シュールレアリスム運動の歴史』大槻鉄男訳、昭森社、一九七〇年（『対話集』*Entretiens 1913–1952* の翻訳）
なお、引用文中の［　］は、特にことわりがない場合、朝吹による中略あるいは補足説明である。

本書では引用する機会がなかったが、
『シュルレアリスムと絵画』瀧口修造・巖谷國士・大岡信・宮川淳・粟津則雄・松浦寿輝訳、人文書院、一九九七年
『魔術的芸術』巖谷國士・谷川渥・鈴木雅雄・星埜守之訳、河出書房新社、二〇〇二年
　の二冊の労作を附記しておきたい。

二次資料については各註を参照されたい。
訳文は、論文の文脈にあうように訳し直した場合があることをご了解いただきたい。

はじめに

ブルトン研究前史

私が初めてアンドレ・ブルトンの名前を知ったのは高等学校の三年生の頃だった。私は大学を受験するために準備中だった。それまであまり読書好きの少年ではなかったが、受験勉強の息抜きとして読んでいたフランス文学史の案内書のようなものに、アンドレ・ブルトンという詩人の書いた『狂気の愛』という本についての紹介があり、それは十年前に書いた一篇の詩のなかに十年後におこる女性との出会いのことが書かれてあった、という内容だった。不思議な話で強く印象に残ったのだが、当時（一九七〇年前後）、『狂気の愛』の翻訳はまだなく、また受験勉強が忙しく読むことはかなわなかった。

実際に、ブルトンの作品を読んだのは文学部に入学してからだった。文学的に奥手だった私は遅れをとりもどそうと手当たり次第に、日本文学からフランス文学まで、古典から現代文学まで乱読する日々だった。入学した年の初夏だったが、あるアーティストが裸本で手に持っていた『ナジャ』の翻訳本を知り、受験勉強中に知った知識がよみがえり、さっそく読んでみた。一読したときにどの程度理解できていたかはあやしいものだが、いろいろな詩人や芸術家との不思議な出会い、ナジャという女性の不可解な魅力に惹かれ、徐々にアンドレ・ブルトンやシュルレアリスムに関心が向くようになった。

一方で、日本の同時代の現代詩にも興味をもつようになり、またフランス文学では、シュルレアリスムの詩よりも、アルチュール・ランボーやステファヌ・マラルメといった十九世紀の詩人に惹かれ、少しずつ研究書を買いそろえて読むようになった。学年がすすみ、そろそろ卒業論文を準備しなければならなくなっていた。当時、フランスの同時代の詩にも関心があり、フランスの詩誌『テル・ケル』(こちらにはよくロートレアモン論やマラルメ論が載っていてそれを読むのも楽しみだった)や『シャンジュ』(ジャン＝ピエール・ファイユ主宰、こちらはどちらかというと純粋に詩の雑誌として)を購読していたが、『シャンジュ』の少し前の号に、ブルトン、スーポー共著である『磁場』のブルトン自身による註釈が掲載されていたのを知る。ブルトンやシュルレアリスムに関心をもちながら、どのような切り口で研究して良いのかなかなか手掛かりがつかめなかったが、このブルトンの自註はまさに天啓のように思われた。とりわけ、共著で書くとはどういうことか、もう一つは記述の速度を変えるとはどういうことかという二点においてである。このブルトンの自註に沿って卒論も書き上げ、アンドレ・ブルトンが元来詩人であるにもかかわらず、散文ばかりが研究の対象になり、詩があまり研究の対象になっていなかった当時の研究状況にも不満をおぼえ、ブルトンの詩を研究してみようという方向性も得ることができた。

卒論を書いた年、ブルトン研究に踏み出す大きな励みになる出来事があった。当時、『アンドレ・ブルトン集成』という翻訳全集を刊行していた人文書院の編集の方に巖谷國士氏を紹介してもらったことだ。巖谷さんは、むろんブルトンの翻訳者として、シュルレアリスムの批評家として、さらにはシャルル・フーリエの『四運動の理論』の翻訳者としてすでに高名だった。この旧字の名前の印象からどんなご老人が登場するのかと思ったのだが、まだ若く、気さくなかたで驚くと同時にすっかり安心したのを覚えている。私のつたない卒論を読んでくださったり、また、『白髪の拳銃』の初版を筆記された手書きノートをコピーさせてもらったり、発表されたばかりの紀要論文をいただいたり、実に親切にしていただいた。巖谷さんの当時の研究や『ナジャ』初版本の翻訳では、「私」をめぐる問題、私の複数性の問題が強調されていた。このような問題の提示は実に新鮮で、氏の訳業とともに私のブルトン研究の基礎となっているといえる。この場を借りて最大の謝意を表したい。

次に各論文について初出情報を含めた覚え書きを発表順に附す。

「『磁場』から『処女懐胎』へ――詩的共著作品について」

原題「アンドレ・ブルトンの詩的共著作品について」、『フランス語フランス文学研究』第三十九号、日本フランス語フランス文学会、一九八一年。

慶應義塾大学文学部に提出した卒業論文、慶應義塾大学大学院文学研究科に提出した修士論文を別にすれば、公になった初めての研究論文。「日本フランス語フランス文学会」の春季大会に口頭発表したものを掲載用に書き直したものである。卒業論文で扱った『磁場』論を展開し、ポール・エリュアールとの共著詩集『処女懐胎』を論じたもの。卒業論文で『磁場』を扱った頃より、詩における「匿名性」や「共同制作」に強い関心があった（本書三～一九頁）。

「『磁場』序説」

原題「象の顔をした女と空飛ぶライオン――『磁場』序説」、『シュルレアリスムの思想』、シュルレアリスム読本3、思潮社、一九八一年。

「詩的共著作品について」と同様の主題であるが、こちらは文芸雑誌の特集本に発表した評論である。アンドレ・ヴェルテール、セルジュ・ソートロー『アイシャ』についての言及があるのは、フランス、日本にかかわらず現代詩における共同制作に強い関心があったからだ。その文脈で、松尾芭蕉の歌仙などにも興味をもっていたことも、このような論文主題に結びついているともいえる。右論文の『磁場』部分を主としたもの（本書一八五〜二〇三頁）。

「イマージュ論の展開」

原題「アンドレ・ブルトンにおけるイマージュ論の展開」、「教養論叢」第六十八号、慶應義塾大学法学研究会、一九八五年。

『磁場』論の匿名性、共同制作という主題があまりに私の関心に適合していたので、次に研究すべき主題について、なかなか的を絞ることができなかった。ブルトンの理論や批評、『ナジャ』のような散文作品ではなく、詩について研究したいとの思いは定まっていたのだが。しかし、基本に立ちかえって、ブルトンあるいはシュルレアリスムの詩を考察するには「自動記述」とは何かを解明すべきであると方向がみえてきた。畏友松浦寿輝氏がいくつかの精緻な論文で論じていた（本文註参照）「無意識」というものを援用せずに、あるいは無意識との関連としてではなく、詩の書き方の問題としてどこまで言及できるかが最大の関心になった。この論ではブルトンの言う「イマージュ」が、視覚的というよりは「聴覚的」であることに注目し、言葉の（音の）流れ、連鎖という点を論じた。この論文以降、紀要論文がつづくが、それぞれ執筆時期も異なり、独立した論文として発表しているので引用など重複している部分がある。今回少し整理したが、そのままにしているところも多く、煩わしいところもあろうがご了解いただきたい（本書二〇〜四三頁）。

「複数性のテクスト」、「教養論叢」第七十一号、慶應義塾大学法学研究会、一九八五年。

この文章は、「教養論叢」のエッセーを載せるコラム欄「フォーラル・リテラールム」のために執筆した。ここに書かれてある通り、この前年（一九八四年）の秋に、メキシコのシュルレアリスムの詩人オクタヴィオ・パスが来日し、慶應大学日吉キャンパスで研究会が開催されたことを記事にしている。パスが参加した共著詩集『連歌』についてのパスとのやりとりを紹介したかったのだ（本書二〇四～二〇六頁）。

「イマージュの変身譚」、「現代詩手帖」一九八八年一〇月号「特集シュルレアリスムと20年代――ブルトン、バタイユ、ツァラ」、思潮社。

イマージュにおける言葉の連鎖が実際どう書かれるかについて、散文作品『通底器』に登場する逸話や主題との関連で詩「消息不明」について書いた評論（本書二〇七～二一八頁）。

「『溶ける魚』論」

原題「『溶ける魚』論I――オートマティスムとは何か」、「教養論叢」第七十七号、慶應義塾大学法学研究会、一九八八年。

原題『溶ける魚』論II――溶解する「私」、「教養論叢」第八十四号、慶應義塾大学法学研究会、一九九〇年。

別々の二つの論文として書かれ、発表されたが、当初より『溶ける魚』を、詩論的な側面と作品論的な側面から書こうという意図はあったので、今回まとめるにあたって章を分ける形で一つにまとめた。自動記述については、未だに完全に解明できたとは言い難い面もあるが、この論文で強調されているのは、それが、無意識の声の書き取りであるというよりは（そういう側面もむろん否定できないにせよ）、言葉の自動的な集合、言葉の自動的（自律的）な連鎖なのだという点である（本書四四〜七一頁）。

「『地の光』論」、慶應義塾大学日吉紀要「フランス語フランス文学」十一号、慶應義塾大学日吉紀要編集委員会、一九九〇年。

「光」や「透明性」についてのテーマ研究、ブルトンはこの時期（生涯にわたってでもあるが、とりわけ二十年代、三十年代）、透明性のあるイマージュを、散文から詩篇までいろいろな作品から抽出することができる。この透明性のテーマ研究を中心に、個人詩集としては第二詩集にあたる『地の光』について論じた（本書七二〜九二頁）。

「博物誌の方へ」、「ユリイカ」一九九一年十二月号「特集アンドレ・ブルトン」、青土社。

アンドレ・ブルトン特集号に寄せて、『通底器』における植物的テーマ、『狂気の愛』における鉱物的テーマについてのエッセー（本書二二九〜二三五頁）。

「『狂気の愛』における結晶」、「教養論叢」第九十三号、慶應義塾大学法学研究会、一九九三年。

「博物誌の方へ」および本考察は、「結晶」「鉱物」のテーマ研究であるのだが、むしろ「欲望の詩学」とも呼ぶべき想像力の働きに、とりわけ「靄《もや》」「雲」にまつわる、ブルトン自身においても独自な想像力の働きを強調したかった。鉱物のもつ硬質で透明なイメージとは異なり、植物やこの雲のイメージはより深層にある欲望の、生のダイナミスムをあらわす主題となっている（本書二三六〜二四八頁）。

「『水の空気』についてのノート」「教養論叢」第九十三号、慶應義塾大学法学研究会、一九九十四年。

『地の光』、『溶ける魚』、『白髪の拳銃』、『水の空気』と二十年代から三十年代にかけてブルトンは傑作詩集を上梓する。そのなかでも『水の空気』は『狂気の愛』と同時期に書かれた詩篇をあつめたものだけに、生と愛の昂揚をあらわした幸福感にみちた特別な詩集である。その恋愛のテーマについてまとめたノート（本書九三～一〇〇頁）。

「ブルトンの詩の読解」

原題「アンドレ・ブルトンの詩の読解」、「教養論叢」第一〇五号、慶應義塾大学法学研究会、一九九七年。

通常の譬喩ではなく、詩行の意味をたどるのもむずかしい自動記述によって書かれたブルトンの詩作品は果たして読解することが、解釈することが可能か。ブルトンの詩はどのように読めるのかという問題を論じた。静止的になりがちなテーマ分析という方法によるのはないとしたらどのように読解できるか考察し、読解の糸口を示したいと思った（本書一〇一～一五五頁）。

「シュルレアリスムの都市についてのノート」、「教養論叢」第一〇七号、慶應義塾大学法学研究会、一九九七年。

シュルレアリスムの作品に描かれる都市の魅力について、ブルトンの『ナジャ』（『通底器』、『狂気の愛』）、ルイ・アラゴンの『パリの農夫』について、ベンヤミンの『パサージュ』との関連で整理したノート（本書二一九～二二八頁）。

「詩的アナロジーについてのノート」

原題「アンドレ・ブルトンにおける詩的アナロジーについてのノート」、「教養論叢」第一一八号、慶應義塾大学法学研究会、二〇〇二年。

『シャルル・フーリエへのオード』は戦中、戦後のブルトンの詩集としては、質、量ともに最大のものである。この詩集に関してはジャン・ゴーミエによる詳細な註釈がある。本ノートでは、この詩集を読むのに、また後期のブルトンの詩を読むのに必要と思われるアナロジーという考え方について整理したものである（本書一五六～一六六頁）。

「『星座』について——ブルトンとジョアン・ミロ」

原題「アンドレ・ブルトン、ジョアン・ミロ『星座』について」、「教養論叢」第一三二号、慶應義塾大学法学研究会、二〇一一年。

『星座』は実質的にブルトン最後の詩集といえる。また詩画集という形でのミロとのコラボレーション作品でもある。これまでスーポーやエリュアールといった詩人たちと共作したことはあったが、画家とは初めてのことである。これまでの共作とどこが違いどこが新しいか考察した（本書一六七～一八二頁）。

本書では、ここに挙げた論文のうち、研究論文を第Ⅰ部に、エッセーを第Ⅱ部にまとめた。それぞれ独立しているので読者はどの論文から読みすすめてもかまわない。

ブルトンの詩的世界を考える上で、私のなかで課題として残っているものは（すべてが手つかずのままではないかと内心忸怩たる思いもあるのだが）、第一詩集『慈悲の山』周辺だろうか。しかし、この詩集についてはアンリ・パストゥローによる「シュルレアリスム以前のアンドレ・ブルトンの詩における影響関係について」、マルグリット・ボネ『アンドレ・ブルトン――シュルレアリスムの冒険の誕生』（ともに既出）およびプレイヤード版全集第一巻に詳細な解題や註として考察されていて、ブルトンの定型詩については私が新発見できるようなことはないと思われる。私が考察してみたいのはステファヌ・マラルメとの関係である。私自身、ブルトンとマラルメというテーマでは二度ほど講演したことがある。初期ブルトンの定型詩との関係およびマラルメの「類推の魔」とブルトンの客観的偶然の考え方とのアナロジーについてである。前者についてはここに挙げた先行研究で十分だと思われるが、後者については今もなお興味のある主題なのでいずれ文章化してまとめたいと考えている。

I

『磁場』から『処女懐胎』へ

詩的共著作品について

シュザンヌ・ベルナールはその名著『ボードレールから今日に至る散文詩』において、『磁場』から『溶ける魚』まで」という章を設けアンドレ・ブルトンの散文詩を論じているが、自動記述によって書かれた作品の研究は、無意識界から浮かび上がる個人的な諸テーマ、個人的なイメージや神話の世界にこそ向けられるべきであるとして「シュルレアリスム的な観点では恐らく正統的であったとしても、共著によって書かれた詩は過ちとみなされるべきである」と結論している。[1] つまり、共著作品は一つの錯誤であるというわけである。

しかし、ブルトンの詩的展開においても、また運動としてのシュルレアリスムからみても共著作品はきわめて重要な局面を示すものと思われる。すなわち共著による作品の提示は、詩作上ないしは創作上の個人主義の否定、十九世紀的な自我への異議申し立ての思想に基づくものであるといえる。

このような視点を中心に本論では一九二〇年に発表された最初の共著作品、フィリップ・スーポーとの『磁場』、そしてとりわけ、その十年後の一九三〇年に発表された、ポール・エリュアールとの共著『処女懐胎』について、何故に共著であるのか、またその共著作品が具体的にどのような特徴を示しているのかを考察してみたい。

＊

アンドレ・ブルトンが自動記述を発見したのは一九一九年の始めのことであり、それをはじめて作品として実践したのがその年の春から初夏にかけて書かれたフィリップ・スーポーとの共著『磁場』であった。このように、自動記述を適用した最初の作品が共著によって執筆されたということは特筆に値するだろう。共同執筆はまず自動記述の特質と分かちがたく結びついていたのである。ブルトンは一九二四年の『シュルレアリスム宣言』のなかで事典を摸して次のように定義している。

シュルレアリスム　男性名詞。心の純粋な自動現象であり、それを通じて口頭、記述、その他あらゆる方法を用い、思考の真の働きを表現することを目標とする。理性による一切の統御をとりのぞき、審美的あるいは道徳的な一切の埒外でおこなわれる、思考の書き取り[2]。

理性あるいは審美的、道徳的配慮の外で行われる心の自動現象の書き取りが自動記述であるが、その場合それを書き取っている者の主体性は否定、ないしは無化される。

ところで私たちは、いかなる濾過装置にも身をゆだねることなく、私たち自身を、作品のなかに数々の反響を取り入れる無音の収集装置に、しかもそれぞれの反響のえがく意匠に心うばわれることのない謙虚な録音装置にしたてきたのであるが、おそらくいっそう高貴な目的に奉仕することになるであろう。だから私た

ちは自分に認められる「才能」などといったものは率直に返上してしまうのだ。(3)

このように自動記述を実践する者は「謙虚な録音装置」となり、作者の個人的な「才能」は否定される。つまり意識的主体が消失し、無意識的主体ともいうべきものがこれにとってかわるということであろう。無意識的主体、自動記述によって記述される「心の自動現象」が何であるのかはさまざまに意見が分かれるところであるが、当時のブルトンはそれを漠然と無意識の言語の流れと考えていたと思われる。このことは自動記述によるイマージュ(4)が視覚的なものではなく、つねに聴覚的なものであると強調されていたことからもうかがえるが、『シュルレアリスム宣言』では次のように述べている。

> ほんのわずかにせよ衝動の喪失だけがわたしにとって致命傷になりかねない。言葉は、連続する言葉の集団は、互いのあいだにこのうえなく緊密な連帯性を実現する。(5)

しかし、なぜ自動記述の最初の実験をブルトン個人でおこなわなかったのか、なぜ共著という形式をとったのだろうか。上述したように、自動記述はすでに意識的主体の否定という観念が含まれていたが、共著による執筆はそのうえ、さらに主観性、個人的想像力(個人的無意識)を超えることを可能にする方法であったのだと思われる。『磁場』は(『処女懐胎』でも同様であるが)表紙に両著者の名が記されているだけで、実際のテクストではどこをブルトンが書いたのか、どこを共著者が書いたのかいっさい明示されていない。これは、あるテクストをある一つの署名のもとに帰属させるという——つまりは作品をその作家の所有物とみなす——近代的な個人主義に反対する考えに基づいたものであろう。このような共著姿勢はまさに作品の匿名的anonymatな、特徴を強調するものである。

ブルトンは一九三〇年（『処女懐胎』執筆の年）に『磁場』に自註を付けているが、そこで自動記述の速度の変化が重要な効果を生むものとなっていることを明らかにしている。

非常に速く書く、あるいはもっとゆっくり書くといった措置は、語られている内容の性格に影響を及ぼす類いのものであることは明白である。(6)

つまり、速いスピードで書くか少し遅く書くかによって語られる内容の性格が異なってくるというのであるが、速度の遅いパートから最大限の速度で書かれたパートへの移行は、そのまま意識的主体の消失の過程でもあるのだ。同じ自註に次のような興味深い指摘がある。

現代芸術のあらゆる関心事の根源にある「主体」から「客体」への移行をこれほど具体的に、これほどドラマチックに捉えることはできないだろう。(7)

この「主体から客体への移行」は記述の速度を速めることによって得られるわけだが、同時に、個人によってではなく共著によって書かれたということも前提になっているだろう。

ブルトンたちの共著の方法は、一つの机に向かいあい、あるいは隣りあって座り、いくつかの文章または節を交互に書いてゆくというものであった。このような方法に従えば、一方の書いたものが他方の書くものに、この場合は無意識的にだろうが、浸透してゆき、さらにまたそれが前者に影響を与えてゆくことになる。『磁場』の「蝕」という章（この章はもっとも速い速度で書かれたと自註にあるが）、この章の末尾近くに次のような一節がある。

洞窟の中はひんやりとしており、出てゆかねばならぬと感じる。水がわれわれを呼んでいる、水は赤く微笑はお前の家の上を植物のように走る裂け目よりも強い、おおあの小さな並外れた輪のようにすばらしく優しい一日よ。われわれの愛する海はわれわれのようにやせた男たちを我慢しない。女の頭をした象と空飛ぶライオンが必要だ。(8)

ブルトンはこの箇所全体を彼自身が書いたものと認めながらも『「われわれの愛する海」から「空飛ぶライオンが必要だ」まではスーポーのものでもある』と自註において述べている。(9) このブルトンの証言からもうかがえるように、すでに主観的意識を排除、消失させる自動記述を、彼ら独自の共著方法によって推し進めてゆくと、このようにもはやどちらの個人にも帰属させることのできない箇所が現れてくる。これがまさに共同執筆による最大の特徴となるものだと思われる。

＊

『磁場』では（記述の速度の問題を）も含めた自動記述の実践と、共著による執筆という二重のアプローチによって「主体から客体への移行」が捉えられたわけであるが、以上の点をふまえ、次に『処女懐胎』について検討してゆきたい。この作品は一九三〇年にポール・エリュアールとの共著によって書かれたもので、『磁場』と並んでブルトンの共著作品の二大傑作とされている。この十年の間に運動としてのシュルレアリスムはさまざまな紆余曲折を経るわけだが、二〇年代後半、特に二九年頃から運動としての共同性、集合性が重視されてくる。ブルトン個人もさまざまな箇所で、詩論上においても、また運動面においてもこの集合性を強調するようになる。

今度は芸術家が、これまであれほど執着していた個性というものを棄てはじめるのです。芸術家は突如として宝の鍵を手に入れました。しかしこの宝は彼のものではなく、それを自分のものだと主張することは、たとえ見事にやってのけたとしても、不可能なことです。つまり、この宝は、集合的宝以外のなにものでもないのです。

　同じくこのような条件の下では、芸術において問題になるのは、おそらくはもはや個人的神話の創造ということではなく、シュルレアリスムとともに、集合的神話の創造こそが重要になります(10)。

　さらにこの時期はブルトンがもっともジクムント・フロイトの研究に関心を抱いていた時期にもあたり、フロイトの夢の解釈を含む『通底器』は『処女懐胎』の二年後の一九三二年に発表されている。このタイトルは、夢と覚醒状態の通底、さらには個人と他者、あるいは個人と集合との通底を示唆するものでもあった。

　一九三〇年の春にはブルトン、エリュアール、ルネ・シャールによって書かれたもう一つの共著作品『作業中徐行せよ』があるが、『処女懐胎』はその年の夏から秋にかけての二週間にわたって執筆された。全体が「人間」、

「憑き物」、「仲立ち」、「最初の審判」の四部に分かれている。とくに「憑き物」はさらに「精神薄弱の偽装のこころみ」、「急性躁病の偽装のこころみ」等の章に分かれているが、これは精神病にあらわれる言語特徴の偽装というあらかじめ定められた主題に基づいて執筆されたようにも判断できる。ここから自動記述の正真性が問題にされた。事実、A・ロラン・ド・ルネヴィルは「NRF」誌の一九三二年一月号に「シュルレアリスム詩の近況」という論文を掲載し、そのなかでこの作品に触れて次のように述べている。

私たちは自動記述の若返りに立ち会っている、しかし、今回は、あらかじめ選ばれた方向へ向けられているのであり、これは省察すべき点である。[11]

この疑問提起の反論として、ブルトンは同年の「NRF」誌七月号に「A・ロラン・ド・ルネヴィルへの手紙」を発表しているが、そのなかで「まず第一にわれわれは、シュルレアリストのどんなに些細なテクストをも言語的オートマティスム完璧な見本として示していると主張したことはけっしてなかったのです。「統御されざる」最良のテクストのなかでさえも、このことは明言しておかねばならないが、ある種の摩擦が認められます[12]」と述べた。

これはしばしば自動記述の挫折の表明として紹介されているが、ブルトンはある留保をつけながらも自動記述の原則復帰を主張している。しかし、ブルトンが強調しているのはむしろ逆に、ある種の限定、枠組みを設けることで言葉がより解放されるということである。この論文の最後で次のように述べていることに注目したい。

同様に、そのおかげでこそわたしは、人間の思考の将来における解放のために、この思考のなかでだけではけっして実現されないけれどもそのなかにつねに潜在する至高性に、と同時に、事物の影響を受けやすい生成に期待しているのです[13]。

この「事物の影響を受けやすい生成」、これはまさに共著作品の特筆をいい表しているのではないかと解釈することができるだろう。つまり自動記述におけるある特定の（主題上の）限定ではなく、共著という方法による相互的な限定、つまりは「影響を受けやすい」な関係にこそ「人間の思考の将来における解放」の期待をかけていたのではないだろうか。

一九三五年に執筆された『処女懐胎』の日本語版のための序文では次のように述べられている。

各自の違いを確認するために、人間は似たもの同士になりたがる。この唯一の意思によって全ての人間の関係は価値を持っている。

破壊するために、作るために、生きるために二人でいること、これはすでに万人であること、果てなく他者であること、もはや自己でなくなることだ[14]。

さてここで実際に『処女懐胎』のテクストに沿いながら、本論ではとくに第1部「人間」について、ブルトン、エリュアールのテクストにあらわれる相互作用についてみてゆきたい。この「人間」は、さらに「懐胎」、「子宮内の生活」、「誕生」、「生」、「死」の五章に分かれ、この詩集のタイトルと密接な関係を示している。『処女懐胎』

とは、第一義的には処女マリアの懐胎（カトリックの教義では「聖母の無原罪の御やどり」の意であるが、ここでは俗説の解釈をとる）を指しているが、さらには上述した自動記述の詩論とかさねあわせて考えることができるだろう。つまり、理性や倫理的制約から免れた無垢 immaculée な着想 conception の意である。この第1部「人間」では、人間の一生が語られているというよりもむしろ記述の、自動記述の転変の様が記されていると読むことができるだろう。まさに「懐胎」という章から始まるが、その冒頭を引用する。

他の二日の間にはさまれたある日、そして、例のように、星のない夜はなく、女の長い腹は登ってゆく、それは一個の石であり、滝のなかで、目に見える唯一の石、唯一の本物の石だ。［あれほど何度も解体したもののすべてはまたしても解体し、女の長い腹があれほど何度も企てたことのすべて、自分自身から自分が不在であると感ずる寒さよりも純粋なその快楽を保存するこころみは、またしても企てられる。］自分のすぐそばにいる野獣の息づかいも聞こえなくなるほどだ。それは、もらっていればよかったのにと思う人生ではないこの掘り出された宝物のただ一個を与えようという寄贈ではないのだ、なぜならば女の長い腹もやはり彼女の腹であり、夢、唯一の夢は、生まれなかった夢なのだから。［ふだんの夜は何しろ本当にみち足りたものだ。無知はそこであんなにも満足を味あう。無知は、寝もせず起きもせぬ恋愛を中断しはしない。］石炭をたっぷり息で吹いたし、自分が見えなくなるほど自分を面と向かって眺めたものだ。今さっきはまだ、今さっきはまだ……われわれはどちらもわれわれでしかなかった。

［人間は大笑いのうちに繁殖しはしない。人間は繁殖しない。彼はいまだかつて、彼の恋愛の熱烈な目以外のものをその寝床の中に群がらせはしなかった。］[15]

『処女懐胎』本文の引用に限って、便宜的にエリュアールが書いたものを〔　〕内で示しているが、一読して特徴的であるのはブルトン、エリュアール相互による文章の繰り返しである。「女の長い腹は登ってゆく」という「懐胎」の章にふさわしいエロティックなイマージュで始まるが、ただちに共著作品に固有の繰り返し、言い換えによって展開されてゆく。それはまず、ブルトンの「目に見える唯一の」「唯一の本物の」という構文上の繰り返しが反響となって、エリュアールの「あれほど何度も解体したもののすべてはまたしても解体し」から「女の長い腹があれほど何度も企てたことのすべて〔……〕は、またしても企てられる」へと続いてゆく。この文章がさらにまたブルトンの「女の長い腹もやはり彼女の腹であり、夢、唯一の夢は、生まれなかった夢なのだから」に引き継がれ、この「生まれなかった」という否定構文が次のエリュアールの「無知は、寝もせず起きもせぬ恋愛を中断しはしない」、そして引用末尾の「人間は繁殖しない。彼はいまだかつて、彼の恋愛の熱烈な目以外のものをその寝床の中に群がらせはしなかった」へと、「人間」の部だけでなく、この詩集全体を通底している恋愛 amour のテーマを導きだしてゆく。

このように一方の書いた文章（あるいはイマージュ）を他方が引用する形で展開させてゆき、それをふたたび前者が引き継ぐ（つまり自らの文章を他者のコンテクストから再引用する）という方法は、個人的感受性あるいは個人的想像力というものを溶解し、匿名性へと作品を向かわせるものにほかならないだろう。

さて、上にみた恋愛のテーマであるが、「懐胎」conception／「恋愛」amour のアナロジーはそのまま、自動記述の「着想」conception／「性愛」amour（あるいは欲望 désir と言った方が適切かも知れないが）という次元におきかえることもできる。この「恋愛／欲望」のディナミスムによって「人間」から「憑き物」（ここでの各々の精神病の偽装のテクストはほとんどすべて性的欲望が語りの原動力となっていると読むことができる）、そして「仲立ち」中の「恋愛」の章へと展開されてゆく。ブルトンは上に挙げた『磁場』の自註でフィリップ・スーポーを共著の相手として選んだことについて、スーポーの「無償性の才」を高く評価してのことであると記していたが、『処女懐胎』を書くにあたって、エリュアールはまさに「恋愛の詩人」という資格においてふさわしかったのだろう。「懐胎」の章では「女の長い腹」というイマージュが軸となって「懐胎／恋愛」というテーマを導いていたが、次に「人間」の最後から二つ目の章「生」の末尾をみよう。

〔ある朝、彼はそこにいる、アネモネの髪を見、嗅ぎながら。街路はその車輪の全てをもってあいさつする。すべての星をもって、この人間に……すべての星をもって……この忘れがたい星に服従する人間に……〕彼は総計から自分を除外するほど完全に孤独だ。彼は本の背中がかがむのをながめている。彼の靴の上に光る音楽に耳をかたむける。正午には、時として、彼は十二回微笑する。〔夜にも、おびえるとまた微笑する。彼は自分の感覚のすべてに微笑の手錠をはめる〕(16)。

ここにおいても、イマージュは恋愛のディナミスムによって展開されている。エリュアールの「アネモネの髪を見、嗅ぎながら」からブルトンの「彼の靴の上に光る音楽に耳をかたむける」、そして「彼は十二回微笑する」からエリュアールの「彼は自分の感覚のすべてに微笑の手錠をはめる」にいたるイマージュの流れには一定の方向性、つまり恋愛、生へと向かう方向性が認められよう。

少し視点を変えてこの恋愛、あるいは欲望 désir のディナミスムについて触れてみたい。『通底器』*Les Vases com-*

municants のなかでブルトンは次のような確認をしている。

じっさい、ついにはこう認めざるをえまい、つまり、すべてがイマージュとなる、そして特定の象徴的役割が与えられていない、どんな些少な対象といえども何を像《かた》どることも可能なのだ、と。精神は、たまたま与えられた二つの対象のあいだに存在しうるおよそ微弱な関係をも、すばらしい迅速さで捉えるのだし、詩人たちは、自分たちがつねに、人を欺く惧れなく、あるものがべつのあるもののようだと言うことができるのを知っている。[17]

ここで述べられているのは『シュルレアリスム宣言』で援用したピエール・ルヴェルディの詩論の再確認ともなっているが、ここでは新たにフロイト的な「夢」の解釈から得た視点が加えられている。つまり、イマージュの、ある項から別の項への移行は無意識における、フロイト流にいえば快楽原則に従ったエス soi の欲望 désir のディナミスムによるものであるとされる。この引用で対象 objet という語が使われているのもそのような方向性を示すものだろう。『シュルレアリスム宣言』で、たがいに連続する言葉の集団がある衝動によって活力が与えられる、という上に引用した一節があったが、この衝動はまさに欲望によるディナミスムであると解釈することができるだろう。この視点は後にブルトンの詩論の集大成ともいうべき「上昇記号」で述べられることになる、詩的イマージュは第一項から第二項へ生命的な緊張を示す不可逆的な方向性をもたなければならないとする主張へと続いてゆくものだと考えられる。

このような欲望のディナミスムをもつイマージュの展開はこの作品の随所にみられるが、さきに挙げた「生」

の章との関連で、「人間」の最終章である「死」に注目したい。同様に末尾を引用する。

そもそも、井戸はすっかり表面にある。春の髪の中の夏の捲き毛は、約束とはなんであるかを私に長々と説明した。けだもの的な雨はその触角の中に、苔の中でびっこを引く前進をもっている。〔それはつねに、すべてを滅びるにまかせる、口数すくなく脅迫的な気まぐれを歌う。その声の音は一個の傷痕だ。〕見たまえどもりの大広間だ。羊たちは竹馬にのって全速力でやってくる。(18)

ここでとくに注目すべきことは「生」の末尾との展開上の対称性であろう。「生」においては生命的な緊張を示す不可逆的な方向性がみられたが、ここにおいても、「死」を主調音としながら「春の髪の中の夏の捲き毛は、約束とはなんであるかを私に長々と説明した」と蘇生、ないしは永久回帰が暗示されている。「生」では、エリュアール、ブルトン、エリュアールという順で執筆されていたが、「死」では逆に、ブルトン、エリュアール、ブルトンの順となっている。「生」のエリュアールの「アネモネの髪を見、嗅ぎながら」という髪＝植物のイマージュが、「死」のブルトンの詩句「春の髪の中の夏の捲き毛は、約束とはなんであるかを私に長々と説明した」というイマージュに、そして「生」のブルトンの詩句「音楽に耳をかたむける」が、「死」のエリュアールの「つねに歌う」に、そして共に新たなヴィジョンを開く「生」でのエリュアールの「つねに歌う」「夜にもまた微笑する」が「死」のブルトンの「見たまえどもりの大広間だ」へと、相互に類似したイマージュがシンメトリックに並んでいる。このようなシンメトリーはしかし意識的になされたものではないだろう。これは上述してきた共著作品における自動記述の特性である相互的な影響作用によるものであると考えられる。

「懐胎」の章でみたイマージュの繰り返し（他者の文章の引用）や、「生」および「死」の二つの章でみた相似したイマージュの（相互に役割を交換した）展開、これらはブルトンないしはエリュアールという主体を消し、近代的な詩作、創作上の個人主義を否定して、一つの匿名性 anonymat の詩法へと道をひらく共著作品のもっとも大きな特徴を示すものとなっているであろう。

事実、エリュアールは、『作業中徐行せよ』の序文で、個性を消失させ、たがいに影響を与えあう新たな詩人の姿を呈示している――

> 霊感が決定的に鏡から飛び立つためには、個性の反映を消さなくてはならない。影響は思うままに振舞わせよ［……］。
> 詩人は霊感を受ける者である以上に、霊感を与える者だ。(19)

註

（1） Suzanne Bernard, *Le Poème en prose de Baudelaire jusqu'à nos jours*, Nizet, 1959, p. 675 : « Orthodoxe peut-être du point de vue Surréaliste, la poésie écrite en collaboration semble donc devoir être considérée comme une erreur. »

（2）『集成5』三一頁。*Manifeste du surréalisme*, *OC* I, p. 328 : « SURRÉALISME, n. m. Automatisme psychique pur par lequel on se propose d'exprimer, soit verbalement, soit par écrit, soit de toute autre manière, le fonctionnement réel de la pensée. Dictée de la pensée, en l'absence de tout contrôle exercé par la raison, en dehors de toute préoccupation esthétique ou morale. »

（3）『集成5』三三〜三四頁。*Ibid.*, p. 330 : « Mais nous, qui ne nous sommes livrés à aucun travail de filtration, qui nous sommes faits dans nos œuvres les sourds réceptacles de tant d'échos, les modestes *appareils enregistreurs* qui ne s'hypnotisent pas sur le dessin qu'ils tracent, nous servons peut-être encore une plus noble cause. Aussi rendons-nous avec probité le « talent » qu'on nous prête. »

（4）　本書ではシュルレアリスムの詩にあらわれるimageは「イマージュ」と表記する。次章註（1）を参照のこと。

（5）『集成5』三〇～四一頁。*Ibid.*, p. 335 : « Seule la moindre perte d'élan pourrait m'être fatale. Les mots, les groupes de mots *qui se suivent* pratiquent entre eux la plus grande solidarité. »

（6）　André Breton, « En marge des *Champs magnétiques* », in *Change*, n°7, 1970, p. 10 : «［...］il est indéniable que les dispositions prises pour aller très vite ou un peu plus lentement sont de nature à influencer le caractère de ce qui se dit. »

（7）　*Ibid.*, p. 10 : « Peut-être ne fera-t-on jamais plus concrètement, plus dramatiquement saisir le passage du *sujet* à *l'objet,* qui est à l'origine de toute préoccupation artistique moderne. »

（8）『集成3』一九八頁。

（9）　Alain Jouffroy, *L'incurable Retard des Mots*, J.-J. Pauvert, 1972, p. 162 : « De "la mer" à ... "volants", peut-être aussi de Soupault. »

（10）　ブルトン「シュルレアリスムの政治的位置」、『集成5』一八九～一九〇頁。A. Breton, *Position politique de l'Art d'aujoud'hui*, *OC* II, p. 439 : «L'artiste, à son tour, commence à y［dans les terres immenses du soi］abdiquer la personalité dont il était jusqu'alors si jaloux. Il est brusquement mis en possession de la clé d'un trésor ne lui appartient pas, il lui devient impossible, même par surprise, de se l'attribuer : *ce trésor n'est autre que le trésor collectif.*/Aussi bien, dans ces conditions, n'est-ce peut-être plus déjà de la création d'un mythe personnel qu'il s'agit en art, mais, avec le surréalisme, de la *création d'un mythe collectif.* »

（11）　A. Rolland de Renéville, « Dernier état de poésie surréaliste », Paul Éluard, *Œuvres complètes*, Gallimard, «Bibliothèque de la Pléiade »1968, t. I, p. 1427（以下 Éluard, *OC* I と略す）：« Nous assistons à un rajeunissement de l'écriture automatique, mais cette fois-ci dirigée dans un sens préalablement choisi, ce qui laisse matière à réflexions... »

（12）　ブルトン「A・ロラン・ド・ルネヴィルへの手紙」、『集成6』二八一～二八二頁。*OC* II, p. 327 : « *nous n'avons jamais prétendu donner le moindre texte surréaliste comme exemple parfait d'automatisme verbal. Même dans le mieux "non dirigé" se perçoivent, il faut bien le dire, certains frottements.* »

（13）『集成6』二八六～二八七頁。*Ibid.*, p. 331 : « C'est à elle［la conception de la pensée ne cessant d' « osciller entre la conscience de sa parfaite autonomie et celle de son étroite dépendance »] aussi que je dois compter, pour la libération future de la pensée de l'homme, à la fois sur la souveraineté jamais réalisée dans cette pensée seule et pourtant toujours en puissance dans cette pensée, et sur le devenir *influençable* des faits.»

（14） A. Breton, P. Éluard, « Notes à propos d'une collaboration », Éluard, *OC* I, pp. 1427–1428 : «À constater leurs différences, les hommes se veulent semblables. De cette seule volonté, tous les rapports humains prennent leur valeur./Être deux à détruire, à construire, à vivre, c'est déjà être tous, être l'autre à l'infini et non plus soi. »

（15） *Ibid.*, p. 307 : «Un jour compris entre deux autres jours et, comme d'habitude, pas de nuit sans étoile, le ventre long de la femme monte, c'est une pierre et la seule visible, la seule véritable, dans la cascade. [Tout ce qui c'est tant de fois défait se défait encore, tout ce que le ventre long de la femme a tant de fois entrepris, de conserver son plaisir plus pur que le froid de se sentir absent de soi-même, s'entreprend encore.] C'est à ne pas entendre un souffie de bête fauve tout près de soi. Ce n'est pas le don qu'on aimerait faire d'une seule pièce de ce trésor déterré qui n'est pas la vie qu'on aimerait avoir reçue puisque aussi bien le ventre long de la femme est son ventre et que le rêve, le seul rêve est de n'être pas né. [La nuit habituelle est tellement sufiisante. L'ignorance y trouve si bien son compte. Elle n'interrompt pas l'amour qui ne se couche ni ne lève.] On a bien souflé sur les charbons, on s'est bien regardé en face au point de se perdre de vue. Tout à l'heure encore, tout à l'heure encore... Nous n'étions chacun que nous./[L'homme ne se reproduit pas dans un grand éclat de rire. L'homme ne se reproduit pas. Il n'a jamais peuplé son lit que des yeux ardents de son amour.]» 『処女懐胎』本文（原文）からの引用に限ってエリュアールが書いた部分を［ ］で示した。

（16） *Ibid.*, p. 312 : «[Un matin, il est là, à regarder respirer une chevelure d'anémones. La rue salue de toutes ses roues. De tous les astres celui-ci... de tous les astres... celui qui se soumet à cet astre inoubliable...] Il est si parfaitement seul qu'il s'excepte du total. Il regarde le dos des livres qui se voûte. Il écoute la musique qui reluit sur ses chaussures. A midi, quelquefois, il sourit douze fois. [Il sourit encore la nuit quand il a peur. Il passe à toutes ses sensations les menottes du sourire.]»

（17） 『集成1』三九九頁。 A. Breton, *Les Vases communicants*, *OC* II, p. 314 : « On finira bien par admettre, en effet, que tout *fait image* et que le moindre objet, auquel n'est pas assigné un rôle symbolique particulier, est susceptible de figurer n'importe quoi. L'esprit est d'une merveilleuse promptitude à saisir le plus faible hasard et les poètes savent qu'ils peuvent toujours, sans crainte de tromper, dire de l'un qu'il est comme l'autre [...]. »

（18） 『集成4』三六六頁。 Éluard, *OC* I, p. 847 : « Au reste, le puits est tout en surface. La boucle de l'été dans les cheveux du printemps m'a expliqué longuement ce qu'est la promesse. La pluie bestiale portait dans ses antennes le progrès qui boite dans la mousse. [Elle chante toujours le caprice taciturne et menaçant, qui laisse tout périr. Le son de sa voix est une cicatrice.］/Voici la grande place bègue. Les moutons arrivent à fond de train, sur des échasses. »

（19）『集成4』三一五頁。P. Éluard, « Préface », *Ibid.*, p. 270 : « Il faut effacer le reflet de la personnalité pour que l'inspiration bondisse à tout jamais du miroir. Laissez les influences jouer librement ［...］. Le poète est celui qui inspire bien plus que celui qui est inspiré. »

イマージュ論の展開

二十世紀にはいって比喩の概念はおおきく変貌した。十九世紀まで支配的であった修辞学の範疇に属するメタファーにとってかわり、イマージュ image(1) なる考え方が打ちだされ、以後、ジャン・ポーランが名づけたように「テロル（恐怖政治）」として猛威をふるうことになる。あるいは、メタファーとイマージュという二つの概念が対立的に併存してゆくことになる。しかし、今日広く詩論、または詩の研究において使用されているこのイマージュという用語が何を指し示しているのかは曖昧なままである。それは修辞の否定なのだろうか。それとも修辞に含まれ得るものなのだろうか。そして、この語が第一義的にもっている「像」、「映像」という意味とどの程度の関わりがあるのかも曖昧なままとなっている。たとえば、吉本隆明はその大著『言語にとって美とはなにか』（一九六五年）のなかで、比喩の概念を「意味的な喩」と「像的な喩」という二極で捉えているが、イマージュを像的な、映像的な喩とみなすのは妥当なものであろうか。

イマージュなる概念が登場するのは二十世紀の初頭であり、フランス現代詩の文脈においては一九一八年、ピエール・ルヴェルディの「イマージュ」というアフォリスムの発表以後になる。しかし、イマージュの概念が広く流布されるのは、ルヴェルディのそれを批判、摂取したアンドレ・ブルトンの論によってであり、以来、イマージュはブルトンのみならず、シュルレアリスム以後の詩に言及する時の合言葉とさえなっている。

本論では、ブルトンがイマージュという概念にどのような輪郭を与えていたのか、そしてそれをいかに展開していったかを考察し、イマージュとは何かを考えてゆきたい。

＊

アンドレ・ブルトンのイマージュに関する理論は、ピエール・ルヴェルディが一九一八年に発表したアフォリスム「イマージュ」から啓示を受けて出発する。まずこのルヴェルディのアフォリスムを引用してみよう。


イマージュは精神の純粋な創造物である。

それは直喩《コンパレゾン》（比較）からは生まれ得ず、多少なりともかけ離れた二つの現実の接近から生まれる。

接近させられた二つの現実の関係が遠く適切であればあるほど、イマージュはいっそう力強く――いっそう感動力と詩的現実性をもつだろう。(2)


この箇所をブルトンが一九二四年の『シュルレアリスム宣言』*Manifeste du Surréalisme*(3)で引用し、考察、批判することになる。

まず、ブルトンの批判を『シュルレアリスム宣言』のコンテクストに沿って考えてゆきたい。上記のルヴェルディからの引用は、想像力、精神のもっとも大いなる自由としての想像力を、狂気、夢、不可思議との関連において擁護した後に記されている。

「すでにたどってきた道のりは、おおむねご承知のはずだ」という文章ではじまるこの部分でブルトンは自らの詩作の変遷をふりかえって考察を加えてゆく。ブルトンの処女詩集である『慈悲の山』*Mont de Piété*（一九一九年）の諸詩篇にもちいられた詩法、特に省略法について述べている。これはアルチュール・ランボーの読書体験によって得られたものであり、詩行の行間、頁の空白を利用し、そこにあるべき思考操作の省略によって言葉と言葉を衝突させ、ポエジーを得ようとするものであった。

　このいかにも人工的な手法を過去のものとして、先に挙げたルヴェルディのイマージュ論を引き、次のようなコメントを付けている――「これらの言葉は、素人には難解だろうが、非常に啓示的であり、わたしはこの言葉に長いこと思いをこらした。だがイマージュはつかまえられなかった。ルヴェルディの美学は、まったく帰納的なものなのに、わたしは結果を原因ととりちがえてしまったのだ[4]。」

　このコメントの直後に、ブルトン自身にとっても、またシュルレアリスム運動そのものにとっても出発点となるひとつの体験、「《窓ガラスをノックする》文章」の体験、つまり自動記述 l'écriture automatique の発見の報告が続く。

　ブルトンは第一次大戦中、一九一五年から一九年まで、軍医補佐としてナントやサン・ディジエなどの精神――神経科の療養所に配属させられる。一九二二年『精神分析学』*La Psychanalyse*[5] が仏訳されるまでジクムント・フロイトはフランスでは未紹介だが、ブルトンはサン・ディジエでの主任医師ラウル・ルロワ Raoul Leroy 博士からフロイトの仕事を教えられ、また戦争による神経症の患者の治療に従事しながら実際にフロイト流の精神分析を行い、その実験にも慣れていた。それは、「主体の批判的精神がそこに何らの判断もくださぬ、語られる思考と可能な限り一致する、なるべく早口でいわれるモノローグ[6]」であり、それを患者から引きだそうとするものであった。
こうした実験を経て、ブルトンはこの「語られる思考」の速度が言葉の流露する速度をこえるものではなく、ペンを走らせても追いつけるという確信をもって自動記述の実践にとりかかる。
この時期、シュルレアリスムという語は、芸術運動としての用語ではなく、心の純粋な自動現象 automatisme のことを指していたのだが、これがいわゆる自動記述の定義となってゆく。この自動現象が書き手にかわって、書く主体そのものとなり、意識的、反省的な自我、主体は消える。この時、自動記述を実践している者は、単なる「無音の収集装置」、「謙虚な録音装置」でしかなく書き手の個（人）性は消えるというのがブルトンによる自動記述の考え方である。[7]
この、主体の批判的精神が何らの判断をもくださぬ「語られる思考」、ここでは明確には触れられていないが別の箇所で「意識的思考とは無縁な文句」とあるように、ブルトンの文脈では「心の」psychique、あるいは「無意識の」、と同義とみなすことができるので無意識界と呼んでもよいが、こうした思考の真の働きを表現する自動記述の発見とその体系化によってブルトンはルヴェルディのイマージュ観に異議を申し立てるのである。つまり、シュルレアリスムの、自動記述によるイマージュは自然発生的に spontanément、専横的に despotiquement 差しだされるものであり、ルヴェルディのいうような意識的な「二つの現実の接近」はありえないと述べ、さらに、その「二つの現実」の「関係を精神が捉える」というのは間違いであると指摘する。精神が二項の関係を意識的、意志的に捉えるのではなく、その二項はあらかじめ、つまり意識で捉える以前に、意識化される前に偶然的に接近させられているのだ。[8][9][10][11]
ここで確認しておきたいことは、ルヴェルディが「二つの現実」deux réalités というのに対し、ブルトンが「二項」(「二つの言葉」) deux termes といいかえていることである。ルヴェルディはイマージュを構成する要素として、具体的な実在物、物、あるいは所記、シニフィエを想定していると思われるが、ブルトンはあくまでも terme (言葉)、つまり能記、シニフィアンを問題にしている。これはイマージュに対する両者の考え方の根本的な相違に結びつけることができるだろうが、後に再びふれることにしよう。

ここでルヴェルディとブルトンにおけるイマージュ観の相違を二つに分け、まとめることができるだろう。一つは、イマージュの二項の関係を精神が捉えるのかどうか、もう一つは、ルヴェルディが二項の関係がより遠く、適切 juste であればあるほどイマージュの力が強くなる、と述べた時の「適切さ」という問題である。というのも、ブルトンはこの点について次のように指摘するからである——「わたしにとって、もっとも力強いそれ(イマージュ)は最高度の恣意性を示すものである」。

それゆえ、ピエール・カミナードは『イマージュとメタファー』[12]のなかで「アンドレ・ブルトンのイマージュ、シュルレアリスムのイマージュはルヴェルディのそれと次のように異なっている——ルヴェルディのイマージュは適切であり、ブルトンのそれは恣意的である」[13]と結論している。

第一の点は明白であろう。ルヴェルディがイマージュの二項間の関係を精神が把握すると述べる場合、そこには主体の能動的な働きかけ、イマージュを創出しようという意志が認められる。イマージュの形成される場は「精神」ということになる。一方、ブルトンのイマージュが形成されるのは意識化される以前、無意識においてなので、イマージュの二項間の関係は意志的に創りだされるものではなく、精神は結果的にそれを認知するにとどまるのである。

第二点は、今述べてきたことと無関係ではないが、イマージュに何らかの価値基準があるかという問題である。

引用したブルトンの文章を一読すると、イマージュの恣意性に価値基準を置いているようにみえるが、それは得られた結果に基づく判断であり、イマージュの条件、ないしは規範となるものではない。ところがルヴェルディの場合は、「遠さ」と「適切さ」がイマージュの規範となる。というのも、イマージュの二項における関係の把握、創出が、さらには、二項間の意味の関係が問題となっているからである。

ここで両者のイマージュを具体的に検討してみたい。ブルトンは『シュルレアリスム宣言』のなかでイマージュの例を幾つか挙げているが、そこに引用されているルヴェルディとブルトン自身のイマージュを比較してみる。ルヴェルディのイマージュは次のようなものである。

世界は一つの袋のなかに戻る[14]

この一行は「壁の影」*L'Ombre du mur* と題された詩の四行目にあたるが、作品[15]では次の行、五行目に一語「夜」La nuit とある。確かに「世界」と「袋」という「二つの現実」は遠い関係にあるといえるが、二行を一つの単位としてみると、このイマージュは夜の描写的、説明的な意味を持つことが分かる。つまり、「夜（になると）、世界は一つの袋（のような闇）のなかに戻る」というメタファーとして機能している。

一方、ブルトンのイマージュの例は次のようなものだ。

橋の上で牝猫の顔の露が揺れていた[16]。

この「牝猫の顔の露」la rosée à tête de chatte を、「牝猫の顔の形をした（のような）露」と解釈したところで、円さという形の類似点は認められるにせよ、何かの比喩、云い換え、説明とはなっていない。ルヴェルディのイマージュが全て上記のような明白な比喩となっているとはいえないにせよ、二項間（むろんこれは便宜的なもので二項以上であってもかまわないものだが）の関係を「遠く」また「適切」なものとして精神が把握する限り、その図柄は静止的なものとして定着される。モーティマー・ギニー（『ピエール・ルヴェルディのポエジー』[17]）の「イマージュはその新奇さで恐らくショックを与えるものだろう、しかし、それはルヴェルディの他の多くのイマージュと同様、単純で、直接的で、視覚的なものである[18]」という指摘を待つまでもなく、視覚的、それも映像として定着しうる視覚性を特徴としている。

一方ブルトンのイマージュは聴覚的な側面が特徴になるものだ。この点がルヴェルディのイマージュと根本的に異なるところであるし、ブルトンのイマージュ論を考えてゆくうえでもっとも重要な問題を提起している点のように思われる。先ほども触れたことであるが、ルヴェルディはイマージュを構成する要素として、二つの実在物を想定していた。つまり物と物との平面的な関係である。それに対してブルトンはあくまで言葉 terme を問題にする。言葉と言葉の関係、というよりもその連結性、線的に流動してゆく言葉の連なりを重視する。これはイマージュの発生段階の相違でもある。

ブルトンにおけるイマージュはすでにみてきたように、「窓ガラスをノックする」、無意識界から流露し、突然意識の窓ガラス＝表層をノックする文章、「語られる思考」と一致する自動記述の同時産物である。つまり、イマージュとはまず第一に無意識のつぶやき、無意識界の言語活動、文章そのものといえる。事実、自動記述の発見の報告は次のように述べられていた。ある夜、寝入りぎわに「窓によって二つに切断された一人の男がいる」

« Il y a un homme coupé en deux par la fenêtre » という文章を音のない、しかし明瞭に発音されたかたちで聴きとり、その次にその「弱々しい視像」が浮かびあがってくる、というものである。[19] まず文章が聞こえ、次に映像が見えてくるのだ。むろん一度、把握されたイマージュは視覚的な図柄を形成するわけであるが、その発生次元では言葉の一連の流れ、無音の音声であることは重要であろう。ブルトンは後になってこのことを確認している――「つねに詩においては言語―聴覚的自動現象は読書にさいしてもっとも心を揺さぶる視覚的イマージュを創造するようにわたしには思われたし、一度たりとも言語―視覚的自動現象が読書にさいして前者に匹敵しうる視覚的イマージュを創造するとはとても思えなかった。つまり十年前と同じく今日でもやはりわたしは、真偽の知れぬ視覚的なものにたいする聴覚的なものによる勝利の側に立っており、それを盲目的に信じつづけている（盲目的……目に見える一切のものをいっきょに眺めわたす失明によって）[20]」。また別の箇所では次のように断言する――「偉大な詩人たちは『聴覚的な人間』であって幻視家ではなかった[21]」、と。

それゆえ、カミナードの、「最後に次のことを注意しておこう、ルヴェルディにならってブルトンは一度たりとて、イマージュのあり得べき音楽性、あるいは今日でいうところの音素のメッセージをイマージュが荷う可能性について考慮しない[22]」という指摘は少なくともブルトンに関しては不適切であろう。『シュルレアリスム宣言』のイマージュの例にロベール・デスノスのものがある。

Dans le sommeil de Rrose Selavy il y a un nain sorti d'un puits qui vient manger son pain la nuit.
（ローズ・セラヴィの眠りのなかには井戸から出てきた一人のこびとがいて夜パンを食べにくる。[23]）

引用された句を含むデスノスの一連のテクストについてブルトンが言及している文章を参照したい。それは『皺のない言葉』[24]という評論で、これらのテクストの「言葉の相互間の作用をできるだけ細かく研究すること」によって言葉の真の働きを認識すべきであると述べ、次のように結んでいる――「そしてよく解っていただきたいのは、わたしたちのいちばん信頼している存在理由が賭に付されている場合にこそ、わたしたちは《言葉の遊び》というのだということである。もっとも、言葉は遊ぶことをやめている。／言葉は互いに愛を営んでいるのだ。[25]」

　無意識からの自発的な言葉の流露、そこにおいて言葉は一つの自律的な運動をもつものであるという信念が表明されている。

　デスノスのイマージュを構成している二項は « un nain sorti d'un puits »（「井戸から出てきた一人のこびと」）と « son pain la nuit »（「夜パンを」）だが、ここから一読して次の関係が浮かびあがる――

nain ［nɛ̃］ – puits ［pɥi］

pain ［pɛ̃］ – nuit ［nɥi］

四つの名詞を成立させている主となる子音nとpとの交換によってこのイマージュは構成され、この二項はむろんいかなる比喩関係にもない。

　このようにブルトンがイマージュの聴覚的側面・自動記述による言葉の流露という発生次元に注目しているこ

とは特に強調しておきたい。

いずれにせよ、これらのイマージュはまず何よりも比喩関係を否定しているものといえるだろう。ルヴェルディのイマージュが、(比喩を形成するものも少なくないが)「二つの現実」、実在物をつきあわせることによって視覚的な効果を得ようとしたのに対して、ブルトンは言葉同士の自律的な連結関係をイマージュの構成要素として考えていたといえるだろう。

ここでもう一つ、イマージュの形式、フォルムが問題となる。ルヴェルディはそのアフォリスムのなかで、イマージュは直喩(比較)comparison からは生まれ得ない、と述べていた。ブルトンもこれを踏襲するようにやはり直喩を否定している――「イマージュの価値は得られた閃光の美しさにかかっている。それは、したがって、二つの伝導体間の電位差の働きによるものである。直喩《コンパレゾン》のように、こうした差異がほとんど存在しないときには、閃光は発生しない[26]」。

実際、この時期は、ルヴェルディにならい、ブルトンも直喩に対するメタファーの優位を主張している。しかし、これはイマージュが比喩の関係、つまり、二項間の説明可能性を否定するものであることを強調するいいまわしであることに注意したい。直喩であれば、〈~のように〉comme といった語によって二項間は説明づけられる(薔薇のように美しい、のように)。こうした比喩本来の役割である云い換えそのものが否定されているのである。

この比喩の機能が宙吊りにされる場合は、メタファーと直喩の区別は問題にされない。『シュルレアリスム宣言』のイマージュの例でもロートレアモンの次の文章は「~のような」comme という語が重要な役割を果たしている。

生長への傾向がその有機体の同化する分子の量に釣り合わない成人女性における胸の発育停止の法則のように美しい。(27)

誇張された語法がユーモアを生んでいるが、ここで指摘されなければならないことは、「のように美しい」という直喩を表わすはずの構文がここではいかなる比喩関係も表わしていないことである（ブルトンの引用では、そもそも比較される項が省略されている）。このイマージュで強調されるのは比喩機能が成立しない（他の言葉でい換えることのできない）その停止状態、宙吊り状態なのであろう。

このようにブルトンの考えるイマージュは必ずしも直喩を否定するものではない。というよりも、構文上はメタファーさらに直喩の形をとっていても、比喩本来の機能、意味の伝達性、云い換え、翻訳可能性が否定されている、といったほうが適切だろう。

以上、ブルトンとルヴェルディのイマージュに対する相違がいくらか明らかになったはずである。共通していることは、イマージュが修辞の否定であるということだ。形式（構文上）ではメタファーと同一のものだが、イマージュは比喩の機能、aはbであるという云い換えにはならない。

しかし、ルヴェルディのイマージュが言葉そのものというより意味内容を接近させて、映像的、視覚的、それゆえ静止的な図柄を描きだすのに対し、ブルトンのイマージュは言語の聴覚的な側面に忠実であろうとする。それはイマージュの発生次元の違いによるものでもあった。ブルトンの場合、イマージュは、理性の統御、審美的、道徳的配慮の埒外でおこなわれる無意識の書き取り、自動記述から得られる言葉の流露、言葉の運動そのものであるといえよう。また、ブルトンのイマージュにおいては「〜のように」comme という語で導かれる直喩も含むものである。しかし、この場合も、通常の意味における比喩関係は形成されず、逆に比喩の構文だけを浮き彫りにして、比喩機能を停止、宙吊りの状態においてイマージュの閃光を獲得しようとするのである。

*

これまでみてきたブルトンのイマージュ観がさらに明確になるのは『通底器』[28]（一九三二年）以後である。『通底器』では、ブルトン自身がおこなった自分の夢の夢判断にあらわれるさまざまの表象《イマージュ》が自己の欲望 désir の「圧縮、転移、換置、補筆」を通過したものであるとして次のように述べることになる——「実際、ついにはこう認めざるをえまい、つまり、すべてがイマージュになる、そして特定の象徴的役割が与えられていない、どんな些小な対象といえども何をかたどることも可能なのだ、と。精神は、たまたま与えられた二つの対象のあいだに存在しうるおよそ微弱な関係をも、すばらしい迅速さで捉えるのだし、詩人たちは、自分たちがつねに、人を欺く恐れなく、あるものが別のもののようだということができるのを知っている。それればかりか、詩人たちについて打ちたてうる唯一の序列は、彼らがこの点に関して示した自由さの多寡の差にしかもとづきえないのだ[29]」。

この箇所には原註がほどこされていて、「互いに可能なかぎり遠く隔たっている二つの対象を比較《コンパレ》すること、あるいはまったく別の方法によって、それらをだしぬけで心を打つ仕方で出会わせること、これは詩が志向しうるもっとも高次の責務でありつづける[30]」と記されているが、ここで問題となっているのはむしろイマージュのあり方、役割である。フロイトの影響の強い本書によってはじめてイマージュが欲望 désir のダイナミスムによる方向性をもっていることが指摘される。二つの対象（項《テルム》という語がここでは対象《オブジェ》に置き換えられている）によるイマージュ、このある対象と別の対象の接近、連結は、無意識における（夢においてと同様）欲望の顕在化とみなされるものである。「すべてがイマージュになる」というくだりは、どのように恣意的にみえるイマージュも欲望による無意識下のダイナミスムに従っているものであり、得られたイマージュの図柄はその方向性を表わしているという確信による言明であろう。

　イマージュが欲望の顕在化であるという考え方は『狂気の愛』[31]（一九三七年）でも述べられている――「それ〔イマージュの新しい連合〕は姿をあらわすために固有のテクスチュアのスクリーンを借りる。そのテクスチュアは具体的に漆喰のはげた壁であれ雲であれ、まったく別のものであってもかまわないのだ〔……〕。このスクリーンには人が知りたいと望むすべてのことが燐光を発する文字で、欲望の文字で書かれてある[32]」。『シュルレアリスム宣言』において、イマージュの発生の自然発生性が重要であることはすでに確認してきたことだが、その発生の原動力となるものが欲望の顕在化の作用であるとブルトンは考えていたものと思われる。イマージュの連結、イマージュの第一項から別の項への連結、移行は欲望のダイナミスム、その運動の方向性であるといえよう。イマージュは自動記述の同時産物であったわけだが、その発生には当然、無意識下における何らかの心的動きがなくてはならない。その契機となるものが欲望の顕在化のダイナミスムであるということができるだろう。

　このイマージュ論をさらに発展させ、ブルトンの詩論の集大成ともなっているものが『上昇する記号[33]』（一九四七年）である。

　ブルトンはここでイマージュ論の展開を総括し、詩的アナロジーを顕揚している。アナロジー analogie の接頭語 ana はギリシア語源であり、「上へ」、「下から上へ」en haut, de bas en haut の意、そして -logie はロゴスの意である。(34)

つまり、「上昇するディスクール（言葉、言説）」であり、まさに「上昇する記号」signe ascendant を指し、後にみるようにイマージュを上昇する記号としてみなしている（同時に占星術用語で、運命をつかさどる「上昇宮」の意味もある）。

アナロジーに敵対するものとして、「ゆえに」donc いう語で代表される思弁的、論弁的思考をあげ、こうしたあらかじめ想定された論理的言説を拒否し、さらにイマージュを擁護する。そして、本論でも問題にしたイマージュはメタファーの変形なのか、イマージュは直喩《コンパレゾン》を否定するものなのか、という問題に終止符をうつ。メタファーと直喩という区別は単に形式的なものにすぎず、共にアナロジーを形成する手段にすぎない。メタファーは閃光を発するもの、直喩は宙吊り状態を表わすものとして共に評価しているのだ。

そして再度、ルヴェルディのアフォリスムを引用し、その価値を確認したうえで、新たな条件を加えている。つまり、「倫理的秩序」であり、イマージュは不可逆的な方向性において動いてゆくものだとしている。イマージュの第一項から第二項への移行は生的緊張を示すものであるとされる。

ここでいわれる「倫理的秩序」とはあらかじめ定められた規範でないことは指摘するまでもないことのように思われる。そうした外的な統御には幾度も異議がとなえられてきた。ここでは生的な緊張を示すその不可逆的な（上昇する）方向性が示されている。つまり、『通底器』で述べられていた欲望のダイナミスムによる方向性と同義に解釈できるだろう。

イマージュが修辞学的な文彩でないかぎり、それは何かのいい換え、解説ではありえない。その時、イマージュのもちうる「意味」はそれが示す方向性だけによることになる。イマージュが上昇する記号となるかどうかは、イマージュにおける二項間の置き換えることのできない方向性が（欲望による）生命的緊張を示し得るか、得ないかによるのである。

さていま一度だけ、イマージュの形の問題にふれておこう。詩的アナロジーの実体となるイマージュにあらわれるメタファーと直喩《コンパレゾン》の区別、ルヴェルディによって直喩は排せられ、それにならうように『シュルレアリスム宣言』でも留保つきで直喩は否定されていたが、『上昇する記号』では、その区別が純粋に形式上のものだけであるとされた。むしろここでは直喩の機能（あくまでも形式上の機能ではあるわけだが）は積極的に評価されている。その箇所を引用しよう。

われわれが自由に使用していたもっとも刺激的な語は、それが発語されるにせよされないにせよ、「のように」COMMEという語である。(35)

『シュルレアリスム宣言』のイマージュの例にあったロートレアモンの「のように美しい」という構文がそうであったように、直喩の形式だけを利用しその比喩性を剝奪した場合、そこに宙吊り状態 suspension が生まれる。それゆえ、刺激的なイマージュは、そのまま直喩という形式をとるにせよ、メタファーという形式をとるにせよ（つまり、「のように」comme が発語されるにせよ、されないにせよ）、機能としてはその宙吊り状態を示すのである。

すでに明らかなように、初期から一貫してブルトンのイマージュは、結果的に修辞学でいわれる比喩の形を含みながら、その機能の否定、比喩関係における各項間の説明可能性の否定を特徴としている。さらに、ここでは直喩の通常の比喩機能は逆手にとられ、その機能が円滑に働かないことによって生じる修辞学的な意味作用の亀裂からイマージュの輝きを得ているのである。むろん急いでつけ加えておきたいことは、こうした修辞的な脱臼というものが意図的におこなわれるものではないということだ。結果において論理的な脈略からはずれていようと、「すべてはイマージュになる」という無意識下の欲望の要請に従っているにすぎないのである。

このように考えてくると、ブルトンのイマージュは次のように捉えるのがふさわしいように思われる。つまり、それは自動記述、無意識から流露する言葉を聴きとること、聴覚によるものであるので、静止的な映像を結ぶことなく、動的な方向性のなかでみてゆかなければならない。さらに、比喩の一形態でもないわけだから、ある一つの意味のなかで完結するのではなく、イマージュの一項から二項へと、そしてまた別の項へ移行してゆくその運動や変化にこそ注目しなければならないのである。

たとえば、『通底器』とほぼ同時期に書かれた作品、「閃光の館[36]」を参照してみよう。

哲学的な蝶が
薔薇色の星にとまる
そしてそれが地獄の窓をつくりだす

Papillon philosophique
se pose sur l'étoile rose
Et cela fait une fenêtre de l'enfer

« papillon » « pose » の［p］の破裂音、そして二行目の « pose » « rose » をはさむ « philosophique » « fait une fenêtre de l'enfer » の［f］の摩擦音のからむきわめて聴覚的なイマージュで始まるこの作品は、冒頭の二行が結果的に視覚的な印象を与えている。しかし、「そしてそれが〜」という三行目があってはじめて作品が展開されてゆく。とすれば、この作品の流れにおいては二行目と三行目は切り離すことができないほど緊密な関係をもつ。さらには、窓がつくられることによってこの館の室内が現われ、その一室の男女が提示され、室内の家具がさまざまに姿をかえ、変容されてゆく。つまり、冒頭の三行もそれにつづく詩行から独立させて考えることは不可能であり、そうした変化そのものがイマージュの意味となってゆく。例えば六行目「学者めいた家具が誘惑する」、あるいは室内と外部との浸透を示す十行目「それらのものの内部では空が青くなっていく」といった運動を表わす詩行がつづき、先ほど『狂気の愛』から引用したような欲望を映しだすスクリーンとしての「雲」が、つまり欲望のダイナミスムが示される。十二行目から十三行目にかけての「今や雲が［……］女を二つに切断する」、あるいは十九行目「果実のなる雲の下で脚は温室をめぐっていく」以下の詩行がそれであり、やがて欲望の解決が暗示される。しかし、この最終十行は驚くべきことにただ一つのシンタクスから形成されており、切りはなすことのできないイマージュを構成している。さらに、この十行には比喩となっているところは一箇所もなく、イマージュの刻々の変容、その連鎖があるばかりだ。二十一行目で「ベッドをあらわにする」愛への解決を暗示しながらも、二十四行目「〜まで」« jusqu'à ce que » にはじまり、最後から三行目「翌日はないということばを刻みこんだ小さな本の力の及ぶまで」という行で時間の停止が示される。

この十行は、比喩による意味上の解決ももたず、シンタクスの錯綜、つまりイマージュの絡み合いだけが展開され、この作品全体をあたかも「のように」comme という語が果たす「宙吊り状態」に置いている。上記してきたブルトンのイマージュの特徴が十分にあらわされているといえよう。

イマージュとは、そして特にブルトンのイマージュとは、形式的には修辞学におけるさまざまの比喩（メタファーと直喩が中心になるが）を含みながら、比喩本来の機能であるはずの二項相互間の説明可能性を否定するものであった。それゆえ、イマージュは比喩の構造、関係だけを浮き彫りにし、意味的ないい換えとはならない。また、イマージュは言葉の流露、言葉の連鎖的な動きそのものであるので、静的な視覚的像として定着することもできない。

イマージュとはなにより、「上昇する記号」として一定の方向性をもった（例えば、欲望のダイナミスムによる）運動、言葉の、能記 signifiant の変化それ自体であるといえるだろう。それゆえ、「意味的な喩」（＝メタファー）でもなく、かといって、静止的に把握できる「像的な喩」でもない。言葉自体の置き換えることのできない方向性、イマージュとはこうした絶えざる変容のエクリチュールそのものであると考えることができるだろう。

註

（1）本書ではシュルレアリスムの詩にあらわれる image の日本語表記は「イマージュ」とする。「イメージ」とすると「映像」の意味が強くなり、本論の主旨と抵触する恐れがあるのでさけたい。いわゆる「映像・印象」など一般的な意味で使われる場合は「イメージ」とした。métaphore については「隠（暗）喩」とはせず、より一般的であると思われるメタファーにした。

（2）Pierre Reverdy, 'L'image', *Nord-Sud*, n°. 13, mars 1918. 本論ではそのリプリント復刻版による。Editions Jean-Michel Place, 1980 : « L'image est une création pure de l'esprit./Elle ne peut naître d'une comparaison mais du rapprochement de deux réalités plus ou moins éloignées. / Plus les rapports des deux réalités rapprochées seront lointains et justes, plus l'image sera forte - plus elle aura de puissance émotive et de réalité poétique. »

（3） André Breton, *Manifeste du Surréalisme*, *OC*I, 1988.

（4） *Ibid.*, p. 324 : « Ces mots, quoique sibyllins pour les profanes, étaient de très forts révélateurs et je les méditai longtemps. Mais l'image me fuyait. L'esthétique de Reverdy, esthétique toute *a posteriori*, me faisait prendre les effets pour les causes. »

（5） *La Psychanalyse*, trad. Yves Le Long, Genève, Edit. SONOR, 1921.

（6） *OC* I, p. 326 : «［...］ un monologue de débit aussi rapide que possible, sur lequel l'esprit critique du sujet ne fasse porter aucun jugement, qui ne s'embarrasse, par suite, d'aucune réticence, et qui soit aussi exactement que possible la pensée parlée. »

（7） *Ibid.*, p. 330.

（8） *Ibid.*, p. 332 : «［...］ une phrase étrangère à notre pensée conscience ［...］. »

（9） たとえば、「シュルレアリスム第二宣言」の次のような箇所で使われている場合などがその例となろう。Second Manifeste du Surréalisime, *OC*I, pp. 809–810 : « Ces produits de l'activité psychique, aussi distraits que possible des idées de responsablilité toujours prêtes à agir comme freins, aussi indépendants que possible de tout ce qui n'est pas la vie passive de l'intelligence ［...］. »

（10） *Ibid.*, p. 337.

（11） *Ibid.*, p. 337. ルヴェルディのアフォリスムでは次のようにいわれている。P. Reverdy, 'L'Image', *op. cit.* : « On crée, au contraire, une forte image, neuve pour l'esprit, en rapprochant sans comparaison deux réalités distantes dont l'esprit seul a saisi les rapports. » ルヴェルディの『イマージュ』論は後に加筆され、*Le Gant de Crin*（一九二六年）に収められるが、本論ではブルトンの参照した初出しか問題にしない。

（12） Pierre Caminade, *Image et Métaphore : un problème poétigue contemporaine*, Bordas, 1970.

（13） *Ibid.*, p. 33 : « L'image d'Andre Breton, l'image surréaliste, diffère donc de celle de Reverdy : celle-ci est juste, celle-là arbitraire. »

（14） *OC*I, p. 337 : « Le monde rentre dans un sac. »

（15） L'Ombre du mur, *Plupart du temps* I, Gallimard, coll. Poésie, 1969, p. 198.

（16） *Sur le pont la rosée à tête de chatte se berçait*, *OC*I, p. 339.

（17） Mortimer Guiney, *La poésie de Pierre Reverdy*, George Editeur, 1966.

（18） M. Guiney, *ibid.*, p. 200 : « L'image est peut-être un peu choquant par sa nouveauté, mais elle est, en cela, semblable à beaucoup d'autre images de Reverdy . simple, direct et visuelle. »

（19） *OC*I, p. 325.

（20） *Le message automatique, Point du jour*, *OC*II, pp. 389–390 : « *Toujours en poésie l'automatisme verbo-auditif m'a paru créateur à la lecture des images visuelles les plus exaltantes, jamais l'automatisme verbo-visuel ne m'a paru créateur à la lecture d'images visuelles qui puissent, de loin leur être comparées.* C'est assez dire qu'aujourd'hui comme il y a dix ans, je suis entièrement acquis, je continue à croire aveuglément （aveugle...d'une cécité qui couve à la fois toutes les choses visibles） au triomphe, *par l'auditif*, du visuel invérifiable. »

（21） *Silence d'or*, *OC*III, p. 732 : « Les grand poètes ont été des « auditifs », non des visionnaires. »

（22） P. Caminade, *op. cit.*, 28 : « Remarquant, enfin, que Breton, à l'instar de Reverdy, ne pense jamais à la musicalité possible de l'images ou, comme on dit de nos jours, à la possibilité pour l'image de porter message de phonèmes. »

（23） *OC*I, p. 339, p. 47.

（24） *Les Mots sans rides*, *Les Pas perdus*, *ibid.*, pp. 284–286.

（25） *Les Mots sans rides*, *ibid.*, p. 286 : « Et qu'on comprenne bien que nous disons jeux de mots, quand ce sont nos plus sûres raisons d'être qui sont en jeu. Les mots du reste ont fini de jouer. Les mots font l'amour. »

（26） *Ibid.*, pp. 337–338 : « La valeur de l'image dépend de la beauté de l'étincelle obtenue ; elle est, par conséquent, fonction de la différence de potentiel entre les deux conduteur. Lorsque cette différence existe à peine comme dans la comparaison, l'étincelle ne se produit pas. »

（27） *Ibid.*, p. 339 : « *Beau comme la loi de l'arrêt du developpement de la poitrine chez les adultes dont la propension à la croissance n'est pas en rapport avec la quantité de molécules que leur organisme s'assimile.* »

（28） *La Vases communicants*, *OC*II, pp. 101–215.

（29） *Ibid.*, p. 181 : « On finira bien par admettre, en effet, que tout *fait image* et que le moindre objet, auquel n'est pas assigné un rôle symbolique particulier, est susceptible de figurer n'importe quoi. L'esprit est d'une merveilleuse promptitude à saisir le plus faible rapport qui peut exisiter entre deux objets pris au hasard et les poètes savent qu'ils peuvent toujours, sans crainte de tromper, dire de l'un qu'il est comme l'autre : la seule hiérarchie qu'on puisse établir des poètes ne peut même reposer que sur le plus ou moins de liberté dont ils ont fait preuve à cet égard. »

(30) *Ibid.*, p. 181 : « Comparer deux objets aussi éloignés que possible l'un de l'autre, ou, par toute autre méthodes, les mettre en présence d'une manière brusque et saisissante, demeure la tâche la plus haute à laquelle la poésie puisse prétendre. »

(31) *L'Amour fou*, *Ibid.*, pp. 673–785.

(32) *Ibid.*, pp. 753–754 : « [...] elles [les nouvelles associations d'images] empruntent pour se produire un écran d'une texture particulière, que cette texture soit cncrètement celle du mur décrépi, du nuage ou de toute autre chose. [...] Sur cet écran tout ce que l'homme veut savoir est écrit en lettres phosphorescentes, en lettres de *désir*. »

(33) *Signe ascendant*, *OC*III, pp. 766–769.

(34) A. Bailly, *Dictionnaire Grec-Français*, Hachette, 1950. H. Cottez, *Dictionnaire des Structures du vocabulaire savant*. Robert-Collins, 1980.

(35) *Signe ascendant*, *OC*III, p. 768 : « Le mot le plus exaltant dont nous disposions est le mot COMME, que ce mot soit prononcé ou tu. »

(36) 『集成４』四四〜四五頁。 *Hôtel des étincelles*, *Le Revolver á cheveux blancs*, *OC*II, pp. 74–75. （二十六行目 *Pas de lendemain* というヴァリアント有。）

HÔTEL DES ÉTINCELLES

Le papillon philosophique
Se pose sur l'étoile rose
Et cela fait une fenêtre de l'enfer
L'homme masqué est toujours debout devant la femme nue
Dont les cheveux glissent comme au matin la lumière sur un réverbère
qu'on a oublié d'éteindre
Les meubles savants entraînent la pièce qui jongle
Avec ses rosaces
Ses rayons de soleil circulaires

Ses moulages de verre
A l'intérieur desquels bleuit un ciel au compas
En souvenir de la poitrine inimitable
Maintenant le nuage d'un jardin passe par-dessus la tête de l'homme qui vient de s'asseoir
Il coupe en deux la femme au buste de magie aux yeux de Parme
C'est l'heure où l'ours boréal au grand air d'intelligence
S'étire et compte un jour
De l'autre côté la pluie se cabre sur les boulevards d'une grande ville
La pluie dans le brouillard avec des traînées de soleil sur des fleurs rouges
La pluie et le diabolo des temps anciens
Les jambes sous le nuage fruitier font le tour de la serre
On n'aperçoit plus qu'une main très blanche le pouls est figuré par deux minuscules ailes
Le balancier de l'absence oscille entre les quatre murs
Fendant les têtes
D'où s'échappent des bandes de rois qui se font aussitôt la guerre
Jusqu'à ce que l'éclipse orientale
Turquoise au fond des tasses
Découvre le lit équilatéral aux draps couleur de ces fleurs dites boules-de-neige
Les guéridons charmants les rideaux lacérés
A portée d'un petit livre griffé de ces mots *Pas de lendemain*
Dont l'auteur porte un nom bizarre
Dans l'obscure signalisation terrestre

閃光のホテル

哲学的な蝶が
薔薇色の星にとまる
そしてそれが地獄の窓をつくりだす
仮面の男は裸体の女の前に立ちつづけ
女の髪の毛は　明けがた消し忘れたガス燈にただよう光のように滑る
学者めいた家具が誘惑する　薔薇型の装飾と
輪をえがく陽光と
ガラスの鋳型とでもって
軽業を演ずる部屋を
それらのものの内部では　模倣もおよばぬ胸の思い出のために
空がコンパスで切りとったように青くなっていく
いま庭の雲が　腰をおろしたばかりの男の頭の上を通過し
魔術のような胸をもちパルマ公国の眼をした女を二つに切断する
いまは　ごたいそうな知的な風情をした北極の熊が
伸びをして一日を数える時刻だ
向う側では雨がある大都会の街路の上で棒立ちになっている
赤い花々の上に点々とつづく陽光をまじえた霧のなかの雨
往時の雨とディアポロ
果実のなる雲の下の脚は温室をめぐっていく
もはやひとつの真白な手が見えるだけであり　脈搏は二つの細かな翼で描きだされる
四面の壁のなかで不在の振子が揺れうごいて

頭をたたきわると
そこから一団の王たちが飛びだしてきて　たちまち戦火をまじえあうのだ
東洋ふうの光蝕
茶碗の底に光るトルコ玉が
雪の玉（肝木）という名のあの花々の色をした布団をかけたベッドを
かわいらしい小型テーブルを　ひき裂けたカーテンを
翌日はないということばを刻みこんだ小さな本の力の及ぶまであらわにする
その本の著者は地上の暗い標識のなかで
ある奇妙な名前をもっているのだ

『溶ける魚』論

I　オートマティスムとは何か

一九二四年に執筆され、発表された『シュルレアリスム宣言』はアンドレ・ブルトンの理論上の出発をなすものであり、またシュルレアリスム運動そのものの正式な始動点ともなっていることで二十世紀文学史においてもっとも重要な作品の一つに数えられている。事実、そこで述べられている「無意識」への信頼と、後に「自動記述」と名づけられることになるエクリチュールの発見はシュルレアリスム全体を貫くテーマとなる。しかし、『シュルレアリスム宣言』という書物が、初版および一九二九年版では、本の後半をしめている作品集『溶ける魚』と併せて一冊をなしていたことは忘れられがちである。

この小論では、むしろ『溶ける魚』に視点を置き、自動記述の問題を中心に考察してみたい。

＊

『シュルレアリスム宣言』（以下『宣言』と略す）という書物の成り立ちについてはマルグリット・ボネの『アン

ドレ・ブルトン――シュルレアリスムの冒険の誕生』[1]に詳しい。特にここで強調しておきたいことは、『宣言』がもともと『溶ける魚』の序文として執筆されはじめたということである。

ボネは、ブルトンが最初の妻であるシモーヌに宛てた手紙を引用しつつ、本書が一九二四年の三月には計画されはじめていたこと、最初は「シュルレアリスムのノート」(つまり『溶ける魚』となる作品)とその序文という構成であったことを明らかにしている。事実、『宣言』の中でも次のようにはっきりと「序文」という言葉が使われている――「そして、この序文の、蛇行し、気を変にさせるような文章を書いてこざるをえなかったこの私自身に訊ねてみたまえ」[2]。それゆえ、そもそも『宣言』はシュルレアリスムの、つまりは『溶ける魚』の方法論を呈示するのが目的であったといえる。『宣言』が「擁護」、『溶ける魚』が「顕揚」なのである。

ここでいわれるシュルレアリスム surréalisme とは、いわゆるグループや運動を示す意味でのシュルレアリスムではなく、「霊媒の登場」で「夢の状態と充分に照応するある種の心的オートマティスム」[3]と、『宣言』で「純粋な心的自動現象」と定義されたもののことであり、同じく『宣言』の中で「スーポーと私はこの新しい純粋な表現方法をシュルレアリスムという名で呼ぶことにした」[4]と述べているもの、つまり後に自動記述と呼ばれるもののことを指している。それゆえ、「シュルレアリスムのノート」は『宣言』の部分を指すのではなく、作品『溶ける魚』を指している。それでは自動記述とよばれることになるこのオートマティスムとは実際に何を指すのか、いかなる記述であるのか。[5]

第一章でも引用したが、『宣言』の中のシュルレアリスムの定義から確認してみたい。

シュルレアリスム 男性名詞。心の純粋な自動現象であり、それを通じて口頭、記述、その他あらゆる方法を用い、思考の真の働きを表現することを目標とする。理性による一切の統御をとりのぞき、審美的あるいは道徳的な一切の埒外でおこなわれる、思考の書き取り。(6)

シュルレアリスムを心的自動現象による思考の真の機能を表現する、思考の書き取りだと定義している。この「思考」という言葉に注目してみる必要がある。通常、自動記述は「無意識」の書き取りということになっている。『宣言』の中のこの定義も同様である。そうであるならば、ここに「無意識」l'inconscient という言葉がみられないというのはやはり奇妙なことといわなければならないだろう。むろんこの心的自動現象が無意識と関連がないというのではない。それどころか無意識と深く関わっていることは間違いないだろう。それだからこそこの言葉の欠如がより重要になっているのだと思われる。

ブルトンは第一次大戦中インターンとして招集され、一九一六年サン・ディジエの陸軍病院の神経・精神医療センターでフロイトの無意識の理論を含む学説を知る。ブルトン自身『宣言』の中で、フロイトの治療法を実際に幾度か実施していることを明らかにしていて、シュルレアリスムの「声」がフロイトの学説と関連があることを暗示している。また『宣言』に先立つ評論集『失われた足跡』中の「ダダのために」(一九二〇年)では「人々は無意識の組織的探査について語った」(7)ときわめてそっけなくではあるが無意識について言及し、また同様にそっけないものであるがフロイトとの会見の記録「フロイト教授インタビュー」なる一文もある。そして何よりも「霊媒の登場」(一九二二年)では、ブルトンらがシュルレアリスムと名づけたオートマティスムを「無意識の声」とはっきりと明示しているのだ。(8)

それでは何故に『宣言』では、「無意識」l'inconscient あるいは l'inconscience という言葉を一切もちいず、シュルレアリスムあるいはオートマティスムあるいは思考 pensée という言葉を使っているのか。

ブルトンが最初にオートマティスムの「声」を聴いた体験は、『宣言』の中にある「窓ガラスをノックする文章」として有名であるが、その文章は「窓によって二つに切断された男がいる」il y a un homme coupé en deux par la fenêtre というものであり、もう一つ『宣言』にあるオートマティスムの例は「ベチューヌ、ベチューヌ」Béthune, Béthune というものである。この二つの「声」の例がいずれもきわめて短い文であることに注意しなければならない。また、時代は大きく異なるが、ブルトンの最後の詩集に（これを詩集とみなして良いかどうかはここでは問題にしないとして）『A音』*Le La*（一九六一年）という自動記述の文章を集めたものがあるが、ここに集められた章句もまた同様に短いものばかりである。上に引用した「霊媒の登場」で述べられているように、これらの章句は無意識が語りかけてくるものとみなしてまず間違いないだろう。

それでは何故に、『宣言』の中で無意識という言葉を避けたのか。考えられることは次の二点である。

一つには、フロイトの無意識の理論が当然のことながら精神分析の臨床に基づいていること。すでに引用した「ダダのために」のそっけない記述の次節には次のような箇所が読める――「世論のなかでも、もっとも効果的にダダを毀損する恐れのあるものは、二、三の贋学者がそれに与えている解釈である。とくに今日まで人は、精神病学界で大流行に浴している一体系、すなわちフロイトの《精神‐分析学》なる体系の適用を、しかもその著者が予期していた通りの適用を、ダダのなかに見ようとしてきた」(9)。

フロイトの「精神‐分析」の応用への批判である。同様に、「フロイト教授インタビュー」あるいは一九三二年の『通底器』を思いおこしても良い。フロイトのシュルレアリスムに対する無関心、ブルトンのフロイトへの批判。「無意識」に対して共に重大な関心を持ち続けた双方が、実際には多大な距離があったことはしかたのないことだろう。一方は、主に病の治療として無意識に光をあてたのだから。ブルトンの方はといえば、フロイトの重要性を述べ続け、無意識に関心を持ち続けたことはいうまでもないことだが、それはむろん臨床的な関心ではなく、「生の主要な解決を求める」場、信頼を寄せるべき場としてあるのだ。『宣言』では、オートマティスムについての言及をおこなうにあたって、想像力、飛躍の原動力となる想像力への信頼から書き始められていたことも無関係ではあるまい。それゆえ、精神分析学の臨床用語として通用している「無意識」という言葉を自動記述にあてはめることを避けたと考えてみることができる。

二つには、ブルトンがオートマティスムの、自動記述の例として挙げる章句の短さである。それは例文であるから短いのではむろんない。『A音』につけられた序文を読んでみよう――「シュルレアリスムがその当初からいわゆる《自動》記述を通じてそれに従事し信頼を置いて来た《思考の書き取り》(あるいはその他のものの?)、私はこの(能動的、受動的な)聴き取りが、われわれが、目覚めているときにはどれほど危険にさらされているかはすでに述べたことがある。したがって、睡眠から取り出され、過ちようもなく記憶されたこれらの文章あるいは文章の断片、独語あるいは対話の切れっぱしは、私にとってつねに非常に大きい価値を持つものであった[……]。それらをテクストの最初にすっかり生のままでちりばめた時期もあった(「自動的メッセージ」そのほか)。私はこうすることによって、それらのことばに続くものが、たとえすっかり別の音域のものであろうとも、最後にはそれらのことばに密着し、それらの極めて高度な感情的昂揚の性格を帯びるに至るという結果となるという条件で、それらのことばに《つなぎあわせをする》ことを自分に課したのであった(10)」。

ここでは睡眠によって得られる「文章の断片」である自動記述のことが問題にされているのだが、重要なことは、こうした断片をテクストに「ちりばめた/嵌めこんだ」je les enchâssais というところだろう。そうすることによって言葉が密着し、つなぎあわせられ、連鎖してゆくのだ。

ブルトンは「A・ロラン・ド・ルネヴィルへの手紙」（一九三二年）の中で、シュルレアリスムのテクストにおいても言葉のオートマティスムの完璧な見本はなかった[11]と述べ、また「自動記述的託宣」（一九三三年）では「シュルレアリスムにおける自動記述の歴史は、はばからずに言えば、不運の連続の歴史ということになろう[12]」と記したことによって、自動記述の一種の挫折の表明とみられている。後者の文章では、正真の自動記述と、「多少とも意識的な展開のなかで自動記述的言語の進入を促すという中途半端なやり方」と、自動記述の模倣とが判別しがたいことを確認しているのだが、前者では、むしろ完璧な自動記述は最初からなかったという主張である。

「霊媒の登場」でみられたように、オートマティスムの声が無意識からの声であることをブルトンは最初に気づいたはずである。それと同時にか、あるいは幾つかの実験を経た後にかはわからないが、無意識の声だけを書き取りしてゆく「完璧な」自動記述もあり得ないことにも気づいたに違いない。『宣言』に「シュルレアリスムの文章構成法、あるいは下書きにして完成」といういわゆる自動記述の具体的な方法論が述べられている箇所があるが、そこでは次のように書かれている――「最初の文章はひとりでにやってくるだろう。同じ調子で、ひたすら外在化されることを望んでいる私たちの意識的思考とは無縁な文句が刻々に現れる。あとにつづく文章の素性は自分でもなかなか決めにくい。最初の文章を書きとめた事実が、たとえ最小限にせよ知覚をみちびくことをかりに認めるとしても、次の文章はおそらく私たちの意識的活動と同時に、もうひとつの活動にも属するはずである[13]」。

つまり、最初に書き取られる文章は「私たちの意識的思考とは無縁な」無意識から来る文章であるが、続く文は意識的活動と「もうひとつの活動」の性格を同時に帯びているのだ。なぜならば、最初の文章を書いたということが僅かな知覚をひきおこすからだ。それでは自動記述とは当初から「自動記述的託宣」でいわれる「中途半端なやり方」に甘んじていたのかといえば、むろんそうではない。自動記述の文章全体が無意識の声の書き取りによるものではないが、『A音』の序文にあったように、無意識からの文章が「ラの音」、全体の調性を決定する基音となって、あるいは別の文章を参照すれば「上昇する記号[14]」となって、次々と文章の連鎖をひきおこしていくのである。この言葉の連鎖運動こそが、自動記述における「自動」「オートマティスム」と呼ばれているものなのであろう。つまり、「自動記述」とは自動的な記述というよりは、むしろ記述の自動性 l'automatisme de l'écriture を指すのではないだろうか。

問いをもとにもどそう。何故、『宣言』では「無意識」なる言葉が使用されずに「オートマティスム」あるいは「思考」という言葉が使われているのか。一つには、精神分析学における臨床との混同を避けるためであり、病の治療に対して、無意識だけではなく、より広い心的活動、想像力が働き得る未知の探求の場であることを示唆するためでもある。もう一つは、自動記述が必ずしも無意識の語りだけで成り立っているわけではないことを明確にするためであったのではないか。無意識の語りが重要なファクターになっていることは否めないが、無意識だけではない、さまざまな思考の経路を経る言語的オートマティスムが問題となっているのだ。

では、次にこの言葉のオートマティスムとは何かを、『溶ける魚』にそって考えてゆきたい。

シュルレアリスム、オートマティスムを最初に、そしてもっとも純粋な形で試みた作品はフィリップ・スーポーとの共著『磁場』であることは良く知られている。『磁場』については第一章ですでに触れたので、ここでは詳述しないが、自動記述との関連でいくつか確認して[15]おきたい。

もっとも純粋な形で、と述べたが、それは共著によって書かれたということが大きく作用している。たとえば「棚」という章では、二人の対話という形式になっているが、そこでは双方のオートマティスムによる独語が決してかみあうことなく、衝突しあう様が定着されているし、また「蝕」という章では、記述の速度をあげ、二人の記述がそれぞれの人称性を脱し、ついには非人称的な記述を浮かびあがらせている。

しかしながら、ブルトンが一人で書いた「季節」などでは、ブルトン自身が述べているように「自らの幼年期の思い出を語る」という主題で一貫している。むろん、人が通常、思い出を語るものとはまったく異なり、イマージュの飛躍が多く、文脈をたどるのは容易ではない。それでも、ブルトン個人の具体的な思い出がちりばめられているのを読みとることが不可能でない程度に記述の水準はたもたれている。

このように、同じ自動記述においてもさまざまに異なった記述の水準があるわけだが、こうした位相の違いをミッシェル・カルージュ[16]は、C・G・ユングに近い考え方から無意識の三つの位相に分ける。個人的無意識、集合的無意識、そして宇宙的無意識である。カルージュの説を『磁場』に適用するならば、「季節」が個人的無意識、「柵」が集合的無意識、「蝕」が宇宙的無意識の記述ということになり、区分としては明快でもあり、魅力的でもあるのだが果たしてそうであろうか。

無意識という部分に重点を置けば、そして自動記述が多少の違いはあれ無意識に端を発していることは間違いのないことだから、カルージュの主張はもっともなところがあり、参考にせねばならない。しかし、先にみたように自動記述が全面的に無意識の書き取りで成立しているわけではなく、むしろ、言葉の自動運動という側面のほうが強調されてしかるべきであれば、言葉の、言葉の運動の、言葉の連鎖の水準の相違として考察するべき、言葉の「特殊な親和力」leurs affinités particulières の問題であると考えた方がよりふさわしいだろう。

『溶ける魚』は『磁場』に続く自動記述を全面的におしすすめた第二番目の、そしてブルトン個人による最初の作品集ということになる。ブルトン自身も『溶ける魚』を「シュルレアリスムのノート」、オートマティスムによるノートと呼んでいたことはすでに述べた。しかし、『宣言』では必ずしもオートマティスムが主張されているわけではない――「わたしはシュルレアリスム的紋切り型がまもなく確立するとは思わない。このジャンルに属するすべての文章に共通した特徴は、シュルレアリスム的散文のある種の時間的進歩と相容れないものではない。[……] この本の後半に添えた小話群はその明白な証拠を提供するものである[17]」。

ここで『溶ける魚』を指し示すのに「小話集」les historiettes という言葉を使っていることに注目したい。「シュルレアリスム的散文のある種の時間的進歩」とあるが、これはオートマティスムの進展、つまり無意識の声という断片性から「物語」という構造をもつものへと展開してきていることを示唆しているのではないだろうか。

オートマティスムの新たな展開、『磁場』の「季節」の章でみられた一人称的な抒情でもなく、「蝕」の章にみられた非人称的空間でもなく、『溶ける魚』の三十二篇はそれぞれが多様なテーマをもち、自動記述特有のイマージュの飛躍をもちながら、全体に奇妙な統一を保っている。それは「物語性」という統一である。ブルトンの作品には、『ナジャ』にせよ、評論『第三宣言　発表か否かの序文』にせよ、作品の中に別の作品（物語）を含んでいるものが幾つかあり[18]、多くは寓話的物語（寓意なき寓話が少なからずあるにせよ）であるのだが、全体の中の一部分でありながら作品の主要なテーマの、ある側面をより鋭く顕示している。『溶ける魚』もそうした作品中の作品（物語）と近似した印象を読者に与える。言語的オートマティスム、言語的連鎖、それが「物語」という構造をもつことによって、『磁場』の匿名性とはまた異なった側面、『ナジャ』などの諸作品を予告する新たなオートマティスムの展開を示しているといえるだろう。

Ⅱ　溶解する「私」

『溶ける魚』[19]の本文は、それぞれ番号を付された無題の三十二の断片からなっている。最後の章、テクスト32は「文学」誌 *Littérature* 新シリーズ第三号、一九二二年五月一日号に「赤い帽子の年」*L'Année des chapeaux rouges* というタイトルのもとに、他のテクストとは独立して発表されたものであるが、他の三十一篇はいずれも一九二四年の三月半ばから五月半ばまでの間に、七冊のノートに執筆された一〇二篇の作品から選ばれている[20]。

二カ月の間に百篇以上もの作品が書かれたことになる。短期間による執筆ということでは、『溶ける魚』に先立つ、最初の自動記述による作品『磁場』も、その大部分が一週間で書き上げられたことが想起される。自動記述の作品は「理性による一切の統御をとりのぞき、審美的あるいは道徳的な一切の埒外でおこなわれる、思考の書き取り」という性格上、構想を練る、もしくは推敲を重ねるということが原則的にはなく、まさにペンを走らせた瞬間からペンを置くまでの時間がその作品を書き上げる所要時間になる。それゆえ『溶ける魚』のテクストがきわめて短時間のうちに書き上げられたことは、なによりもこの作品が純粋に自動記述によって書かれたことの証左にもなるだろう。ブルトン自身もジャン・ゴーミエ宛ての書翰のなかで次のように述べている――「これら三十二篇のテクストのうち三十一篇は純粋に《オートマティックな》もの[21]」と。唯一の例外はテクスト32であり、この作品は執筆された時期にしても、「純粋に《オートマティックな》」ものではないという点においても、そして作品集の末尾に置かれているということからも特別な位置を占めている。

作品構成、作品の配列にも注目しなければならない。七冊のノートに書かれた原稿のすべてに日付が付けられているわけではないが、ノートでは、ほぼ執筆された日付の順に書かれている。このノートが初稿であることを考えればむしろ当然のことだろう。しかし、作品集に収められる段階でクロノロジックな配列は捨てられている。『溶ける魚』のテクスト1だけはノートでも最初に書かれてあり、この一連のテクストの最初のものであることがわかるが、その他のテクストに関しては『溶ける魚』に収録される時に選別され、さらに配列も意図的に変えられている。先に引用した書翰のなかでブルトンは次のように述べている。

これら［三十二篇のテクスト］はクロノロジックな配列で出版されず、あえていえば、自発的な構造がその配列をつかさどったのです。さらにいえば、そのテクスト間で、ネックレスを作るときのように、変化やスペースへの気づかいがその連鎖を決定したのです。(22)

『溶ける魚』のテクストは、自動記述による作品を単に集めたものであるだけでなく、テクストそのものへの推敲や修正はないが、「小話集」として、物語として再構成されていることが理解できる。『磁場』が自動記述における、記述の速度や人称の問題を含めた実験の書であるとすれば、『溶ける魚』は、この実験を経て、作品としての構成をより鮮明に意識してつくられたものといえるだろう。このことは自動記述によって書かれたという事実と何ひとつ抵触しない。むしろ作品としての意識をもったことはこの場合きわめて重要なことのように思われる。

＊

『溶ける魚』については、ブルトンの詩作品全体がまだそうであるように、多くは語られていない。しかしながら、いくつか重要な指摘がなされており、それを手掛かりにすることはできるだろう(23)。

ジュリアン・グラックは「『溶ける魚』の亡霊(24)」のなかで、この作品にあらわれる主要なイマージュ、鉱物、植物、動物のイマージュをとりあげ、その鉱物的な側面、というよりは宝石にみられるような透明性のテーマに注目している。その透明性は人間界の境界をなくすもの、「人間に向かって近づきつつある自然(25)」の側へ入ってゆくことを可能にするものとして捉えられている。そしてさらに、この自然と人間の接近を仲介するものとしての女性、妖精的な特徴をもつ女性の存在に着目し、『溶ける魚』がやはり女性がその霊感の源泉になっている『ナジャ』『狂気の愛』『秘法十七』の先駆的作品になっていることを指摘している。

ブルトンは『宣言』のなかで次のように述べている。

> 人は、戦慄とともに、神秘学者たちが危険な風景と名づけるものを横切るのだ。自分の背後にわたしは虎視眈眈たる怪物をよびさます。彼らはわたしにたいしてまだそれほど敵愾心を抱いておらず、わたしの望みは絶たれたわけではない、だってわたしは彼らを恐れているからだ。たとえばスーポーとわたしとは、このあいだまで、「女の顔をした象と、空飛ぶライオン」に出会うのではないかとおびえていたし、「溶ける魚」にいまでもわたしはいくらかの恐怖を感じている。〈溶ける魚〉といえば、わたしがその溶ける魚ではないだろうか、わたしは《双魚宮》のしるしのもとに生まれたのだし、人間は自らの思考のなかへ溶けるからだ！　シュルレアリスムの動物群と植物群とは打ち明けられないものである(26)。

この引用箇所は『宣言』のなかでも、『溶ける魚』に関していえばとりわけ重要な部分である。しかし、とりあえずはグラックのエッセーとの関連から、引用末尾「シュルレアリスムの動物群と植物群とは打ち明けられないものである」という箇所に注目したい。この引用部全体は自動記述の体験を語ったものだ。「女の顔をした象」云々は『磁場』の「蝕」という章にある一節であり、『磁場』中もっとも速い速度で書かれ、オートマティスムの度合いがもっとも強い部分であり、さらにいえば、共著によって書かれた成果があらわれているところでもある。ブルトンはこの箇所をブルトン自身が書いたものであると認めながら、同時にスーポーが書いたものでもあると述べている。つまり、オートマティスムを共同制作でおこなうことにより、その記述が個人のものから共同のもの、一人称的なものから非人称的なものへと変容してゆくことを指摘したものだ。[27]

自動記述の実践は、このような異様なイマージュをもたらすものであり、時には、一種の幻覚症状までひきおこすことになる。[28]それゆえ、自動記述によって得られるイマージュを「危険な風景」と呼び、そこに記述される動物や植物のイマージュを「打ち明けられないもの」としているのだろう。グラックも列挙しているように、『溶ける魚』にはさまざまのイマージュが、とりわけさまざまの「動物群」faune「植物群」flore が登場している。そして、この動物群や植物群は、後にみるように、この「小話」において単なる舞台装置や背景としてではなく、作品全体にかかわるより重要な役割を果たしていると思われる。

サラーヌ・アレクサンドリアンは『彼自身によるアンドレ・ブルトン』[29]のなかで『溶ける魚』にふれ、パリの実際の街並みの描写があることなどを指摘しながら、この作品を一種の「想像上の自伝」であると述べている。マルグリット・ボネはプレイヤード版 OCI の註で、アレクサンドリアンの批評について、『溶ける魚』を「自伝」とみなすのは誤りであることを指摘している。確かに、たとえば『磁場』の「季節」という章において、ブルトンは幼・少年期が「自伝」的に語られていたようには、ここでは何も語られていない。たとえば、テクスト25はしばしば、一九二四年のポール・エリュアールの失踪事件との関連が指摘されるが、これですら、テクストのなかでは事件を思わせる具体的なことは何ひとつ語られてはおらず、漠然とした想起が可能であるということにとどまる。それゆえ、『溶ける魚』から自伝的な要素を読みとるのは適当ではないだろう。しかし、アレクサンドリアンの指摘で重要なのはむしろ「想像上の」ということなのであろう。

『溶ける魚』は、テクスト32をのぞいて、全篇、純粋な自動記述によるものだった。しかし、このオートマティスムは『磁場』の「季節」におけるような「私」の記述、一人称の回想（個人的無意識の想起）としては働かない。むしろ「私」のさまざまな変容、「私」のさまざまな位相が語られているのではないだろうか。先に引用した『宣言』の文章にふたたび戻ることにしよう――「〈溶ける魚〉といえば、わたしがその溶ける魚ではないだろうか、わたしは《双魚宮》のしるしのもとに生まれたのだし、人間は自らの思考のなかへ溶けるからだ」。「思考の真の働き」を表現する自動記述。そのなかで溶解してゆく「私」、さまざまな「想像上の」イマージュに変容してゆく「私」の姿を捉えようとした試みが『溶ける魚』ではないだろうか。

＊

テクスト1、執筆の時期においても、『溶ける魚』の構成においても最初に位置するこの作品は『溶ける魚』全体の序にもあたり、舞台装置を呈示し、『溶ける魚』におけるエクリチュールの特徴をすべてあらわしていると読むことができる。

舞台は城・館 un château だ。「城」はブルトンの作品のなかでしばしば登場するテーマであり、『宣言』のなかでもシュルレアリストたちの集合場所として描写されていた。その描写の後に、次のようなコメントを付けている――「わたしは詩的な嘘をついているといわれるだろう。みんながわたしの住居はフォンテーヌ街にあり、お付き合いはごめんだと言い残して去るだろう。いまいましい！　だけどわたしが案内するその城、それがただのイメージにすぎないといえるだろうか？　だけど、もしこの宮殿が実在していたら！」[30]。「城」を詩的な空想と認めつつも、全面的には否定せず、ある種の留保をしている。この引用箇所の少し前に「良俗壊乱の精神がこの城を居と定めたのだ」[31]とあるように、この「城」はシュルレアリスムの実験がおこなわれる具体的な場としても想定されているようだ。

テクスト1において、「城」は、自動記述という一般的な記述からすればやはり一種の逸脱、「良俗壊乱」にあたる実験（実践）がおこなわれる場として設定される。さらに「幽霊が忍び足ではいってくる」、あるいは「この十四世紀の城の窓辺で、ひとりの女が歌っている」というように、ゴシック・ロマンをおもわせる登場人物が描かれ、『溶ける魚』が「小話集」、言葉をかえていえば、お伽噺や妖精譚の様式を踏襲していることが理解できる。ブルトンが『宣言』で「シュルレアリスムの動物群と植物群とは打ち明けられないものである」と述べた動物群や植物群をはじめとする詩的イマージュもこのテクスト1から豊富に登場する。そのいくつかを引用してみよう――公園はその時刻、魔法の泉の上にブロンドの両手をひろげていた」「海の鳥たちが笑う」「青い墳墓の娘たち」「枯れた楡と緑あざやかなキササゲだけが、獰猛な星々のミルクのなだれのなかで溜息をつく」「それからゴンドラ魚が、両手で目をかくしながら、真珠だかドレスだかをもとめて通りすぎる」。動物・植物・鉱物、さまざまなイマージュが描かれてあり、こうした詩的イマージュは『溶ける魚』全篇にわたり、列挙してゆくと際限がなくなるが、共通して指摘できることは、こうしたイマージュがほとんど擬人法で描かれていることだ。しかし、急いで付け加えておかなければならないことだが、この擬人法はむろん比喩として用いられているわけではない。自動記述においてはさまざまな喩の形式がつかわれるがそれは修辞学でいうところの比喩ではなく、言葉のオートマティックな連鎖とみるべきだ。この擬人法にしても、何か寓意的な意味があるわけではない。先に引用したグラックの言葉を借りれば、「人間に向かって近づきつつある」自然物の姿ということができるだろう。いや、むしろ、自動記述の過程で変容する事物の姿といった方が適切かもしれない。つまり、通常は描写されるにとどまる事物が、記述のなかで、むしろ主体になり、発話したり、行動したりしていると考えられないだろうか。自動記述とは作者の意図のもとに描写がおこなわれるわけではなく、そこに記されるイマージュが逆に主導権を握り記述を先導してゆくといった側面があり、『溶ける魚』における動物群や植物群などの擬人法も「上昇する記号」としてのイマージュと考えるのがふさわしいのではないだろうか[32]。しかし、一方で、こうした擬人化された動物・植物・鉱物の描写はお伽噺や妖精譚、つまり「小話」の形式にまさになっていることも忘れてはならないだろう。『溶ける魚』のテクストが純粋な自動記述によって書かれたことはすでに述べたが、それは必ずしも無意識の書き取りということを指すものではなく、より言語的な、といってさしつかえがあるならば、より作品的な虚構のなかでおこなわれるオートマティスムを指すものといえる。『溶ける魚』における自動記述が物語性という虚構の枠組みを積極的にとりいれていることは、こうしたお伽噺や妖精譚に頻繁にみられるイマージュが多く登場することからも指摘できるだろう。

それでは、このテクスト1のなかで「私」の位置はどのように扱われているだろうか。「私」は唐突に登場する――「だが私はこの城の鉄格子門で呼鈴をならしていた」と。この描写の前に「建物は私たちの逃走の鐘である」という一人称複数がでてくるが、これは不定代名詞的に広義に用いられている一人称複数であり、この物語の主体である「私」は（むろん「私たちの逃走」との関連で「だが」という接続詞が使われているのだろうが）唐突に登場する。突如、城の門の前に立っていて、呼鈴をならしている。「城」が、お伽噺や妖精譚において一般的にそうであるように、そしてブルトンにあっては特に、一種の聖域（ブルトンにとっては良俗壊乱の聖域）として特権的な場をあらわすことはすでに述べた。「私」が、聖域との境界に立ち、そのなかへ進入しようとしている者の姿として最初に登場するのはきわめて示唆的だろう。この「私」に、自動記述の現場に踏み入れようとしている主体（記述者）の姿を重ねて読むことはごく自然なことであるともいえる。

このようにして『溶ける魚』の「私」はこの物語のただなかへ、自動記述のただなかへ入ってゆくわけだが、しばらく先の叙述では、この城の回廊のなかで燕尾服に埋もれて脱出できない姿として描かれる――「私は私で、いちぶの隙もないこの黒の燕尾服のなかにどうにか身をうずめて、以来、もうそこから脱けでられないありさまである」。この外界から隔絶された「私」の姿はまた次のような描写でも確認される――「時を経たいまでは、もうはっきりとは見えてこない、これはちょうど、私の生の劇と私自身とのあいだに、ひとつの滝がかかっているかのようで、しかも、私はその劇の立役者ではない」。

自動記述のただなかへ入りこみ、そこに捕らわれ、そこで生起する「私の生の劇」を観る「私」。そこで主役を演じるのは「私」ではなく、むしろ「動物群」や「植物群」等のイマージュなのだが、このように自動記述のただなかでその生成にたちあう「私」、テクスト1に登場する「私」が『溶ける魚』全篇にわたる「私」の基本的な姿であるということができるだろう。

この『溶ける魚』における「私」の特徴をより本質的に捉えているのがテクスト2だ。テクスト2が執筆されたのはノートの前後の日付からして恐らく四月二十六日から二十八日の間であることはまちがいない。つまり執筆時期は『溶ける魚』全篇のなかでむしろ後半に属する作品といえる。後半に書かれたテクストが二番目に位置するのはやはり注目すべきことだろう。この構成はむろん意図的なものと考えるべきだ。テクスト1では城という舞台装置を提示し、そのなかへ入ってゆく「私」の姿が描かれていた。つまり、一種の導入部、プロローグとして読むこともできる。

テクスト2では奇妙な登場人物が描かれる——「私はひとりぼっちで、窓の外をながめている。誰も通らない、いや、むしろ、誰も通る（私は通るに強調をおく）ものがいない。このムッシューをあなたはご存じないか？これはムッシュー同一人物《ルメーム》です[33]」。ここに登場する人物は一人だ。たった一人で窓辺から通りを眺めている「私」。通りには誰もいないといっておきながら、ただちに彼は「ルメーム（同一人物）Lemême だ」と述べる。「私」とムッシュー・ルメームとの同一視がおこる。事実、この後、通りを歩いてゆく「私」の描写になる。このムッシュー・ルメームから想起されるのは『ナジャ』に（劇中劇のような形の「実に感動的な話」において）登場するムッシュー・ドゥルイ Delouit だ。わざわざ註で「私はこの名前の綴りを知らない」とことわられるこの極度の健忘症の男は deux Louis「二人のルイ」と読むこともでき、この名前以外なにひとつアイデンティティを持たない匿名的な、あるいは意識と無意識が同時に顕在する複数的な人物として語られている。テクスト2に登場するムッシュー・ルメームはムッシュー・ドゥルイの原型ともいえ、誰でもなく同時に誰でもあるような、「私」でなく同時に「私」であるような人物、『溶ける魚』の不安定な、さまざまに姿を変容させてゆく主体の表象として描かれているのではないだろうか。このようにテクスト2で、さまざまな事物、イマージュと同一（ルメーム）になる主体を提示することによって、以下のテクストでの「私」変容を予告していると読むことができるように思われる。

このムッシュ・ルメームと同様の複数的な側面をもつ主体がテクスト7に登場する「私」だ。騎士団「異文同好会」les Amis de la Variante の一員である「私」。この騎士団のメンバーは、それぞれがそれぞれのヴァリアント、「異文」であるような、無数に反復されていく人物の集団である。このテクストの冒頭に「もしも光りかがやく広告板が秘密をもらしてしまったら、この白い大理石のテーブルの騎士として夜ごと席につく私たちは、永久に道に迷い、自分自身にもどれなくなるだろう」とあるが、ここでの一群が仮の姿をした奇妙に不安定な存在であることが類推できる。

同様に不安定な「私」が描かれているものに自動車事故を描いたテクスト28がある――「私はそれ以来、しばらくのあいだしか自分と再会していない。死んでいるのか、生きているのか」。確固たる自分を失ってしまい、死んでいるのか生きているのかも不確定な「私」の姿だ。

テクスト2と7に戻ろう。「私」の無数のヴァリアントである分身たち。他者でありながら自分でもあるというテーマ、というよりは「私」のなかにある複数の他者というテーマがこの二つのテクストから読みとれるだろう。

こうした不安定な、確固たる姿をもたない「私」はしばしば受身的な存在として描かれる。それはテクスト3、5、18、30の私であり、声を聴くもの、聴き手としての私だ。テクスト3では「現代のスフィンクス」である雀蜂に道を訊ねられる私、テクスト5ではカメー・レオンに「四人称で」話しかけられる私、テクスト18では街灯の語りを聴く私、テクスト30では暖房やドアや天井の空気の語りを聴く私の姿が描かれている。こうした受身的に声を聴く姿、それは『宣言』のなかで述べられていたオートマティスムの声を聴くものの姿を思い起こさせる。たとえば、次のような文章を想起しよう――「私たちは、いかなる濾過装置にも身をゆだねることなく、私たち自身を、作品のなかに数々の反響を取り入れる無音の集音器に、しかもそれぞれの反響のえがく意匠に心うばわれることのない謙虚な録音装置にしたててきた[34]」。一種の「録音装置」となってしまう私。ここでは、私は一個の器、内部が空洞になっている器となっている。そしてあたかも受動的に聴くその語りによって空洞を充たしているかのような印象を与えるものだ。

テクスト30でいえば、暖房やドアや天井の語りそのものが私を充たしている。あるいは私の内部にあるイマージュ（オブジェ）たちが語っているのだといってもいいかもしれない。その語りの間、私という主体は暖房やドアといったイマージュ（オブジェ）とすり代わっていると考えることができるだろう。ここでは私という主体がいながら、主体の実体は暖房やドアといったイマージュなのであり、こうしたイマージュと同化した、こうしたイマージュに溶解してしまった私、soluble な（溶ける）私の姿が描かれているといえる。

このように、自動記述のなかでイマージュ（オブジェ）に変容し、同化する soluble な私の生成が、『磁場』ではみられなかった『溶ける魚』の主体の最大の特徴といえるのではないだろうか。

私がイマージュそのものに溶解し、消失してしまう過程をあらわしているテクストとしてテクスト14が考えられる。テクスト14は次のように始まる——「私の墓は、墓地が閉門されたあと、海をつきすすむ一艘の小舟のかたちになる」。私が死んだ後、私の墓が小舟に変身してゆく場面から始まるのだが、以後この小舟がテクストの主体となって一種の冒険譚が進んでゆく。このテクストは、「私」があるイマージュに（この場合は小舟に）溶解してしまう例としてわかりやすいものだろう。

このテクスト14と同様に死、もしくは死者が登場するものがいくつかある（テクスト9、18、23、28、29）が、これらも主体の変容というテーマのもとにくることができるだろう。ブルトンには、自動記述の体験を擬似的な死として捉える作品がいくつかあり、その系列に属するものといえる。[35]

テクスト14がそうであるように、『溶ける魚』には主語としての私 je が登場しないものがいくつかあるが、こうしたテクストに登場する主体、テクスト8の「不気味な野獣、驚異的な植物たち」、テクスト11の「黒ずくめの男たち」、テクスト12の「T教授」あるいは彼とそっくり同じ姿に変装した「レポーター」、テクスト13の「女のあとをつけてゆく男たち」テクスト17の「二人の男」、テクスト21の「道化師たち」、テクスト27の「七面鳥」、テクスト29の「猟師」、テクスト31の「サタン」なども私が変容し、同化した姿とみることは決して不自然なことではない。『ナジャ』のなかの有名な問い――「誰がいるのか？ ナジャ、あなたなのか？ あの世が、あの世のすべてがこの人生のなかにあるというのは本当か？ 私にはあなたのいうことがきこえない。誰がいるのか？ 私ひとりなのか？ これは、私自身なのか？」[36]も、反語的に自分の内部にある声について、自分の内部にある他者について語ったものであった。

『溶ける魚』における動物群や植物群をはじめとするさまざまなイマージュはそれゆえ、多くは、私が自動記述のなかで輪郭をなくし、溶解し、同化したもの（ムッシュー・ルメームとなったもの）、私のヴァリアントとしてみることができるのだ。

『溶ける魚』のなかで、はっきりと他者性を示しているものは女性のイマージュ（その多くは妖精的な側面をもっている）だけであるといっても過言ではないだろう。この女性のイマージュは各テクストにあらわれる。それは女性そのものの姿であらわれることもあるが、テクスト3の「雀蜂」、テクスト16の「雨」、テクスト19の「泉」、テクスト20の「ガス灯の琴鳥」といったイマージュでも描かれ、『溶ける魚』全篇を妖精物語のような一種の恋愛譚にする役割をはたしている。そして、このことから、『溶ける魚』を、後の『ナジャ』『狂気の愛』『秘法十七番』の諸作品に通じるような作品、恋愛のテーマによって、あるいは恋愛を、欲望を原動力にして書かれた作品とみなすことは納得し得ることだろう。フェルディナン・アルキエが『溶ける魚』に関して「ブルトンの探求の最初の種子のひとつは、恋愛のなかに存在したい、そして恋愛を通じて幸福に出会いたいという欲望であった(37)」と述べているのも充分にうなずける。

最後のテクストであるテクスト32も恋愛がテーマになっている。ソランジュという女性との恋愛と彼女の失踪(死?)が描かれ、探偵小説的な舞台装置となっている。この作品だけ一連の『溶ける魚』のテクストとは執筆時期が異なり、先に書かれたものであることについてはすでに触れたが、作品集の末尾に置かれているのは理由のあることだろう。なぜ、この作品が末尾に置かれているのか。まずは、『溶ける魚』全体のテーマである「恋愛」が中心的に扱われていること、また、テクスト1が中世的な、お伽噺もしくはゴシック・ロマンを舞台背景にもっていたのに対して、現代の探偵小説的な設定を対比させるためとも考えることができる。だが、何より重要なことはやはり「私」の位置なのではないだろうか。『溶ける魚』全体のなかに占める「私」、語り手であり、聴き手であり、さまざまなイマージュへ溶解・同化する「私」の結末を描いているからではないだろうか。テクスト32の最終部を引用しよう。

有名な脱走事件の数々について一冊のつまらぬ本が書かれているにすぎない。あなたが知らなければならないこと、それは、ふと気まぐれに身投げをしてみたくなるようなすべての窓の下で、かわいげな小悪魔たちが、悲しい愛のシーツを東西南北にひろげているということだ。私の観察はほんの数秒間しかつづかなかったけれど、自分がなにを知りたいのかはわかっていた。いずれにしろ、パリの各所の壁には、白い覆面をし、左の手には野をひらく鍵をもつ、ひとりの男の人相書きがはりめぐらされていた。その男、それは、私だったのである。(38)

このようにして『溶ける魚』は閉じる。テクスト1との対比は背景ばかりではないだろう。テクスト1に描かれていたのは、城へ、物語のなかへ、自動記述のなかへ入ってゆく私であった。ここでは指名手配された犯人として逃亡する男(出てゆく私)が描かれる(テクスト1にあった「建物は私たちの逃走の鐘である」とテクスト32の「有名な脱走事件」との類似も指摘しておくべきかもしれない)。しかし、より重要な箇所は「パリの各所の壁には、白い覆面をし、左の手には野をひらく鍵をもつ、ひとりの男の人相書きがはりめぐらされていた」とあるところだろう。「私」の複製が無限増殖したかのような印象を与える文章だ。ここに自動記述による変容を経て、さまざまなイマージュに溶解・同化した「私」の姿をみることは可能だろう。テクスト1ではおずおずと城のなかへ入っていった私が、自動記述の体験を経ることで、「野をひらく鍵」(自由への鍵)を手に入れることになる。『溶ける魚』を「私」という主体をめぐるこうした冒険譚、「私」という主体の変身譚として読むこともできるのではないだろうか。

＊

自動記述による最初の作品『磁場』はフィリップ・スーポーとの共著によって書かれたものだが、そこでは記述の速度を速めること、あるいは共同で一つの作品を執筆することによって「主体から客体への移行」を捉えようとしたものであった。それは主観的なものから、より客観的なものへ、さらには匿名的なものへ向かおうとする運動でもあった。たとえば、ブルトン一人で、そして比較的遅いスピードで書かれた「季節」という章では「私」という一人称が語りの主語であり、ブルトン個人の幼・少年期の思い出が語られていた。だが、二人の共著による、そして最大限のスピードで書かれた「蝕」の章では、主語は不定代名詞の「人・人々」onへと変わり、内容も個人的・主観的な要素はほとんどみられなくなる。『磁場』はこのように、主観的なものから客観的なものへ、個人的な想像力から集合的な想像力（創造力）への移行を試みる実験の書であった。

『溶ける魚』は自動記述によるブルトン二作目の作品にあたるわけだが、こうした『磁場』の匿名性を目指す実験を踏まえ、その実験の延長線の上に、新たな要素が付け加わったものだ。たとえば「恋愛」のテーマといったものもそのひとつということができるだろう。あるいは自動記述における物語性もそうだろう。しかし、ここで特に強調したいのは『溶ける魚』における主体のあり方だ。『磁場』にみられた「私」jeから「人」onへの移行といったものはここではみられない。『溶ける魚』にあるのは私jeの複数的な変容だ。もう一度ブルトンの言葉を引用しよう――「〈溶ける魚〉といえば、わたしがその溶ける魚ではないだろうか、わたしは《双魚宮》のしるしのもとに生まれたのだし、人間は自らの思考のなかへ溶けるからだ！」。

自動記述のなかで溶解する「私」、さまざまなイマージュに変容し、同化し、記述の運動を牽引する「私」、『溶ける魚』はこうした複数的な「私」を書く実験の書として読むことができるのではないだろうか。

註

（1） Marguerite Bonnet, *André Breton : Naissance de l'aventure surréaliste*, José Corti, 1975. 同書はアンドレ・ブルトンの未発表の書簡等を多く

参照、引用して事実関係を明らかにしており、特に『シュルレアリスム宣言／溶ける魚』について論述してある第八章、pp. 314–401を参照した。

（2） *OC* I, p. 331 : « Et à moi-même, qui n'ai pu m'empêcher d'écrire les lignes serpentines, affolantes, de cette préface. »

（3） *Entrée des médiums, ibid.*, p. 274 : « un certain automatisme psychique qui correspond assez bien à l'état de rêve. »

（4） *Ibid.*, p. 327 : « Soupault et moi nous désignâmes sous le nom de SURREALISME le nouveau mode d'expression pure. »

（5） 自動記述 l'écriture automatique については、Maurice Blanchot, « L'Espace littéraire »『文学空間』の第五章 « L'inspiration »、および、松浦寿輝「アンドレ・ブルトンの『内部』――声はどこから来るのか」（『フランス語フランス文学研究』No. 41, 1982）は引用する機会を得なかったが参照し、大いに啓発を受けたことを記しておきたい。同様に、同氏の「『通底器』における「解釈」と「置換」」、『東京大学教養学部外国語科研究紀要』第30巻第2号、一九八三年、および、« *André Breton ou la poétique du dehors* »、『東京大学教養学部外国語科研究紀要』第32巻第2号、一九八四年、にも大いに啓発された。

（6） 『集成5』三一頁。*OC* I, p. 274 : « SURRÉALISME, n. m.　Automatisme psychique pur par lequel on se propose d'exprimer, soit verbalement, soit par écrit, soit de toute autre manière, le fonctionnement réel de la pensée.　Dictée de la pensée, en l'absence de tout contrôle exercé par la raison, en dehors de toute préoccupation esthétique ou morale. »

（7） *Pour Dada, ibid.*, p. 239 : « On a parlé d'une exploration systématique de l'inconscient. »

（8） *Entrée des médiums. OC* I, p. 275 : « une autre voix que celle de notre inconscience. »

（9） *Pour Dada, op. cit.*, p. 274 : « Ce qui, dans l'opignon, risque de nuire le plus efficacement à Dada, c'est l'interprétation qu'en donnent deux ou trois faux savants. Jusqu'ici on a a surtout voulu y voir l'application d'un système qui jouit d'une grande vogue en psychiatrie, la « pscho-analyse » de Freud, application prévue du reste par cet auteur. »

（10） *Le La, OC* IV, p. 341 : « La « dictée de la pensée »（ou d'autre chose?）à quoi le surréalisme a voulu originellement se soumettre et s'en remettre à travers l'écriture dite « automatique », j'ai dit à combien d'aléas dans la vie de veille son écoute（active-passive）était exposée. D'un immense prix, par suite, m'ont toujours été ces phrases, ou tronçons de phrases［...］. Il fut un temps où je les enchâssais tout bruts au départ d'un texte（« le Message automatique » et quelques autres）. Je m'imposais par là d' « enchaîner » sur eux, fût-ce dans un tout autre registre, à charge d'obtenir que ce qui allait suivre *tînt* finalement auprès d'eux et participât de leur très haut degré effervescence. »

（11） Lettre à A. Rolland de Renéville, *OC* II, p. 327 : « nous n'avons jamais prétendu donner le moindre texte surréaliste comme exemple *parfait* d'automatisme verbal. »

（12） *Le Message automatique, ibid.*, p. 380 : « L' histoire de l'écriture automatique dans le surréalisme serait, je ne crains pas de le dire, celle d'une infortune continue. »

（13） *OC* I, p. 332 : « La première phrase viendra toute seule, tant il est vrai qu'à chaque seconde il est une phrase étrangère à notre pensée consciente qui ne demande qu'à s'extérioriser. Il est assez difficile de se prononcer sur le cas de la phrase suivante ; elle participe sans doute à la fois de notre activité consciente et de l'autre, si l'on admet que le fait d' avoir écrit la première entenîne un minimum de perception. »

（14） *Signe ascendant, OC* III, pp. 766–769. ブルトンにおける自動記述、言語的オートマティスムについてはイマージュとの関連においては「イマージュ論の展開」（本書第二章）で触れた。

（15） 「『磁場』序説」（本書第九章）および「『磁場』から『処女懐胎』へ――詩的共著作品について」（本書第一章）参照。

（16） Michel Carrouges, *André Breton et les données fondamentales du surréalisme*, Gallimard, coll. « Idées » , 1971, pp. 331–369.

（17） *OC* I, p. 341 : «［...］ les historiettes qui forment la suite de ce volume m'en fournissent une preuve flagrante. Je ne les tiens à cause de cela, ni pour plus digne, ni pour plus indignes, de figurer aux yeux du lecteur les gains que l'apport surréaliste est susceptible de faire réaliser à sa conscience. »

（18） たとえば、『ナジャ』中の「ドゥルイ氏」の挿話、『第三宣言』中の「透明なる巨人」等。

（19） *Poisson soluble* 本文は、*OC* I による。『溶ける魚』のそれぞれのテクストは「テクスト1」のように呼ぶ。

（20） *OC* I における Marguerite Bonnet による Notice 参照。*OC* I, pp. 1368–1371.

（21） *Ibid.*, p. 1365 : « Ces 32 textes - dont 31 purement "automatiques".»

（22） *Ibid.*, p. 1365 : « Ils ［ces 32 textes］ n'ont pas été publiés dans l'ordre chronologique mais je n'oserais dire qu'une structure volontaire a présidé à leur disposition. Tout au plus un souci de varété et d'aération entre eux, comme dans les colliers, a décidé de leur enchaînment. »

（23） ここで問題にする論考の他に、Laurent Jenny, « La Surréalité et ses signes narratifs », *Poétique*, no. 16, 1973, pp. 499–520. が『溶ける魚』のテクスト27について言語学分析および物語の構造分析をおこない、また Pléiade I の校訂者でもある Marguerite Bonnet, *André Breton-Naissance de l'aventure surréaliste*, José Corti, 1975, pp. 386–401. は事実関係を詳細に検討しつつ『溶ける魚』を論じている。共に参照した。

（24） Julien Gracq, « Spectre du *Poisson soluble* », in *André Breton-Essais et témoignage*, recueillis par Marc Eigeldinger, Neuchâtel, A la Baconnière, éd. revue et augmentée, 1970, pp. 207–220.

（25） *Ibid.*, p. 218 : « une nature déjà en marche vers *l'homme.* » イタリック体の強調は原文による。以下同様。

（26） *OC* I, p. 340 : « On traverse, avec un tressaillement, ce que les occultistes appellent des *paysages dangereux*. Je suscite sur mes pas des monstres qui guettent ; ils ne sont pas encore trop malintentionnés à mon égard et je ne suis pas perdu, puisque je les crains. Voici « les éléphants à tête de femme et les lions volants » que, Soupault et moi, nous tremblâmes naguère de rencontrer, voici le « poisson soluble » qui m'effraye bien encore un peu. POISSON SOLUBLE, n'est ce pas moi le poisson soluble, je suis né sous la signe des Poissons et l'homme est soluble dans sa pensée! La faune et la flore du surréalisme sont inavouables. »

（27） 「『磁場』序説」（本書第九章）および「『磁場』から『処女懐胎』へ——詩的共著作品について」（第一章）参照。

（28） 自動記述の実験中におこる幻覚症状については André Breton, « En marge des *Champs magnétiques* », in *Change*, no. 7, 1970, p. 17. あるいは『ナジャ』においても具体的に語られている（*OC* I, p. 658）。

（29） Sarane Alexandrian, *André Breton par lui-même*, Seuil, coll. « Ecrivains de toujours », 1971, p. 40.

（30） *OC* I, p. 322 : « On va me convaincre de mensonge poétique : chacun s'en ira répétant que j'habite rue Fontaine, et qu'il ne boira pas de cette eau. Parbleu! Mais ce château dont je lui fais les honneurs, est-il sûr que ce soit une image? Si ce palais existait, pourtant! »

（31） *Ibid.*, p. 322 : « L'esprit de *démoralisation* a élu domicile dans le château. »

（32） ブルトンにおける詩的イマージュの果たす役割については「イマージュ論の展開」参照。

（33） *OC*I, pp. 352–353 : « je suis seul, je regarde par la fenêtre ; il ne passe personne, ou plutôt personne ne *passe*（je souligne passe）. Ce Monsieur, vous ne le connaissez pas? c'est Monsieur Lemême. »

（34） *Ibid.*, p. 330 : « nous sommes faits dans nos œuvres les sourds réceptacles de tant d'échos, les modestes *appareils enregistreurs.* »

（35） 『磁場』においても「死」のテーマはみられた。詩作品でいえば *Le Revolver à cheveux blancs* 中の Allotropie が典型的なものといえるだろう。自動記述における主体の死というテーマから Allotropie を論じたものに巖谷國士「二人になった「私」」（『シュルレアリスムと芸術』河出書房新社、一九七六年）があり、大いに啓発された。岩波文庫版『ナジャ』の解説および『ナジャ論』（白水社、一九七五年）同様である。

（36） *Nadja*, *OC* I, p. 743 : «Qui vive? Est-ce vous, Nadja? Est-il vrai que l'*au-delà*, tout l'au-delà soit dans cette vie? Je ne vous entends pas. Qui vive? Est-ce moi seul? Est-ce moi-même ? »

（37） Ferdinand Alquié, *Philosophie du surréalisme*, Flammarion, 1956, p. 17 : « l'un des premiers ferments des recherches de Breton fut le désir d'exister dans l'amour et de rencontrer, par l'amour, le bonheur. »（巖谷國士・内田洋訳『シュルリアリスムの哲学』河出書房新社、一九七五年）

（38） *OC* I, p. 399 : « On n'a écrit qu'un livre médiocre sur les évasions célèbres. Ce qu'il faut que vous sachiez, c'est qu'au-dessous de toutes les fenêtres par lesquelles il peut vous prendre fantaisie de vous jeter, d'aimables lutins tendent aux quatre points cardinaux le triste drap de l'amour. Mon inspection n'avait duré que quelques secondes et je savais ce que je voulais savoir. Aussi bien les murs de Paris avaient été couverts d'affiches représentant un homme masqué d'un Loup blanc et qui tenait dans la main gauche la clé des champs : cet homme, c'était moi. »

『地の光』論

『地の光』[1]は一九二三年十一月、《リテラチュール（文学）誌叢書》の一冊として発行された。第一詩集『慈悲の山』（一九一九年）、フィリップ・スーポーとの共著詩集『磁場』（一九二〇年）に次ぐアンドレ・ブルトン三冊目の詩集ということになるが、『磁場』は共著作品であるので、ブルトン個人の詩集とすれば第二詩集にあたる。『地の光』の刊行は、自動記述による詩集『溶ける魚』を含む『シュルレアリスム宣言』（一九二四年）発表の前年にあたるが、『慈悲の山』から『地の光』に至る時期はちょうどダダからシュルレアリスムへと移行する過渡期ということになり、ブルトン自身にとってもシュルレアリスム思想の模索期間にあたるといえるだろう。

それでは『地の光』も過渡的な作品ということになるのだろうか。ブルトンの詩的探究のなかで『地の光』がどのような位置をしめるのか考えてみたい。

＊

まずいくつかの文学史的な指標をふりかえることから始めたい。

ダダは、一九一六年、チューリッヒにおいて、トリスタン・ツァラ等によって創始される。ブルトンも破壊精神にみちたこの運動には関心を示していたが、それが決定的な影響力をもつのは、一九一八年十二月に《Dada 3》誌に発表された（ブルトンは翌年の初めにこれを知る）ツァラの「ダダ宣言一九一八」であり、ブルトンは『対話集』*Entretiens* のなかで次のように述べている——「火薬に火を投ずるのは、一九一九年の初めにパリに届いた《ダダ宣言一九一八》です。これは猛烈な爆発性をもっていました」[2]。チューリッヒにおけるダダの運動と平行して、ブルトンは一九一七年にフィリップ・スーポーやルイ・アラゴン、その翌年にはポール・エリュアールを知り、後のシュルレアリスムのグループが結集されてゆく。一九一九年三月、ブルトン、アラゴン、スーポーの編集による「文学」誌が創刊され、五月から六月にかけて初めての自動記述の試み『磁場』がスーポーとの共著によって執筆される。同じ六月に、ブルトン第一詩集『慈悲の山』が刊行される。一九二〇年一月、ツァラがパリに到着し、パリ・ダダの時代が始まり、ブルトンらも熱狂的にダダ運動を展開する。しかし、翌一九二一年の初めにはブルトンはダダ運動と距離をとりはじめ、五月におこなわれた「バレス裁判」でツァラとの不和が決定的になる。「バレス裁判」において、ツァラはダダ的な全否定もしくは嘲笑に終始するが、ブルトンはそうした一種のアナーキスムから脱して新しい体系を求めようとしていた[3]。これを契機にブルトンはダダ運動と訣別する。一九二二年三月「文学」誌新シリーズ第一号を刊行。まだその名称はないが、実質的にはシュルレアリスム運動の開始とみることができる。九月、ルネ・クルヴェルによってもたらされた催眠状態における実験、いわゆる「催眠的な眠り」の時期が始まる。一九二三年十一月、本誌集『地の光』の刊行。翌一九二四年、十月、シュルレアリスム・グループのいわば本部である「シュルレアリスム研究所」がオープンし、ブルトンの『シュルレアリスム宣言／溶ける魚』、そして機関紙「シュルレアリスム革命」が刊行され、シュルレアリスム運動が正式に発足する。

以上が、ブルトンを中心としたダダ誕生からシュルレアリスム運動の開始までのおおまかな流れだが、ブルトンのダダ時代といえるのは一九一九年の初めから一九二一年の半ばまでのおよそ二年間ということになる。ブルトンとダダの関係はさまざまな見方があるが、[4]極端な話をすれば、自動記述の発見をシュルレアリスムの出発とみなし、ダダとシュルレアリスムが平行して存在したと主張することもできる。[5]自動記述の発見をシュルレアリスムの出発とみなすことに異存はないが、また同時にブルトンがダダに強く影響され、ダダ運動に積極的に参加したのも事実である。ブルトンにおけるダダの作品と指摘できるものもある。

第一詩集『慈悲の山』には、一九一三年から一九一九年までに書かれた詩作品十五篇が収録されていたが、マラルメやヴァレリーをはじめとするいわゆる象徴主義の詩人の影響を受けた定型韻文詩、あるいはランボーからアポリネールやルヴェルディといった先行詩人の影響を受けた作品とともに「神秘のコルセット」という作品が巻末に置かれているが、ここにダダの影響をみとめることはごく自然なことだろう。[6]

『慈悲の山』以降の作品、つまり一九二〇年から一九二三年までの作品を収録した[7]『地の光』を、マルグリット・ボネはプレイヤード版全集*OCI*の解題で、執筆時期から三つに区分している[8]――（1）一九二〇～一九二一年、ダダ時代の作品：「贋造貨幣」、「PSTT」、「爬虫類の強盗ども」、「羊皮紙めいた愛」、「ヒワガラ石」、「砂丘の上の地図」、「やぶれない投網」、「ランデヴー」、「私生活」の九篇。（2）一九二二年の作品：「五つの夢」と「丸葉朝顔そしてわたしは斜辺を知っている」。（3）一九二三年の作品：上記の作品を除く残余二十篇（タイポグラフィーが一種のイラストレーションのような役目をはたしている「鉄道株式証書の記録」と「島」の二篇はこの分類から除外されている。

では、『地の光』についての考察を、パリ・ダダの時代に書かれた作品を検討することから始めたい。

これらの作品のうち一見すると典型的なダダの作品とみえるものが二つある。「贋造貨幣」と「ＰＳＴＴ」だ。「ＰＳＴＴ」は電話帳の一部、ブルトンと同姓のところを写したものである。二十名の電話番号、姓名、職業、住所があり、末尾に電話帳の名前の記載をまねた «Breton（André）»[9] というブルトン自身の署名がある。ただそれだけのものだ。ここにダダが得意とした偶然性への依拠をみることはできるだろう。つまり、新聞記事の言葉を切りぬき、それを無作為に配列して「詩」と称する手法、あるいは既製品、レディ・メイドを通常の文脈からとりだし異なる文脈のなかに置くことで驚きや新しさを喚起する手法の一例とみることもできる。こうした意図があることはまちがいのないことだろう。しかし、そればかりではなく次のようにも読めるのではないだろうか。つまり、この作品を『磁場』に通じるような匿名性の問題、あるいは「私」の内部にある複数の主体という問題[10]を内包した作品として読むことも可能なのではないだろうか。自分と同じ姓をもつ存在を列挙することで、「私」という存在の複数性、「私」の無意識の底にある複数の「私」の存在を示唆しているのだと。タイトル「ＰＳＴＴ」は当時の郵政省をあらわす郵便Ｐ（ostes）電信Ｔ（élégraphe）電話Ｔ（éléphone）と呼び掛けの間投詞との言葉遊びになっているのだが、この注意を喚起する呼び掛けは自分に、自分の内部に向けられていると考えられる。そしてもう一点、注目すべき箇所がある。この «Breton» の列挙の最後のところだ。

Roquette 09–76... Breton et Cie（SOC. an.), charbons gros, q. La Rapée, 60, (12e).[11]

「ブルトン商会（株）、炭卸」この「株式会社」（SOC. an.）というところにも一種のアノニマや複数性の記号を認めることもできるが、問題は「炭卸」である。『磁場』は「全ての終わり」と書かれてある頁で終わっていたが、その下には《アンドレ・ブルトンとフィリップ・スーポー／薪・炭商》[12]とあった。これについてブルトンの自註があるので引用しよう――「恐らくシュルレアリスムの神秘だ。少なくとも当時としてはもっとも完璧な移行への大いなる呼びかけである。著者たちは跡形なく消え去ることを考えていた、もしくは考えるそぶりをみせていた。たとえば《薪・炭商》のみじめな小さい商店の匿名性」[13]。「最も完璧な移行」つまり、アノニム、匿名な存在への移行の願望をこの「炭」のイメージから読みとることができるのだ。『ナジャ』にも「薪・炭商」の薪の切断面を見て一種の幻覚症状がおきたことが述べられているが[14]、この「炭」charbons はブルトンにとって匿名性、アノニマの表象なのである。「ＰＳＴＴ」は時期的にいえばまさにダダの作品ということになる（『磁場』にしても同様のことがいえるが）。しかし、今みたようにこの一見レディ・メイド的な作品にも、ブルトンの『磁場』から始まり『ナジャ』にまでひきつがれる「私」という主体の匿名性、複数性という根源的な問いが含まれているといえる。こうした無意識下の他者の問題は『溶ける魚』ほど明確ではないにしても『地の光』の他の作品からも読みとれる。「砂丘の上の地図」もその一つということができるだろう。その謎めいた末尾を引用しよう――「私は、カーテンの中で役割の失われているきらびやかなアラビア風外套のあいだにいるのが、自分の血をひいた一人の男だと気づいていた」[15]。この「自分の血をひいた男」もまた「私」の内部にある分身、「私」の内部にある他者であるということができるだろう。

もう一篇「贋造貨幣」[16]もまたダダの作品の特徴をそなえている。言葉の音節を自由にきり、一種の「音響詩」、あるいはシャンソンの様相を呈する作品だ。事実、この作品はフィリップ・スーポーとの共著による戯曲（あるいは劇詩）「私なんか忘れますよ」（一九二〇年）のなかでシャンソンとして歌われる[17]。この作品は一九一四年に書かれた韻文定型詩「カマイユー」の最終ストロフを切断し、配列しなおしたものだ。その元になった四行詩節を引用しておこう。

ボヘミアのクリスタルの花瓶から
子供のきみが吹いていたシャボン玉まで
それにしても詩のすべてが素晴らしい
反射のつかのまの曙(18)

「贋造貨幣」は、この美しい詩行をいささか滑稽な音に切断したまさに「贋造」の作品であるが、原詩のもっているイマージュはそのままひきついでいる。それは大気や光、あるいは宝石の透明さをあらわすイマージュだ。この作品はこうした透明なイマージュであふれている。「ボヘミアのクリスタルの花瓶」「シャボン玉」「曙」「反射」、これら大気の光や透明性をあらわすイマージュはこれからみていくように『地の光』の、そして『地の光』ばかりでなく『地の光』以降のブルトンの詩作品全般についても同様のことが指摘できるのだが、鍵をにぎるイマージュであるといえるのである。
「贋造貨幣」も「ＰＳＴＴ」もダダの痕跡を残した作品ということはできる。そういう意味では過渡的な作品という指摘もし得るだろう。しかし、「私」という主体をめぐるブルトンの根源的な問いを内包していること、あるいはブルトン特有の詩的イマージュをあらわしていることを考えればこうした指摘は意味をなさないといえる。このダダ期の二つの作品も『ナジャ』や『狂気の愛』などにひきつがれてゆく問題をもったブルトンのオリジナルな作品であると考えられるのだ。

「贋造貨幣」がそうであるように、詩集『地の光』全体が光にみちあふれている。この詩集の表題『地の光』が象徴的だが、ここに収められた作品は光（そして光をあらわす透明さ、あるいは天空）のイマージュを中心にして作品が収斂していくような印象を与える。「地の光」Clair de terre というイマージュはむろん月光、月の光 clair de lune の見方を逆転したものだが、ジェラール・ルグランらが指摘しているように、[19] マラルメの後期ソネ「闇が宿命の法則により脅かしたとき」の最初の三行詩節（三連目）の想起もあるだろう。マラルメのソネからこの三行を引用しよう――「そう、私は知っている、この夜の彼方では、地球が／奇異な神秘の巨大な光を投げかけているのを／この醜悪な諸世紀の下でもさほど暗くならずに」。[20] この三行に限っていえば、天才の放つ詩的光輝を歌った肯定的な詩行だ。ブルトンが十代の頃マラルメの熱心な愛読者であり、マラルメ風のソネをはじめとする韻文定型詩を作っていたことはよく知られているが、[21] ここに歌われているテーマがブルトンを惹きつけたことは想像に難くない。『地の光』にはエピグラフとして次の天文学の本の文章が引用されていた――「地球は星々のただなかで、一個の巨大な天体として、空に輝く。／われらの地球は月に向けて強烈な地の光を投げかけているのだ」。[22] この文章は先に引用したマラルメの詩句のイメージとほぼ同じものといえるだろう。

このように『地の光』は光と天空というイマージュをもって始まる。冒頭に置かれた「五つの夢」、これは無意識の書き取りでもある夢の記述を五篇集めたものだが、その「I」にも光が重要なイマージュとして書かれている。この「I」は冒頭に置かれるのにふさわしい作品だといえる。「私」は一軒の屋敷に入ってゆく。家に入る・城のなかに入る、こうした設定は『溶ける魚』の冒頭でもみられるが、[23] 一種の異界への（夢への、あるいは作品世界への）進入ということができるだろう。次のような描写がその印象を強めている――「私は極度に暗い廊下を奥へと入り込んで行く。この夢でこれからあと守護精霊の役割を演じる一人の人物が出迎えてくれ、私を案内して階段にさしかかる」[24]。ボードレール、ジェルマン・ヌーヴォー、バルベイ・ドールヴィリー、ピエール・ルヴェルディといった先行詩人たちの名が、敬意を表するかのように、挙げられている。こうした先行詩人たちの名前の列挙、ここから次のことも思い起こさせる。ダダが過去の体系の一切を否定する運動であったのに対し、シュルレアリスムが過去の詩人たちの仕事の再評価をおこなったということを。『シュルレアリスム宣言』にみられるように[25]、先行詩人たちの仕事の再評価、しかしそれはあくまでシュルレアリスム的な視点からのものであるが、あるいは再体系化はシュルレアリスムの特徴の一つであるといえるだろう。

さて、この異界への進入の後、末尾で「私」は詩を作りにかかる。その描写、「I」の末尾を引用しよう。

私は暗示に従い、詩を作りにかかる。だが最大限の自然発生性にすっかり身をゆだねていながら、私は、一枚目の紙の上に「光……」という語しか書くに至らない。／その紙はすぐ破り捨てられ、二枚目の紙に「光……」、そして三枚目の紙に「光……」[26]。

ここには興味深いことが二つある。第一点は、「最大限の自然発生性に身をゆだねて」詩を作りはじめることだ。夢の記述がそうであり、自動記述がそうであるように、オートマティスムに身をゆだねて詩を書く「私」の姿が描かれていることだ。異界に進入し、オートマティスムに身をゆだねて詩を書こうとする作者の自画像が描かれてあり、一冊の詩集の幕開け、導入部として、（意図的に書かれたわけではないにしても）意図的に配置されているであろうことに注意しておきたい。以下に置かれた作品がオートマティスムによるものであることを暗示するものということもできるだろう。もう一点は「光」だ。ここに描写されている「私」は詩を完成させることには成功しない。ただ紙片に「光」と書くだけに終わる。一種の挫折であるわけだが、同時に「光」を希求する衝動に支配された「私」の姿を描くものでもある。「光」の希求からこの詩集が始まるのはきわめて象徴的であると思われる。

「五つの夢」の後に、前述した「贋造貨幣」が続くのだが、「ボヘミアのクリスタルの花瓶」「シャボン玉」という透明体が描かれた後に「あれこそが、あれこそが詩のすべてだ／［……］反射のつかの間の曙」(27)（原詩では「それにしても詩のすべてが素晴らしい／反射のつかのまの曙」(28)）とある。クリスタルの花瓶からシャボン玉まで、光を反射する束の間の曙、それこそが詩だといわれる。ここに描かれる透明な物体は曙（始まり）を映すものであり、光を通過させるものであり、見えなかったものを開示するという点において「詩」であるといわれているのだろう。

こうした見えないものを見せる透明体がはっきりと書かれている作品に「そこから出ることはない」がある。人間の色をした自由／どんな口々が破裂して飛ぶのか」と始まるこのブルトン初期の傑作には次のような一節がある――「存在しないであろう別世界で／私は白くてエレガントなきみを見る／女たちの髪はアカンサスの葉の香りがする／おお　思考の　重ねられたガラスの大地の中で　ガラスの骸骨どもが動きまわる」(29)。「存在しないであろう別世界」を開示する「ガラス」、しかし同時に注目したいのは「思考の重ねられたガラス板」という一行である。見えないものを見せるガラス、であると同時に、思考もまた透明なものとして記述されるのだ。ここに、オートマティスムによって浮かびあがってくる（あらわにされる）無意識的な思考への暗示をみることは充分に可能だ。後に『狂気の愛』のなかで次のように語ることになる。長くなるが参照してみよう。

しかしながら、わたしがここで、このような結晶体を讃美した真意は、この書物に挿入した補足的な図版とはまったく無関係なのである。結晶体から得られる以上の高度な芸術的教訓があろうとは、わたしには思えない。かつまた、芸術作品が、人間生活のあらゆる断面をもっとも真摯な意義でとらえたものとみなしうるためには、結晶体のもつ外的および内的なあらゆる面における硬度、厳しさ、規則性、光輝を有しないかぎり、価値のないものに思われる。なるほど、美学的にも道徳的にも、人間が没頭するにふさわしいとされている意志的な仕上げの苦労にもとづく完璧な美の構築を目指すことはあろうが、わたしの場合、そのような立場とは、絶対的にかつ恒久的に相対立するものであることを、是非とも理解して欲しい。逆に、私は、結晶体がそれ以上手を加えられないほど完全に表現しつくしているものに匹敵するような創造と自然発生的な行為を、つねに擁護し続ける。わたしの住む家、わたしの生、わたしの書くもの、遠くからみた場合でも、それらが、あの四角い岩塩を間近で眺めたときと同じ姿で映るようになることを、わたしはいつも夢みている。(30)

ここでは塩の結晶体のことがいわれているのだが、「意志的な仕上げの苦労にもとづく完璧な美の構築」ではなく「創造と自然発生的な行為」を擁護していることが重要だろう。自然発生的な創造、自分の家も、生も、書くものもオートマティスムをあらわす岩塩の結晶体のように透明であること、透明になることへの希求である。『狂気の愛』のこの描写にあるように、「そこから出ることはない」において、通常は見ることができないが、自然発生(オートマティスム)によって浮上してくる思考を、透明性をあらわす「ガラス板」というイマージュがあらわしていると考えることができるだろう。

オートマティスムにおける思考、オートマティスムによって開示される世界を透明体のイマージュであらわしている作品は『地の光』では数多くみられる。そのいくつかをみてみよう――「ガラスで囲まれた暴風雨のあと(31)」「岩の雄鶏たちが水晶の中を通っていく(32)」「割れたガラスとエゾギクの空(33)」「彼女のエニシダのドレスのダイヤモンドを掃く妖精(34)」。こうしたイマージュがあらわれているもう一つの例をみてみよう。それは「丸葉朝顔そしてわたしは斜辺を知っている」の「Ⅷ」にあたり、後の選詩集では独立した一篇としてあつかわれる作品「それはまた徒刑囚監獄で」である。流刑地のイマージュからはじまるこの作品の後半部を参照してみよう――「夕ぐれ　山々の／真珠の首飾りが落ちるのが見える／じつに哀れっぽい一つの恋が　このまだらのある蛮族どもの精神を支配しているので／占い師たちは　鉄橋の上で大声で笑いはじめる／小さな彫像たちが　市を横切って手をとり合う／それは台座やアーチの弓型に念入りに作られた「新しき何ものか」である／大気はダイヤモンドのようにカットされ／アルコールあるいは花のエキスの眩暈に悩む巨大な処女マリアの櫛となるために／やさしい滝がこれらの作品のうえで香りをたてて轟いている(35)」。は壮大な幻覚をあらわすイマージュになっている。透明性をあらわすもう一つのイマージュが末尾に置かれている。それは「やさしい滝がこれらの作品のうえで香りをたてて轟いている」だ（この詩行は「やさしい滝はこれらの作品に関して香りのことで不満をいっている」と擬人化されているイマージュとしても読めるだろう）。

ジュリアン・グラックは『溶ける魚』についてのエッセーのなかで滝や宝石といった透明性をもつイマージュについて次のように述べていた――「透明性を喚起する表現は、私たちを眼でも手でも透過し得る世界の現前、仕切りや隔壁は見かけだけのものになり、障害物は溶解し、容易に鏡の向こう側へ通過できる世界の現前を感受しやすくする(36)」。

ここの「ダイヤモンドのようにカットされた大気」も「やさしい滝」もグラックのいう「鏡の向う側へ」の通過を可能にするイマージュであるといえるだろう。この「向う側」、異界、オートマティスムがあらわにする世界への通過をあらわすイマージュは、先に述べたように「五つの夢」の「廊下」や「階段」にもみられたが、もう一つの重要なイマージュをブルトンの作品にみとめることができる。それは「橋」のイマージュだ。この作品でいえば「あまりに哀しげな恋愛が支配しているので／占師たちは鉄橋のうえで大声で笑いはじめる／小さな彫像たちが街を横切って手をとりあう／これは台座やアーチのなかの小アーチに作られた〈新しいなにものか〉だ」の「鉄橋」がそれにあたる。「〈新しいなにものか〉」へ向けてまさに横渡しをするイマージュになっているのだ。

同様の構造をもった作品が「神々に関して」だ。「橋の上で、同じ時刻に／牝猫の顔をした露が身を揺すり／夜になると、――幻覚も消え去っているはずだ[37]」この一部がシュルレアリスムのイマージュの例として『シュルレアリスム宣言』に引用されていて有名なものだが、ここの「橋」も幻覚を誘う場、異界へ誘う場としてあると考えられるだろう。その幻覚をあらわす「牝猫の顔をした露」も透明体であることを指摘しておきたい。繰り返すことになるが、こうした透明体は「向う側」の幻覚、「向う側」のイマージュを顕在化する働きをしているのだ。だがこの作品でもう一つ注目しておきたいのはこの「牝猫の顔をした露」のイマージュへ変形してゆくもととなるイマージュだ。それは次に引用する冒頭の三行である。

「真夜中の少し前に、船着き場のそばで、
髪をふり乱した一人の女がお前に付いていきても気にするな。

それは蒼空なのだ。蒼空を怖がる必要はない[38]

光をあらわすイマージュとして、光を通過させ「向う側」のヴィジョンをあらわにする透明体の存在をみてきたが、もうひとつ「天空」のイマージュもまた『地の光』に多くみられる。この真夜中に浮かぶ「蒼空」という鮮烈なイマージュもそうだ。「髪をふり乱した女」である「蒼空」。このように天空の表象はしばしば女性とのアナロジーを形成し、エロティスムを、恋愛を想起させる欲望の肯定的なイマージュとなる。先ほどふれた「大気はダイヤモンドのようにカットされ」の「大気」についても同じことがいえるだろう。

「贋造貨幣」の「曙」、あるいは「羊皮紙めいた愛」の冒頭「山犬の眼と欲望のような窓々が曙をえぐるとき[39]」の「曙」もまたこうした天空のイマージュの一つとみることができるだろう。新しい一日の始まりである「曙」は、ブルトンにとっては特に、恋愛の始まり、幸福の始まりの表象である。『ナジャ』のなかの次のような文章を参照してみることもできる――「一つの素晴らしい心いつわらない手が、曙という文字を記す大きな空色の標識版を指し示したのだ[40]」。この『ナジャ』の一節は「きみ」と呼ばれる女性との恋愛の始まりを示している（「すばらしく、また裏切ることのない手」とはその女性の手をあらわす）。また『狂気の愛』にも登場するブルトンの一人娘の名前が「曙」Aube[41]であるという事実を指摘しておくのもまったく意味がないことではないだろう。

こうした女性のアナロジーとなる、エロティスムの、肯定的な欲望の表象である天空のイマージュをいくつか挙げてみよう――「それにしても、あの空！　若い婦人が、「わたしをほっといて」と言うために、両腕を頭のほうへ上げるにつれて、幻覚の集合所は奇妙な毒でいっぱいになる[42]」「自分の香りを敷き写しにした土地を熱愛する小娘よ、おまえはプラチナのせいで革命をおこした大気の中で、探索者たちの寝覚めを襲おうとしているのだ(43)」「割れたガラスとエゾギクの空／愛する人、きみに(44)」「だがお姫様たちは純粋な大気にひっかかっている(45)」「つまりは青空の星ちりばめたタイルにまつわる神聖な思考(46)」「青空が貴重な蒸気を凝縮する(47)」「今夜、太陽が出ていてくれさえすれば／オペラ座の舞台の背景で　二つのきらめく艶やかな乳房が／愛という言葉のためにこのうえもなく素晴らしい生きた飾り文字を形作っていてくれれば(48)」。

いままでみてきたように、光を浸透させる透明体のイマージュは幻覚を、詩的ヴィジョンを、つまりオートマティスムによってあらわれる「向う側」の世界を開示し、光のスクリーンである天空のイマージュは女性的なるもの、エロティスム、肯定的な欲望の表象になっていると指摘することができるだろう。

そして「光」。「光」という言葉は『地の光』のなかで、一種の断言として、絶対的な肯定として記述される。「赤い牧草」は『地の光』にあっては例外的な定型韻文詩だ。一種の恋愛詩であり、エロティスムそのものが主題となった作品である。ブルトンの作品にはエロティスムにまつわるものは多くあるが、エロティスムそのものが主題となった（あるいはエロティックなといってもいいが）作品は稀であり、「赤い牧草」はその数少ない作品の一つといえるだろう。その第二連をみてみよう——「愛の谷間はない！　葉陰のなかを電車は／靄の投げ輪の中を消えて行く……／落下の泡の中で永遠にまわれ、きみの胸／私が抱きしめるものはもっぱら光だ(49)」。この詩行に「贋造貨幣」の「あれこそが詩のすべてだ」という断言を重ねることもできるだろう。あるいは「手綱をつけられた太陽」の「いつか私が愛していた女を手に入れたときのように／私たちは光たちを幸せにする」あるいは「影の下にはひとつの光　その光の下にはふたつの影がある(50)」といった詩行、こうした詩行には恋愛における幸福感がみちあふれている。

このような肯定性がこの詩集全体の特徴になっていることは以上にみてきたことだが、この肯定は決して単純な生の讃歌でないことを最後に指摘しておくべきだろう。

たとえば天空のイマージュにしても「そして、一度だけ、こういうことはないだろうか、生のための表現が、「最後の審判」のテーブルクロスの材料となるはずの北極のオーロラの一つを始動させる、ということは?」[51]「みんなメデューズ号のいかだの話は聞いたことがある/そしてこのいかだの同類を空に　厳密に思い描くことができる」[52]といった緊張をはらむものがあり、そこには生か死かといった存在そのものに対する問いが含まれてくる。この生か死かという問いはしかし必ずしも実際の生きる死ぬの問題ではない。ブルトン固有の文脈のなかで考えてみる必要があるだろう。「愛の晩鐘」の「私たちが顔を上げると空は私たちの目を覆う/目を閉じよう、私たちがいないことを明白にするために」[53]あるいは「むしろ生を」というまさに生の讃歌となっている作品のなかの「むしろ生を　むしろぼくの墓の上の薔薇窓を/単に現前するというだけの現前の生を/そこではひとつの声がいるかと問い　別の声がいるかと答え/そこには　ああ　わたしはほとんどいないのだが/それでも　ぼくたちが殺すものの得になるようはからったりするときには/むしろ生を」[54]あるいは「幾千回も」の末尾「徴は私にしか影響を及ぼさない/私は祈りの無限の混乱のなかで生をうけている/この行の一端から一端へと　私は生き私は死ぬ/私の心臓をあなたの窓の手摺りにつなぐ奇妙に調子のととのったこの行/それによって私は世界のすべての囚人たちと交感する」[55]。ここに引用した三つの詩行は同じことを語っているといえるだろう。ここで扱われている死は「PSTT」でみた問題、「私」ともう一人の(あるいは複数の)「私」をめぐる問題である。主観的な「私」と客観的な「私」、理性あるいは合理的精神の支配下にある「私」とオートマティスムのなかの「私」、こちら側の「私」と向う側の「私」、さまざまな言い方ができるだろうが、「私」の死は、同時に『ナジャ』のなかで「彼方」と呼びかけられた[56]自分の「内部に」ある(複数の)「私」の再生・生成をあらわすものなのであるといえよう。

それゆえ『地の光』の末尾に置かれた「ローズ・セラヴィに」において一種の放棄が語られていても不思議ではないだろう。「私は財産を手放した、／見事な雪の財産を」[57]という財産放棄は、いま述べた文脈でいえば「主観性」あるいは「合理・理性」あるいは「こちら側」の放棄の宣言として読むべきものなのである。

こうした「死」の影はそのまま、あらゆる束縛から開放された新しい「私」の再生の表象でもあり、『地の光』は自由の、生の、シュルレアリスム的な生の光を放射する詩集になっているといえるだろう。

＊

詩集『地の光』は、一九二〇年から一九二三年までの、ブルトンのパリ・ダダの時代から『シュルレアリスム宣言』刊行の前年、つまりシュルレアリスム運動が正式に開始される直前までの作品を収録したものである。「赤い牧草」のような韻文定型詩、あるいは「贋造貨幣」や「ＰＳＴＴ」のようなダダの色彩を色濃くもっている作品もあり、確かに外見的には過渡的な作品を集めたような印象を与える要素ももっている。しかし、こうした作品にも、後年の『ナジャ』にまでひきつがれる主体に対する問い、「私」の内部にある他者性というブルトンの根源的な問いを含むものであることが読みとれた。

『地の光』は無意識の書き取りでもある夢の記述から始まる。その冒頭の作品で「私」は「光」を希求するものとして描かれる。そして、詩集全体が光のイマージュにみちあふれる。それは、「向う側の世界、オートマティスムによって顕在化される世界を透視する透明性のイマージュや、女性のアナロジーであり、肯定的な欲望の表象である天空のイマージュとなって作品のなかにあらわれ、作品を牽引してゆく。まさに「上昇する記号」[58]となって、作品を自由の肯定へ、生の肯定へ、シュルレアリスム的な生の肯定へと牽引してゆくのだ。このように『地の光』はブルトンの詩の十全たる開花であり、初期の代表詩集になっているということができるだろう。

註

（1） *Claire de terre* のテクストは、*OC* I による。なお、引用に関してことわりがない限り強調等は原文のままである。「地の光」の訳に関しては『集成3』の入沢康夫訳を参照させていただいた。

（2） *Entretiens*, *OC* III, p. 458. 邦題は『対話集』と表記する。

（3） 「バレス裁判」に関しては、*Littérature*, no. 20, août 1921 に裁判のやりとりの全文が掲載されている。「ユリイカ」一九八一年五月臨時増刊号「総特集ダダ・シュルレアリスム」の拙訳参照。

（4） ダダの視点から考察したものに Michel Sanouillet, *Dada à Paris*, J. J. Pauvert, 1965（邦訳、安堂信也、浜田明、大平具彦訳『パリのダダ』白水社、二〇〇七年復刊）があり、シュルレアリスムの原泉の多くのものをダダから派生したものとみなしている。*OC* I の校訂者である Marguerite Bonnet をはじめシュルレアリスム研究者はダダの影響を認めながら、多少の差はあれ、シュルレアリスムの独立性を主張している。

（5） ブルトン自身は『対話集』のなかでこのように主張している（*OC* III, pp. 461–462）。同様の主張をしているものに Gérard Durozoi, Bernard Lecherbonnier, *Le Surréalisme-théories, thèmes, techniques*, Larousse, Coll. "thèmes et textes", 1972 がある。

（6） ブルトンの詩的影響については Henri Pastoureau, *Des Influences dans la poésie présurréaliste d'André Breton*, in *André Breton-Essais et témoignage*, recueillis par Marc Eigeldinger, Neuchâtel, A la Baconnière, éd. revue et augmentée, 1970, pp. 45–80, 同様に Marguerite Bonnet, *André Breton-Naissance de l'aventure surréaliste*, José Corti, 1975 を参照。

（7） 『慈悲の山』から『地の光』までの間の主要な詩的作品には、フィリップ・スーポーとの共著詩集『磁場』*Les Champs magnétiques*（1920）をはじめ、やはりスーポーとの共著による詩的戯曲 *S'il vous plait*（1920）*Vous m'oublierez*（1920）がある。

（8） Notice, *OC* I, pp. 1184–1185.

（9） *Ibid.*, p. 157.

（10） 『磁場』に関しては、「『磁場』序説」（本書第九章）および「『磁場』から『処女懐胎』へ——詩的共著作品について」（本書第一章）参照。

（11） *Ibid.*, p. 157.

（12） *Ibid.*, p. 104 : « ANDRE BRETON & PH ILIPPE SOUPAULT / BOIS & CHARBONS »

（13） *Ibid.*, p. 1172.

（14） *Ibid.*, p. 658.

（15） *Ibid.*, p. 160 : « Parmi les burnous éclatants dont la charge se perd dans les rideaux, je reconnais un homme issu de mon sang. »

（16） 言葉を意味のある単語としてではなく純粋な音とみなして、自由に音韻を切断配列しなおした詩、あるいは擬音ばかりを並べた詩（おもにダダの集会などで朗読された）を「騒音詩」「音響詩」等と呼んだ。また、「反・芸術」という思想からダダは好んでシャンソンのような俗謡をとりあげた。

（17） *OC* I, pp. 143–144.

（18） *Ibid.*, p. 42 : « Du vase en cristal de Bohème / Aux bulles qu'enfant tu soufflais / Pourtant c'est bien tout le poème : / Aube éphémère de reflets. »

（19） Gérard Legrand, *André Breton en son temps*, Le Soleil Noir, 1976, p. 92, 同様に *Ibid.*, p. 1183 参照。

（20） Mallarmé, Œuvres complètes I, Gallimard, « Bibliothèque de la Pléiade », 1998, p. 36 : « Oui, je sais qu'au lointain de cette nuit, la Terre / Jette d'un grand éclat l'insolite mystère, / Sous les siècles hideux qui l'obscurissent moins. »

（21） Henri Pastoureau, « Des Influences dans la poésie présurréaliste d'André Breton », *op. cit.*, pp. 48–51.

（22） *OC* I, p. 145 : « La terre brille dans le ciel comme un astre énorme au milieu des étoiles. / Notre globe projette sur la lune un intense clair de terre. »

（23） 『溶ける魚』については「『溶ける魚』論」（本書第三章）参照。

（24） *Ibid.*, p. 149 : « je m'enfonce dans un couloir extrêmement sombre. / Un personnage, qui fait dans la suite du rêve figure de génie, vient à ma rencontre et me guide à travers un escalier que nous descendons tous deux et qui est très long. »

（25） *Ibid.*, p. 329.

（26） *Ibid.*, p. 150 : «J'obéis à la suggestion et me mets en devoir de composer des poèmes. Mais, tout en m'abandonnant à la spontanéité la plus grande, je n'arrive à écrire sur le premier feuillet que ces mots : La lumière... / Celui-ci aussitôt déchiré, sur le second feuillet : La lumière...et sur le troisième feuillet : La lumière... »

(27) *Ibid.*, p. 156 : « C'est là c'est là tout le poème /[...]/ Aube éphémère de reflets. »

(28) *Ibid.*, p. 42 : « Pourtant c'est bien tout le poème : / Aube éphémère de reflets. »

(29) *Ibid.*, p. 170 : « Dans l'autre monde qui n'existera pas / Je te vois blanc et élégant / Les cheveux des femmes ont l'odeur de la feuille d'acanthe / O vitres superposées de la pensée / Dans la terre de verre s'agitent les squelettes de verre. »

(30) L'Amour fou, *ibid.*, pp. 16–17 : « Mais c'est tout à fait indépendamment de ces figurations accidentelles que je suis amené à faire ici l'éloge du cristal. Nul plus haut enseignement artistique ne me paraît pouvoir être reçu que du cristal. L'œuvre d'art, au même titre d'ailleurs que tel fragment de la vie humaine considérée dans sa signification la plus grave, me paraît dénuée de valeur si elle ne présente pas la dureté, la rigidité, la régularité, le lustre sur toutes ses faces extérieures, intérieures, du cristal. Qu'on entende bien que cette affirmation s'oppose pour moi, de la manière la plus catégorique, la plus constante, à tout ce qui tente, esthétiquement comme moralement, de fonder la beauté formelle sur un travail de perfectionnement volontaire auquel il appartiendrait à l'homme de se livrer. Je ne cesse pas, au contraire, d'être porté à l'apologie de la création, de l'action spontanée et cela dans la mesure même où le cristal, par définition non améliorable, en est l'expression parfaite. La maison que j'habite, ma vie, ce que j' écris : je rêve que cela apparaisse de loin comme apparaissent de près ces cubes de sel gemme. »

(31) *Ibid.*, p. 162 : « Après les tempêtes cerclées de verre. »

(32) *Ibid.*, p. 174 : « Les coqs de roche passent dans le cristal. »

(33) *Ibid.*, p. 177 : « Ciel de verre cassé et de reines-marguerites. »

(34) *Ibid.*, p. 179 : « Une fée balaye les diamants de sa robe de genets. »

(35) *Ibid.*, p. 168 : « On voit le soir / Tomber collier de perles des monts / Sur l'esprit de ces peuplades tachetées règne un amour si plaintif / Que les devins se prennent à ricarner bien haut sur les ponts de fer / Les petites statues se donnent la main à travers la ville / C'est la Nouvelle Quelque Chose travaillée au socle et à l'archet de l'arche / L'air est taillé comme un diament / Pour les peignes de l'immense Vierge en proie à des vertiges d'essence alcoolique ou florale / La douce cataracte gronde de parfums sur les travaux. »

(36) Julien Gracq, « Spectre du *Poisson soluble* », in *André Brecton-Essais et témoignages*, *op. cit.*, p. 218 : « Ils [les termes évocateurs de transparence]

nous rendent sensible, la présence d'un monde perméable à l'œil et à la main, où les parois et les cloisons ne sont qu'apparence, où les obstacles se dissolvent et où l'on passe sans effort de l'autre côté du miroir. »

(37) *OC* I, p. 172 : « Sur le pont, à la même heure, / Ainsi la rosée à tête de chatte se berçait. / La nuit,—— et les illusions seraient perdues. »

(38) *Ibid.*, p. 171 : « un peu avant minuit près du débarcadère. / Si une femme échevelée te suit n'y prends pas garde. / C'est l'azur. Tu n'as rien à craindre de l'azur. »

(39) *Ibid.*, p. 159 : « Quand les fenètres comme l'œil du chacal et le désir percent l'aurore »

(40) *Ibid.*, p. 749 : «［du côté d'Avignon］ où une main merveilleuse et intrahissable m'a désigné il n'y a pas encore assez longtemps une vaste plaque indicatrice bleu ciel portant ces mots : LES AUBES. »

(41) 『狂気の愛』では Ecusette de Noireuil という名で登場する。Aube Breton である。*L'Amour fou*, *OC* III, pp. 778–785.

(42) *OC* I, p. 158 : « Mais ce ciel! Les ruches d'illusions s'emplissent d'un poison étrange à mesure que la jeune femme élève les bras vers la tête pour dire : laissez-moi. »

(43) *Ibid.*, p. 162 : « petite fille, adoratrice du pays calqué sur tes parfums, tu vas surprendre l'éveil des chercheurs dans un air révolutionné par le platine »

(44) *Ibid.*, p. 177 : « Ciel de verre casséet de reinesmarguerittes / A toi mon amour. »

(45) *Ibid.*, p. 179 : « Mais les princesses s'accrochent à l'air pur. »

(46) *Ibid.* : « Pensée divine au carreau étoilé de ciel bleu. »

(47) *Ibid.*, p. 181 : « L'azur condesse les vapeurs précieuses. »

(48) *Ibid.*, p. 183 : « Si seulement il faisait du soleil cette nuit / Si dans le fond de l'Opéra deux seins miroitants et clairs / Composaient pour le mot amour la plus merveilleuse lettrine vivante. »

(49) *Ibid.*, p. 171 : « Jamais le val d'anour! Dans les feuilles ces trains / Qui disparaissent, pris au lasso par les brumes... / Tourne éternellement tes seins dans les écumes / Des chutes : la lumière est tout ce que j'étreins. » この部分を「私が抱けるのは光だけだ」と否定的なニュアンスに解釈することもできるかもしれないが、やはり、女性の躰と光とがアナロジーになっていると考え、肯定的な断言と解釈すべきだろう。

(50) *Ibid.*, p. 188 : « Comme j'ai pris un jour la femme que j'aimais / Nous rendons les lumières heureuses » « Sous l'ombre il y a une lumière et sous cette lumière il y a deux ombres. »

（51） *Ibid.*, p. 163 : « Et pour une fois ne se peut-il que l'expression pour la vie déclenche une des aurores boréales dont sera fait le tapis de table du Jugement Dernier ? »

（52） *Ibid.*, p. 170 : « Tout le monde a entendu parler du Radeau de la Méduse / Et pent à la rigueur concevoir un équivalent de ce radeau dans le ciel. »

（53） *Ibid.*, p. 173 : « Quand nous levons la tête le ciel nous bande les yeux / Fermons les yeux pour qu'il fasse clair où nous ne sommes pas. »

（54） *Ibid.*, p. 176 : « Plutôt la vie plutôt cette rosace sur ma tombe / La vie de la présence rien que de la présence / Où une voix dit Es-tu là où une autre répond Es-tu là / Je ne suis guère hélas / Et pourtant quand nous ferions le jeu de ce que nous faisons mourir / Plutôt la vie. »

（55） *Ibid.*, p. 183 : « Les signes n'ont jamais affecté que moi / Je prends naissance dans le désordre infini des prières / Je vis et je meurs d'un bout à l'autre de cette ligne / Cette ligne étrangement mesuré qui relie mon cœur à l'appui de votre fenêtre / Je corresponds par elle avec tous les prisonniers du monde. »

（56） *Ibid.*, p. 743.

（57） *Ibid.*, p. 189 : « J'ai quitté mes effets, / mes beaux effets de neige ! »

（58） *Signe ascendant*, *OC* III, pp. 766–769. ブルトンにおけるイマージュの働きについては「イマージュ論の展開」（本書第二章）参照。

『水の空気』についてのノート

詩集『水の空気』(1)は一九三四年十二月に出版されたアンドレ・ブルトンの個人詩集としては四冊目の詩集ということになる。全十四篇からなるこの小詩集は、この年の初夏から数カ月という短期間で書きあげられたこと、それぞれの詩篇にタイトルをもたないこと、そして何よりも、恋愛あるいはエロティスムという主題で全篇が貫かれているという点で他の詩集と異っている。『水の空気』はブルトン唯一の連作による恋愛詩集ということができる。

詩集全体が恋愛の主題で貫かれていることはめずらしいが、ブルトンの詩作品において恋愛はもっとも重要な要素の一つであることはいうまでもない。

詩の抱擁は肉体の抱擁のように
それがつづいているかぎりは
この世のどんな悲惨もかいま見せない(2)

詩的抱擁と肉体の抱擁の同一視。詩と恋愛の同一視、これはブルトンだけでなく、シュルレアリスムの詩人の多くにみられるもので、たとえばポール・エリュアールの代表的な詩集はまさに『愛 詩』l'amour la poésie と題されている。愛と詩というふたつの名詞を並列することでこのふたつの言葉を完全に等価なものとしてあつかう。ブルトンもこのエリュアールの詩集にふれて次のように言っている。

思えば思うほど、ますますはっきり言えることは、われわれの目からみて容赦できるものはただ……ただひとつ彼方に望む「愛 詩」、ポール・エリュアールの本の稲妻のようにきらめきわななく表題を借りれば、その本質において不可分なものであり、唯一の善とみなされる「愛 詩」だけだったということです。(3)

「唯一の善」とされる不可分な愛と詩、これに自由を付け加えれば、ブルトンが目指していた三つの主題、それは三つであると同時に唯一のものでもあるのだが、を挙げることになる。ブルトンの散文四部作の最後の作品『秘法十七番』は次のように終わっている。

ごらんのとおり、あのイメージが、前にはまだ不確実だったかもしれない点に関して、どれほどはっきりすることとか、光を創り出す者はほかならぬ反抗であり、反抗だけなのだ。そしてこの光はただ三つの道しか認めない、同じ熱中を吹き込み、この熱中を永遠の若さの輪郭そのものとすべく、人間の心の明かされることの少なく、もっとも照らされうる地点に集中しなければならない、詩、自由、そして愛。(4)

ここに引用したブルトンの章句では、愛と詩の結合は、世界の悲惨を禁止するもの、あるいは唯一の善と認識されるものというように、いずれも倫理的な問題として捉えられている。それゆえ、フェルディナン・アルキエは、「シュルレアリスム以前は、出会いを前にした驚きは迷信の方へ、愛は心理学の方へ、詩的感動は文学の方へと追いやられていた。シュルレアリスムはこれらの状態がすべて同じ期待を含んでいることを明らかにしたのだ。この期待は、人間と現実の関係と同様に、すべてを白日のもとに開示するのである(5)」と述べる。恋愛的行為と詩的行為が共に「人間と現実の関係を開示する」ものであるという指摘である。

ブルトンの愛と詩を等価のものとする視点が倫理的なものであり、シュルレアリスム的な世界観をあらわすものであることは間違いないだろうが、むろんそれは観念的な問題としてだけ考えられるものではない。

ブルトンはロベール・デスノスの作品を論じた文章を「言葉は愛を営む」« Les mots font l'amour. » と結んでいるが、このブルトン初期の一句ほど、ブルトンにおける愛と詩の問題を適切にあらわしているものはないだろう。指摘するまでもないことであろうが、ブルトンが「愛」と述べる場合、それは観念的な愛をあらわすばかりでなく、肉体的な性愛をも同時にあらわしている。先にその末尾を引用した「サン・ロマノの道で」は次のように書き出されていた。

詩は愛とおなじくベッドのなかでつくられる
その乱れたシーツは事物の夜明けだ
詩は森のなかでつくられる(6)

第一行目の動詞 «se faire» は「つくられる」という意味であると同時に「おこなわれる」という意味でもあり、詩の創造行為と恋愛の性愛行為とをまったく同等の行為として描いている。詩的抱擁と恋愛の抱擁というのも単なる比喩表現ではなく、ブルトンの詩法の問題として捉えるべきだろう。ロベール・デスノスの作品に言及した文章においても、ブルトンは言葉の自動性、自律性を強調していた。つまり、言葉そのものが独自の親和力をもってつながってゆくのだ。こうした言葉の運動性こそが詩の恋愛ということになるだろう。「サン・ロマノの道で」の冒頭でも、「ベッド」、「乱れたシーツ」という恋愛のイマージュが「事物の夜明け」、「森」という自然の表象へと移行してゆく。

あるいは、一九三一年に書かれた「自由な結合」(7)という作品。シュルレアリスム的なイマージュの典型とされるブルトンの代表作の一つだが、ここでも同様のことが指摘できるだろう。

全六十行の長詩だが、基本的には〈わたしの女 Ma femme ＋ à ＋躰の部分＋ de ＋名詞〉という構文の繰返しになっている。躰の部分は、髪、胴、口、歯、舌、睫毛、眉、こめかみ、肩、手首、指、腋、腕、脚、ふくらはぎ、足、頸、のど、乳房、腹、背中、うなじ、腰、尻、性器、眼というように上から下へ描写されてゆき、最後に眼にもどる。そして、その躰の部分に前置詞 de で結合されてゆく名詞には、「山火事」や「稲妻」といった自然現象、「かわうそ」や「イルカ」のような生物、「ブナの実」や「にわとこ」のような植物、「琥珀」や「砂石」のような鉱石等がある。この詩は女性の肉体を讃美した褒め歌 blason でもあるわけだが、単なる女性美の描写ではなく、むしろ、先ほどの引用の言葉を使えば「恋愛の抱擁」そのものを、恋愛の愛撫そのものを言語化したものといえるだろう。あるいは言語による抱擁、愛撫といったほうが適切だろうか。そして、ここにあるさまざまに変容するイマージュは恋愛行為＝詩的行為の一瞬一瞬のきらめきなのだ。

ためらいなく告白するが、わたしは、何か羽毛がこめかみにかすめたときに感じる特有の肉体的混乱――この感じは本物の戦慄にも似た状態にわれわれをいざなう――を、わたしに強烈にもたらすことのない自然の光景や芸術作品に接したとき、ある言いしれぬ深い虚脱感に陥るのである。わたしは、その感覚とエロティックな快楽の感覚との間に、程度の差しかないある一定の関係を設定せずにはいられなかった。[8]

『狂気の愛』のこの箇所で告白されているのは、芸術作品から受ける感覚（感動）sensation とエロティックな快楽による感覚（感動）の類似だが、「自由な結合」を読むと詩的な感覚（感動）とエロティックな感覚（感動）が同一のものとみなされていることがわかる。

『水の空気』中の詩篇もまさに詩の行為と恋愛の行為が同一のものとして書かれている。詩集のタイトルで、あるが、l'air de l'eau は「水の空気」、「水の様子」、「水のアリア」の三通りに解釈でき、多かれ少なかれそのそれぞれの意味をもっているのだろうが、「自由な結合」の末尾に「わたしの女はもつ　いつも斧のしたにある木材の眼／水の水準　空気の水準　大地の　火の水準の眼」« Ma femme aux yeux de bois toujours sous la hache / Aux yeux de niveau d'eau de niveau d'air de terre et de feu » とあるように水・空気・大地・火という四大元素はブルトンのさまざまな作品において主要なイマージュになっているのだ。さらに、水と空気という共に流動的で透明なイマージュはこの詩集の特徴となっている。

接吻のなかの世界

袖に縫いつけたハシバミの魔法の棒をもった競技者が
コーニスからすさまじい音を立てて降りてきた
一群の小さなライオン・タマリン猿をしずめている
すべてが不透明になり夜の四輪馬車が通るのが見える(9)

先に述べたが各詩篇には個別のタイトルはなく、このような詩句から詩集は始まり、

わたしはきみを愛することの
秘密を見つけた
いつも初めて(10)

という詩句で詩集は閉じる。愛に包まれた世界、「接吻のなかの世界」から始まり「私はお前を愛する秘密を見つけたいつも初めて」で終わるのである。こうした恋愛世界に、「自由な結合」と同様にさまざまなイマージュの変容がつづいてゆく。

たとえば、透明性のイマージュには、恋愛の不安定な状態――「空気の方錐形が／夜明けにかがやくうまごやのなかへ／人の逃げこんだことを明かしている(11)」、女性の流動的な姿――「そしてきみは宝石の恐ろしい海のうえに横になり／身をころがしていた／裸で／花火の巨大な太陽のなか(12)」、エロティスム――「わたしはきみのガラスの腿に／唇を触れる時間があった(13)」「重要な解読しえない託宣が／きみの肉体のもっともやわらかな襞のな

かに透いて見えるのに必要なだけ(14)」等、この詩集に特徴的な要素があらわされている。

詩と恋愛、詩的抱擁と恋愛の抱擁、ブルトンが常に一つのものとして考えていたシュルレアリスムの二つの大きな主題は、ブルトンの世界観をあらわすものであると同時に、詩法もしくはエクリチュールの問題でもある。言葉の親和力、自動性に信頼をおくブルトンのエクリチュールにとって、「言葉が愛を営む」恋愛のダイナミスムはきわめて重要な要因であることは間違いないのだ。

註

（1） André Breton, *L'Air de l'eau*, *OC* II, pp. 393–408.

（2） *Sur la route de San Romano*, *OC* III, p. 421 : « L'étreinte poétique comme l'étreinte de chair / Tant qu'elle dure / Défend toute échappée sur la misère du monde. »

（3） André Breton, *Qu'est-ce que le surréalisme*, *OC* II, p. 227 : « Plus j'y songe, plus je m'assure que rien à nos yeux n'était épargnable si ce n'est... si ce n'est au loin « l'amour la poésie », pour reprendre le titre fulgurant et tremblant d'un livre de Paul Eluard, « l'amour la poésie » tenus pour inséparables dans leur essence et considérés comme le seul bien. »

（4） André Breton, *Arcane 17*, *OC* III, pp. 94–95 : « On voit comme, en ce qu'elle pouvait encore avoir d'incertain, l'image se précise : c'est la révolte même, la révolte seule qui est créatrice de lumière. Et cette lumière ne peut se connaître que trois voies : la poésie, la liberté et l'amour qui doivent inspirer le même zèle et éternelle, sur le point moins découvert et le plus illuminable du cœur humain. » 訳文は『秘法十七番』宮川淳訳、晶文社を使わせていただいた。

（5） Ferdinand Alquié, *Philosophie du surréalisme*, Flammarion, 1956, p. 149 : « Avant le surréalisme, l'étonnement devant les rencontres était abandonné à la superstition, l'amour à la psychologie, l'émotion poétique à la littérature. Le surréalisme a établi que ces états contenaient tous la même attente, qu'ils révélaient tous, de façon analogue, le rapport de l'homme au réel. »

(6) *Sur la route de San Romano, op. cit.*, p. 419 : « La poésie se fait dans un lit comme l'amour / Ses draps défaits sont l'aurore des choses / La poésie se fait dans le bois. »

(7) *L'Union libre*, *OC* II, pp. 85–87.

(8) *L'amour fou*, *OC* II, p. 678 : « J'avoue sans la moindre confusion mon insensibilité profonde en présence des spectacles naturels et des œuvres d'art qui, d'emblée, ne me procurent pas un trouble physique caractérisé par la sensation d'une aigrette de vent aux tempes susceptible d'entraîner un véritable frisson. Je n'ai jamais pu m'empêcher d'établir une relation entre cette sensation et celle du plaisir érotique et ne découvre entre elles que des différences de degré. »

(9) *Ibid.*, p. 395 : « Monde dans un baiser / Le joueur à baguettes de coudrier cousues sur les manches / Apaise un essaim de jeunes singes-lions / Descendus à grand fracas de la corniche / Tout devient opaque je vois passer le carrosse de la nuit. »

(10) *Ibid.*, p. 408 : « J'ai trouvé le secret / De t'aimer / Toujours pour la première fois. »

(11) *Ibid.*, p. 395 : « Un long fuseau d'air atteste seul la fuite de l'homme / Au petit matin dans les luzernes illustres. »

(12) *Ibid.*, p. 401 : « Et toi couchée sur l'effroyable mer de pierreries / Tu tournais / Nue / Dans un grand soleil de feu d'artifice. »

(13) *Ibid.*, p. 402 : « J'eus le temps de poser mes lèvres / Sur tes cuisses de verre. »

(14) *Ibid.*, p. 406 : « Juste ce qu'il faut pour que transparaisse aux plus tendres plis de ton corps / Le message indéchiffrable capital. »

ブルトンの詩の読解

ブルトンの詩の難解さ

アンドレ・ブルトンの、シュルレアリスムのといっても良いのだが、詩的方法論である自動記述がいかなる性格のものか、そして自動記述によって書かれたテクストに読めるイマージュがどのような詩的役割を果たしているかについては幾つかの論考で、考察を加えてきた(1)。またブルトンの幾つかの詩集がどのような特徴を持っているかについても検討してきた(2)。本論ではブルトンの詩がどのように読解できるのか、どのような方向で読解が可能なのかを考えてみたい。

アンドレ・ブルトンの詩は読解が可能なのだろうか。ブルトンの詩が、彼の散文作品と同様に難解であることはいまさら指摘するまでもないだろう。ブルトンの散文の難解さは、その長く続く構文と論理の展開の仕方にあり、しかしそれはブルトン独特の話法に親しめば十分に読みうるものとなっている。

では、詩作品の難解さはどうだろう。いや、詩作品に関して正確にいえば、難解ということではないかもしれない。たとえば、ステファヌ・マラルメの詩が難解である、ポール・ヴァレリーの詩が難解であるというのとはいささか事情が異なっている。マラルメの詩の難解さは、主に、統辞法《シンタクス》の複雑さ、比喩の、つまりは意味の飛躍と重層性にあるといえるだろうが、注意深くそして丁寧に読み解いてゆけば、いくつかの解釈はあるにせよ、ある程度の読解は可能だ（いうまでもないが、このことはマラルメの詩の魅力をいささかも減じるものではないことを附言しておきたい）。

ブルトンの詩の場合はそうではない。というのも、ブルトンの詩はある面では解釈を拒否しているからだ。一九二四年に書かれたエッセー「現実僅少論序説」でブルトンは、レミ・ド・グールモンがサン＝ポール・ルーの詩句を説明したことに触れ、次のように述べている。

> たまたま不作法な男がいて、ある詞華集の緒言のなかで、現存のもっとも偉大な詩人の一人を取り上げて、その作品がわれわれに提示した比喩のいくつかを一覧表にしてみせたことがある。そこには次のような説明が見られる。
>
> 　舞踏会の正装をした毛虫の明日とは蝶々のことを意味している。
>
> 　クリスタルガラスの乳房とは水差しのことを意味している。
>
> 　等々。残念でした。先生、意味しているのではありません。あなたの蝶々をあなたの水差しのなかにおしまいなさい。サン＝ポール・ルーが言いたかったこと、心配なさらずともかれはそれをちゃんと言っております。(3)

「《舞踏会の正装をした毛虫の明日》は蝶のことを意味する」といった比喩なのではなく、「サン＝ポール・ルーがいいたかったこと、彼はそれをちゃんと言っているのだ」ということになる。ブルトンにとって詩句は何か別の表現の比喩、言い換えではない。言葉の彩であるとか文学的修辞という問題ではなく、詩に書かれる言葉は言い換えや置き換えのできないものとなる。これは、あらかじめある主題のもとに書き始めるものではない、審美的、主観的な配慮の埒外で無意識下の言葉の流れを書き写すという自動記述の詩法を考慮してみれば、また自動記述によって書かれた詩的テクストが修辞学でいう比喩の範疇から大きく逸脱する詩的イマージュの連鎖によって成り立っていることを考えてみれば当然のことと言えるかもしれない。(4) 遠く隔たった関係にある言葉の連鎖であるイマージュは比喩ではない、つまり何か別な言葉に言い換えることのできないものであるのだから、レミ・ド・グールモンがサン＝ポール・ルーの詩句に対しておこなったような解説は無意味になる。

こうした自動記述やイマージュの問題を考慮するとブルトンの詩の読解の難しさが浮き彫りになる。では、ブルトンの詩の読解は不可能なのか。むろん、ある詩句が……を意味する vouloir dire（言いたい）というような解説は無意味であるにしても、ある種の読解は否定されておらず、むしろ望まれていることは確かだ。ブルトン自身、自動記述によるテクストが解釈されることを望む発言をしている。たとえば、一九三二年のエッセー「A・ロラン・ド・ルネヴィルへの手紙」で次のように述べる。

風俗的なものへのあらゆる配慮を克服するシュルレアリスムは、自らその名前をつけている、詩であれ他のものであれ、自動記述のテクストにたいする解釈へやがて移ってほしいと、わたしは希望しているのであり、しかもそのテクストの表面的な突飛さは私見によるとこの試みのじゃまにはなりえないでしょう。(5)

自動記述で、書かれたテクストの外見上の突飛さは作品解釈の妨げにはならず、むしろブルトンは解釈へ向かうことを希望していることの表明である。

ではブルトンの詩の読解はどのような方向で可能なのだろうか。まずはブルトン自身が自らの詩作品に付けた解説を検討することから始めたい。

アンドレ・ブルトンによる二つの自註

ブルトンはシュルレアリスムの理論や方法論についてはことあるごとに解説し、それが幾つかのシュルレアリスムの宣言にまとめられたり、また幾つかの評論集にまとめられたりしている。しかし、自分の作品について自己解説を付けた例はあまりない。

ここでは詩集『磁場』の「季節」の章と詩集『地の光』の一篇「ひまわり」に対して例外的に付けられた自註を検討してみたい。

まず、「季節」の自註をみてみよう。フィリップ・スーポーとの共著詩集『磁場』は一九一九年の春から初夏にかけて執筆され、一九二〇年の五月にオ・サン・パレイユ社から出版された。自動記述による最初の作品である（つまりは、シュルレアリスムの最初の作品である）こと、共同執筆で、書かれた作品で、あることからブルトンの詩作品のなかでもとりわけ重要なものの一つになっている(6)。この詩集の一冊に、一九三〇年になってブルトン自身が解説を書き加えたものがあり、後年、「シャンジュ」*Change* 誌に発表された(7)。

この自註ではどの部分をスーポーが執筆し、どの部分をブルトンが執筆したか記してある。『磁場』の一章

「季節」についてブルトンは「私がここで私の幼年時代のことを語っている」と述べている。[8] 自動記述があらかじめ何らかの主題を決めて書くことはせず、理性による統御をとりのぞき、審美的道徳的な配慮の埒外でおこなわれる思考の口述筆記であることを考えると例外的な作品であるといえるだろう。

「季節」は段落で七つの断片に分けられる。第一の段落、「私は朝早く祖父とともにドロ館をでる。」で始まる段落の余白には「四歳まで育ったサン・ブリュック」とあり、第二の段落、「私は、その前にひざをついて座る青い噴水を愛するようになった。」で始まる段落の余白には「ブルターニュ」とある。この第一段落と第二段落の間だけ改行が施されていず、一つの断片とみなすこともできる。実際、この二つの断片はブルトンが誕生してから四歳になるまで育ったブルターニュ地方の風景を想起させる描写に満ちている。ブルトンは四歳まで母方の祖父のもとで育てられ、この祖父がブルトンに民間伝承の小話《コント》などを話して聞かせ、幼児ブルトンに影響を与えたことは伝記的事実として残っている。[9] この箇所では「暗い大きなブランコの上に立って、私は月桂樹の葉つきの枝を意味ありげに振っている」に「幼年期の最も古い記憶」という註があるが、確かに、「月桂樹の葉」、「城」、「泉」、「森」といったブルトン後年の作品にも頻出するイマージュがブルターニュ地方の風景と祖父に話してもらった民話の記憶の想起であることは十分考えられる。

第三段落、「短い呼子の音。私はきみをまたずいぶん愛したものだ」で始まる段落には「郊外」、「パリ」、「学校」という言葉や描写があるが、「ランシー、森のなかのあずま屋」「パンタンの小学校」「シャプタルの中学校《リセ》」といった註が読める。伝記的事実に即して言えば、この部分は一九〇〇年から一九一四年までの思い出ということになるだろう。一九〇〇年、ブルトンは家族と共にパリ郊外のパンタンに移り、一九〇二年、パンタンの公立小学校に入学、一九〇七年、シャプタル中学校《リセ》に入学する。「私が初めての友人を選んだのは『若き囚われ女』

の暗唱のしかたが気に入ったからだ。」の箇所には「テオドール・フランケル」と註があり、『磁場』執筆当時まで続いているテオドール・フランケルとの友情に触れ、さらに、「私はたいそうきびしくしつけられたと思っている」という箇所には「いうまでもなく恨みと憎しみとでもって　AB」という書き込みがある。ブルトンが両親について語ったことはほとんどないが、この「恨みと憎しみとでもって」という短い言葉から、ブルトンと厳格だった母親との不仲な関係がうかがえる註となっている。

第四段落、「このポプラの並木道の向こう端が私に見えないのはどうしたわけだろう?」で始まる段落には「ナント」、そして、「寓話からでてきたばかりの女性が」の余白にはハートの絵が描かれてあり、その中に「アリス」Alice という名が書かれてある。

第五段落、「塀のてっぺんにとまっている植物たちを私はいつもあわれんだ。」で始まる段落の「私に触れることもなく通りすぎて行った通行人皆の中で、一番美しい男は、この髪の房とこれらのニオイアラセイトウを私の手に残して消え失せたが」の余白には「ジャック・ヴァシェ」という註がある。

『ナジャ』の中で「ナント――たぶんパリ以外でただひとつ、おこるにあたいする何かがおこりそうだという印象をもてるフランスの町[10]」と特権的な場所とされた。一九一五年の初夏から一九一六年の初夏にかけて当時医学生だったブルトンは召集され、インターンとしてこの街に赴く。この一年の間に、母方の従姉妹のマノン（マドレーヌ・ル・グゲース）Manon（Madeleine Le Gougués）、後にテオドール・フランケルの恋人になるアニー・パディウー Annie Padiou、そしてアリス Alice（本名は不詳）の三人の女性と知り合うことになる。特に、マノン（『通底器』に再び登場することになる）とアリスの二人は青年ブルトンに少なからず影響を与えたと考えられる。またこの時期にブルトンが勤めていたナントの病院でジャック・ヴァシェと知り合うのだが、ダダを具現化したかのような、そして一九一九年一月には阿片の吸い過ぎによって死去してしまう（つまり、『磁場』執筆の数ヵ月前に死去したことになり、この段落部分に「私は彼を偲んで泣く」Je le pleure という記述が読めるのも頷ける）この人物は、言うまでもなく若きブルトンに最大の影響を与えた人物の一人である。

第六の段落、「私はもはや沼地めいた場所の中を用心せずには前へ進まない」で始まる段落と、第七の段落、「「救済の聖母」が二冊か三冊の本の中に現れるのは私にも比較的うれしいことだ。」で始まる最後の段落には特に自註は書き加えられていず、最後の段落の一部に注意を喚起する印が付けられているだけである。

何故、最後の二つの段落にはこれまで五つの段落にあったような過去の事実を指摘する註記がないのだろうか。第一の段落の幼年期から思い出をたどり、第五の段落でヴァシェの死について語ることで思い出の季節めぐりを閉じる。

つまり最後の二つの段落では現在に、それも執筆している今に戻っているのではないだろうか。第一から第五までの段落は原則的に過去時制（複合過去や半過去）で書かれているのに対して、最後の二つの段落では原則的に現在形が使われていることからもこのように指摘できるだろう。また内容的に見ても、特に最後の段落では、「あやうい均衡を保つこの音響の良い舞台すなわち私のハーモニーの上にはもはや私しかいない」、あるいは「遅い速度」Petite vitesse といった記述があり、これは作品を書くことについてのメタ言語（記述についての記述）として読むことができるだろう。最初の引用に、「音響の良い」あるいは「ハーモニー」といった音に関する記述があるが、ブルトンは自動記述について述べる場合しばしば音や聴覚に関係のある語彙を使用する。たとえば一九二四年の『シュルレアリスム宣言』では自動記述の書き手のことを「数々の反響の無音の収集装置」les sourd réceptacles de tant d'échos、あるいは「謙虚な録音装置」les modestes *appareils enregistreurs*[11] と呼んだ。「遅い速度」という詩句に関しては、再びブルトンの自註に触れなければならない。ブルトンは『磁場』の自註で、自動記述の速度をさまざまに変化させることによって書きつけられる内容にも変化をもたせようとしたことを指摘している。最も抽象度の高い「蝕」の章はもっとも速い速度で、個人的な思い出を語ったこの「季節」の章ではもっとも遅い速度で自動記述がおこなわれたのだ。つまり、ここでいう「遅い速度」とは現在記述しているその記述の速度のことを指し、もともと遅い速度で書かれたこの章が最終段落の末尾に来てますます速度を落としていることのメタ言語として読めるだろう。

ブルトンは『シュルレアリスム宣言』のなかで「シュルレアリスムのなかに飛込む精神は自己の幼時の最良の部分を昂揚とともに再体験する」(12)と述べることになり、この文章はむろん、自動記述の実践のなかで幼年期を再体験するという狭い意味だけでないことは明かであるにせよ、『磁場』のこの章のことを想起させることも間違いないだろう。

以上、『磁場』の「季節」の章にブルトン自身が付けた自註をみてきたが、この註は初版の欄外余白にメモ程度に伝記的事実を記したものにすぎない。確かに、たとえば第一段落、第二段落がブルトン自身の幼年時代のブルターニュの、第三段落がパリの学校時代の、第四、第五がナント時代の思い出であり、フランケルやアリスやヴァシェといった固有名詞の特定があると読み方にある種の拡がりがでるともいえる。しかし、特定されなくとも語彙やイマージュからそれに近い読解は十分に可能であるし、特定されることによって読み方が限定されてしまうともいえるのだ。こうした註釈は研究者にとってはありがたいことだが、一読者にとってはどうだろう。もともと、『磁場』はスーポーとの共著で、どの部分をどちらが書いたか明らかにせずに出版された書物だ。この箇所はスーポーが書いたものである、この箇所はブルトンの少年時代の思い出であるといった予備知識はむしろ自由な読解の枷になるとも言える。むろん、このことはブルトン自身も承知していた。それ故、この自註についてブルトンも公に語ることはしなかったのだ。

次にもう一つの自註、「ひまわり」の詩の自註を検討してみたい。『磁場』の自註とは異なり、こちらの自註は読者に読まれることを前提に書かれたものだ。

詩篇「ひまわり」*Tournesol* は原稿に一九二三年八月二十六日の日付を持ち、ブルトン二冊目の個人詩集、一九二三年十一月発行の『地の光』中に収録された一篇である。この詩篇を『狂気の愛』（一九三七年二月発行）の第四章で採り上げ分析することになるのだが、この章は『狂気の愛』のもっとも重要な部分であるとは断言できないにしても、もっとも有名な部分であることは間違いないだろう。この章全体は『狂気の愛』に収録される以前に、当時シュルレアリスムの機関誌となっていた美術雑誌「ミノトール」の第七号（一九三五年六月十日発行）に「ひまわりの夜」と題されて発表されている。

では、「ひまわりの夜」とはどういう物語なのか、その概略を追ってみよう[13]。

一九三四年五月二十九日の夕方七時半、ブルトンはあるカフェで「スキャンダラスなまでに美しい、女性と出会う（この女性は後にブルトンの二度目の妻となるジャクリーヌ・ランバ Jacqueline Lamba である）。数日前からときおりこのカフェで見かけていた彼女はそこで手紙を書いている。ブルトンはその手紙が自分宛のものであるというあり得ない空想にひたる。しばらくして彼女はカフェを出てモンマルトルの街を歩いて行く。ブルトンは彼女を待ち伏せするがはぐれてしまう。二度と会えないのではないかと狂おしいまでに心配しながら彼女を探してしばらく街をさまよっていると、突然目の前にあらわれ、ふりかえってブルトンにほほえみかけてくる。彼女はブルトンに手紙を書いていたのだといい（つまりカフェで書いていたのはまさにブルトン宛の手紙だったのだ）、その手紙がブルトンのもとに届いていないことを知り驚く。ブルトンはその同じ晩の真夜中に再会する約束をしてわかれる。深夜、モンマルトルのカフェ「カフェ・デ・ゾワゾー」で再会し、午前二時そこを出て、中央市場 les Halles、サン・ジャック塔 la tour Saint-Jacques、市庁舎 Hôtel de Ville、セーヌ川左岸のカルティエ・ラタン le quartier Latin、セーヌ川のケ・オ・フルール le quai aux Fleurs と夜明けまで二人でパリの街を放浪する。数日後の朝、自作の詩の一節が無意識的にブルトンの口をついて出てくる。この詩が、十年以上前の一九二三年八月に自動記述で書かれた「ひまわり」なのだが、ブルトンはこの作品を気に入っておらず、詩集『地の光』に収録されて以来、二度、選詩集を編む機会があったが（一九三二年の『白髪の拳銃』と一九三四年の『シュルレアリスム小アンソロジー』*Petite anthologie du surréalisme*）そのどちらにも再録していない。ブルトンがその作品「ひまわり」を読み返してみると、驚くべきことに十年後のこの出会いの夜のことが書いてあったのである。以上が『狂気の愛』の四章の前半部分であり、この後に「ひまわり」の自註が続く。

では詩篇「ひまわり」に関する自註を検討してみよう。

ひまわり

ピエール・ルヴェルディに

夏の暮れ時に中央市場を通りすぎた旅の女は
爪先で歩いていた
絶望はたいそう美しい大きなまむし草を空に巻いていた

そしてハンドバッグにはぼくの夢　気付薬の小罎があった
それは神の代母だけが吸ったもの
麻痺が湯気のように拡がっていた
「タバコを吸う犬」亭では
ちょうど賛成と反対が入ってきたところで
若い女は彼らから斜めになってよく見えなかった
ぼくが相手にしていたのは硝石の大使夫人だったか
それともぼくらが思考と呼ぶ黒地に白の曲線のだったか
無実の人々の舞踏会はたけなわ
提灯はマロニエのなかでゆっくりと火をともし
影のない婦人は両替橋で跪いた
安息所街では切手はもはや同じではなかった
夜毎の約束はついに守られた
伝書鳩たち救急の接吻は
完璧な意味作用のヴェールの下に突きでた
見知らぬ美女の胸にあつまっていた
パリの真只中に一軒の農家が栄えていた
その窓は銀河に面していた

しかし誰も住んでいなかったのは不意の来訪者
亡霊よりも献身的な不意の来訪者のせいだ
その何人かはこの女性と同様に泳いでいる様子をしている
そして愛のなかには彼らの実体が少し入り込む
彼女は彼らを内在化させる
ぼくはいかなる感覚器官の働きの玩具でもない
とはいえ灰の髪のなかで、歌っていたこおろぎが
ある晩エティエンヌ・マルセルの像の近くで
ぼくに共謀の一瞥を投げかけて言った
アンドレ・ブルトンよ　通れ

TOURNESOL

À Pierre Reverdy.

La voyageuse qui traversa les Halles à la tombée de l'été
Marchait sur la pointe des pieds
Le désespoir roulait au ciel ses grands arums si beaux
Et dans le sac à main il y avait mon rêve ce flacon de sels

Que seule a respirés la marraine de Dieu
Les torpeurs se déployaient comme la buée
Au *Chien qui fume*
Où venaient d'entrer le pour et le contre
La jeune femme ne pouvait être vue d'eux que mal et de biais
Avais-je affaire à l'ambassadrice du salpêtre
Ou de la courbe blanche sur fond noir que nous appelons pensée
Le bal des innocents battait son plein
Les lampions prenaient feu lentement dans les marronniers
La dame sans ombre s'agenouilla sur le Pont-au-Change
Rue Gît-le-Cœur les timbres n'étaient plus les mêmes
Les promesses des nuits étaient enfin tenues
Les pigeons voyageurs les baisers de secours
Se joignaient aux seins de la belle inconnue
Dardés sous le crêpe des significations parfaites
Une ferme prospérait en plein Paris
Et ses fenêtres donnaient sur la voie lactée
Mais personne ne l'habitait encore à cause des survenants

Des survenants qu'on sait plus dévoués que les revenants
Les uns comme cette femme ont l'air de nager
Et dans l'amour il entre un peu de leur substance
Elle les intériorise
Je ne suis le jouet d'aucune puissance sensorielle
Et pourtant le grillon qui chantait dans les cheveux de cendres
Un soir près de la statue d'Etienne Marcel
M'a jeté un coup d'œil d'intelligence
André Breton a-t-il dit passe[14]

ブルトンはまずこの詩篇を気に入らなかった理由として、三箇所の書き直しを挙げている。九行目の d'eux「彼らから」を補足として書き足したこと、十一行目の de la courbe blanche「白の曲線の」は本来 à la courbe blanche「白の曲線に」であったものの書き変えであること、二十三行目の dévoués「献身的な」という形容詞は本来別の形容詞、たとえば dangereux「危険な」のような語を使うべきであったのだが直後に les revenants「亡霊」という言葉があり幼稚な印象を与えるのを避けるためにこの言葉に変えたことの三点である。本来、自動記述はオートマティスムで書かれたものを、審美的あるいはその他の理由で書き直してはならないものだった。この詩篇はオートマティスムで書かれたものだが、完全な自動記述ではなく少なくとも上記三箇所の手直しがあったことをブルトン自身が認めている。では詩句の解説はどうだろう。

一〜二行目、「この女性のなかに一九三四年五月二十九日のこの時はとても静かに通り過ぎていった女性を認めないわけにはゆかぬ」とまず指摘する。確かに「中央市場を通りすぎた旅の女」は中央市場 les Halles という場所の一致、さらに、ブルトンと共にパリ中をさまよった＝旅した状況も一致している。「夏の暮れ時に」に関しては次のように解説する。「日暮れ」と「夜の到来」はフランス語では同じ tombée という言葉を使う。この語句から初夏の夜の到来というイメージを読みとっている。

三〜五行目、「絶望」はその日カフェでブルトンが感じた愛への希望や絶望。「まむし草」arums、「ハンドバッグ」le sac à main には性的意味作用をみる。ブルトンがこの詩篇を気にいらなかった最大の理由に四、五行目があるとしている。

六〜八行目、「タバコを吸う犬」Le Chien qui fume は中央市場にあるレストランの典型的な屋号であるとしている。本章の註（14）で触れたが、『狂気の愛』の引用はこの部分だけ初出と異なつている。詩集『地の光』では強調になっていない。恐らくブルトンはこれがレストランの屋号、固有名詞であることを明確にしたいために強調体にしたのだろう。「麻痺」や「賛成と反対」は一九三四年当時のブルトンの実生活に他ならないものであるとしている。

九行目、「斜めになってよく［見え］なかった」mal et de biais は二人が肩を並べて歩いていることによると説明される。

十二行目、「無実の人々〈イノサン〉の舞踏会」に関しては、サン・ジャックの塔の近くのイノサンの墓地跡の辻公園の泉を想起させると指摘する。確かに「ひまわりの夜」に二人が歩いた道程にあたる。

十三行目、「提灯」。ジャクリーヌは当時ミュージックホールに出演していたが、そこでのあだ名が「七月十四日」（革命記念日）だったという指摘がある。つまり、革命記念日にマロニエの街路樹に飾られる提灯との一致。十四行目の「両替橋」le Pont-au-Change、十五行目の「安息所街」Rue Gît-le-Cœur、はその夜、実際に二人が通過した場所である。

十七行目「伝書鳩」、ジャクリーヌは彼女の従兄弟である「大いなる賭」誌グループのアンドレ・ドゥロンからブルトンのことを聞き、ブルトンに関心を持ち、手紙を書こうとしていた。ブルトンは、ジャクリーヌと出会う数日前にアンドレ・ドゥロンからの手紙を受けとるのだが、そこにはドゥロンが当時出向していた「鳩の友協会」の消印があった。

十七行目「救急の接吻」および十八行目の「見知らぬ美女の胸」も当夜との関連が指摘される。

二十行目「パリの真只中の農家」、田園の光景が突然詩に登場するが、当夜二人が立ち寄ったケ・オ・フルールの花市場の光景と重なる。

二十一、二十二行目「不意の来訪者」には、「亡霊との対照で」par opposition aux revenants という付記がある。

二十四行目、「泳いでいる様子」、ブルトンはこの箇所の自註で再びこの詩篇を書いた当初に感じた欠点を確認する。一点はこの詩行がボードレールの詩行と類似していること（『悪の花』中の無題の作品 XXVII の冒頭「波打ち真珠色の服を着て／歩くときでも踊っているかのようだ」Avec ses vêtements ondoyants et nacrés, / Même quand elle marche on croirait qu'elle danse。また「ひまわり」は通りすがりの女性を描いているという点ではボードレールの「通りすがりの女に」*À une passante* をも想起させる）、もう一点は女性の舞踏の姿を水泳と比較したことだ。しかし、ジャクリーヌが出演していたミュージックホールの演し物は水のなかで踊るというものであった。つまり「泳いでいる様子」はブルトンにとって「水のなかで踊っている様子」に他ならないと指摘する。またこの詩行は「ひまわりの夜」か

ら数ヵ月後に書かれる詩集『水の空気（水の様子）』*L'Air de l'eau* をも想起させる。(15)

二十六行目「彼女は彼らを内在化させる」、彼女は「不意の来訪者」のあらゆる力を内に集中させ、静かで秘密めいた存在であるとともにより危険な存在になると指摘される。

二十七行目「いかなる感覚器官の働きの」、ブルトン自身の内的な動揺の頂点を指し示している。

二十八行目「こおろぎ」Le grillon、この言葉についてブルトンは次のように解説する。ブルトンが現実にパリで初めてこおろぎの鳴き声を聞くのは「ひまわりの夜」から数日後のこと、ジャクリーヌが住んでいた部屋であったこと、さらに「こおろぎ」という言葉は、ロートレアモン『マルドロールの歌』の第六の歌の一節、「パリの地下水道に生息する警戒的な動きではね回る美しいこおろぎの絶え入りそうな鳴声に気をとめたことがあるだろうか。辺りにはこおろぎしかいない。それこそまさしくマルドロールだからだ！　危険性をはらんだ霊力によって、花咲ける首都を磁化させるこおろぎは、首都を麻痺状態へといざない、首都がしかるべく警戒を怠らずにいるべき状態を不可能にさせる」を想起させること、また「エティエンヌ・マルセルの像」は当夜二人が通った市庁舎にあることを指摘する。そして最後に「いずれにせよ、この詩のなかにおいてと同様に現実生活においても、こおろぎが一切の疑念を取り去ってしまうために介入しているのはあまりにも明瞭である」と、こおろぎの発する命令が重要な詩的役割を果たしていることを指摘している。

以上が『狂気の愛』のなかで語られた詩篇「ひまわり」に関するブルトンの自註の概略である。

確かに一九二三年に書かれた詩と一九三四年に実際に起きた出来事の類似、とりわけ場所の一致は驚くべきものがある。自註に関していえば、「まむし草」や「ハンドバック」に性的な意味作用をみる点（その根拠があまり明白にされていないとしても）、あるいは、ボードレールの詩句についての、またロートレアモンの「こおろぎ」

についての言及など、読者にとってブルトンの詩を読解する上で有益な情報も含まれている。しかし、たとえば、la tombée de l'été を「夏の終わりに」もしくは「夏の初めに」ではなく「夏の夕暮れ時に」と解釈する点、「伝書鳩」とアンドレ・ドゥロンの手紙との一致など多少とも無理にこじつけている面もあるだろう。

こうした無理なこじつけを差し引いても、この自註を読むと、ブルトンの詩において、またシュルレアリスムの詩において、ある語句が……を指し示している（さすがにブルトンはかつて批判した「意味する」vouloir dire という表現は用いていないが）という読解も可能であると言えるのだ。ブルトンの詩を、通常の文脈で、つまりは論理的な文脈、もしくは散文的な文脈で読解しようとすると我々はすぐに飛躍の多いイマージュの前で躓くことになる。しかし、『磁場』の「季節」の章をオートマティスムによる、自動記述による幼年期の再体験という文脈に置き、「ひまわり」を「ひまわりの夜」の出来事という文脈に置けば、一語一語の解釈は不可能にしても読解の展望はひらけてくる。「季節」は実際にあった伝記的出来事を記述し、「ひまわり」という詩の記述は実際の出来事を予見し、引き起こすことになった、というこの二つの作品の成立事情は一見すると正反対に見える。

しかし、実はそうではない。「季節」の最後の二つの段落は「書いている今」が問題になっていた。つまり、あらかじめ幼年期の思い出を記述するという目的をもって書かれたのではなく、自動記述を実践することによって、幼年期の記憶が書かれるという出来事が引き起こされたのではないか。このように考えない限り最後の二つの段落の「現在」時制をうまく説明することは出来ない。

ブルトンによる二つの自註を検討することで、次のようなことが言えるのではないだろうか。つまり、ブルトンの詩とは、ブルトンにとって詩を書くということは、何かある出来事を回想し、それを巧みに表現するというものではなく、書き手自身にとっても未知の世界を描くものであると。これは自動記述の考え方にも合致するだろう。では、書き手にとっても未知の世界を描くということがどのような詩的世界を形成して行くのか。

「ひまわりの夜」にまつわる出来事は、ブルトンの詩ばかりでなく作品全体を解く鍵になっている。「ひまわりの夜」に見られる不可思議な偶然の一致の例はブルトンの作品では初期から晩年にいたるまで随所で語られるが、こうした出来事をブルトンは「客観的偶然」と呼んだ。

客観的偶然

ブルトンの著作のなかで、客観的偶然 hasard objectif という言葉が最初に使われるのは、一九三二年刊行の『通底器』においてである、「因果関係は、必然の顕現形態である客観的偶然のカテゴリーとの関係においてしか理解されない[16]」。この文章はエンゲルスからの引用であるとブルトンは註記している[17]。しかし、重要なのはブルトンが以後、シュルレアリスム独自の、ブルトン独自の文脈においてこの言葉を使うようになることであろう。一九三五年、プラハでおこなった講演「オブジェのシュルレアリスム的状況」のなかでは「客観的偶然の問題、換言するならば、人間が生命を維持するうえでそれを必要と感じているにもかかわらず、捉えられないでいる必要が、そのなかで、きわめて神秘的に姿を現して見せるといった偶然の問題[18]」と説明している。

このように「客観的偶然」という用語が使われるのは三〇年代に入ってからだが、ブルトンの作品初期からその実例は多く紹介されている。シュルレアリスムの文脈において客観的偶然の問題がどのようにあつかわれてきたか、幾つかの実例に沿って考えてみたい。

こうした不可思議な偶然の出来事が最初に語られるのは「新精神《エスプリ・ヌーボー》」[19]と題された一九二二年執筆のごく短いエッセーにおいてである。ある日、ルイ・アルゴンと画家のアンドレ・ドランとブルトンはごくわずかの時間差で全く別々に、ある一人の美しい女性に出会い魅惑された、というただそれだけの話しである。偶然に会った三人が三人とも偶然にある同一の女性を見かけて惹かれるわけだが、この偶然の一致、このエッセーでは単に「謎」とだけ呼ばれているのだが、この謎めいた偶然の一致の問題が、後にシュルレアリスムの主要な課題の一つとなる「客観的偶然」である。このエッセーに付けられたタイトル *L'Esprit nouveau* はいうまでもなくギヨーム・アポリネールの一九一七年の講演「新精神と詩人たち」*L'Esprit nouveau et les poètes* を想起させるものだが、アポリネールはその講演のなかで「驚きは新しい大いなる原動力だ」[20]と述べている。驚異のなかに新しい美学を見ようとしたことはシュルレアリスムにも言えることだが、ブルトンのエッセーは、内容から考えて「新しい精霊」と訳すこともでき、このように解釈すると、精霊としての女性の物語『ナジャ』を予告するエッセーであると解釈することもできるだろう。

ブルトンの代表的な散文作品『ナジャ』*Nadja*（一九二八年）はこのような客観的偶然（この作品ではまだ単に「啞然とさせる偶然の一致」[21]と呼ばれている）に満ち溢れた作品である。その典型的な例だけ紹介するにとどめよう。アポリネールの戯曲『時間の色』初日にブルトンは一人の青年に話しかけられるが、すぐに人違いであることがわかる。その青年はブルトンのことを大戦で戦死したはずの友人ととり違えていたのだ。その後、ブルトンは共通の友人（ジャン・ポーラン）の紹介でポール・エリュアールと文通するようになる。しばらくしてエリュアールと会ってみると『時間の色』初演の日に話しかけられた人物であった。

あるいは、ある夜、ナジャと出かけているとき、ナジャは建物の窓を指し「あの窓、他の窓と同じで暗いわね、一分もたつと明りがつくわ、赤くなるわよ」といい、事実、一分後にその窓に明かりがつき、赤いカーテンが見える。

また別の日、ブルトンはナジャに接吻をする。ナジャは「聖体拝領は沈黙のうちにおこなわれる」と言う。ナジャによるとこの接吻は何か聖なる印象を残し、自分の歯が「聖体パンのかわりをしていた」ように思えたと言う。その翌日、ブルトンはアラゴンからの手紙を受けとるが、そのなかにウッチェロの絵の複製が入っている。その絵は『聖体の冒瀆』という題のものであった。

以上、三つの例をみてきたが、確かに「唖然とさせる偶然の一致」ということができるだろう。ブルトンは『ナジャ』ではこうした事実を列挙するだけで、特に解釈や解説を試みようとはしていない。

『狂気の愛』における客観的偶然の例はブルトンの自註を参考に「ひまわりの夜」のところで見てきた。ある詩篇に、十年後の出会いの夜のことが書かれてあったというのは客観的偶然の例としてももっとも驚くべきものに違いない。しかし、『狂気の愛』はそればかりではない。作品の構成の面それ自体においても客観的偶然が見られるのだ。「ひまわりの夜」の出会いが書かれているのはこの作品の第四章（「ミノトール」誌七号、一九三五年六月発行）であった。ところで、第一章から第三章までは、ジャクリーヌとの出会い以前に執筆されている。第一章は「美とは痙攣的なものだろう」という題で「ミノトール」誌五号（一九三四年六月発行）に掲載、第二章は出会いについてのアンケートの解説として「ミノトール」誌三―四合併号（一九三三年十二月発行）に掲載（つまり執筆順でいえばこの章が最初に書かれたことになる）、第三章は「発見されたオブジェの方程式」という題でブリュッセルの雑誌「*Documents 34*」（一九三四年六月発行）に掲載されている。第一章から第三章までが「ひまわりの夜」以前に書かれていることは、第四章にも「数日前、私はこの本の冒頭部分を書き終えたばかりで[22]」という文章で明示されているのだが、我々は『狂気の愛』を「ひまわりの夜」を中心とした一つの物語として読みがちであり、この書物の成立事情を考慮するにはなかなか至らない。しかし、このような成立事情をふまえて再読してみると、第一章から第三章までの文章も実は「ひまわりの夜」を予言しているとも読めるのだ。最初に執筆された第二章が出会いについてのアンケートの解説であることは指摘したが、そこでブルトンは「偶然とは、人間の無意識に一本の道を切りひらく外的な必然性の顕現形態であろう（この点に関して、エンゲルスとフロイトを解釈し一致させようと大胆に試みれば）[23]」と、先に引用した客観的偶然の記述に近い表現を用いている。この出会いのアンケートは「ひまわりの夜」の出会いそのものを予告するものとして読める。第一章は『ナジャ』の末尾「美とは痙攣的なものだろう、さもなくば存在しないだろう」という文章を展開したものだが、そこには次のような挿話が紹介されている。ブルトンがあるレストランで昼食をとっている。そこには美しく詩的なウェイトレスと美男で知的な皿洗いの青年がいる。皿洗いの男が呼ぶ「オンディーヌちょっと来てくれ」« Ici, l'Ondine! » すると彼女が答える「そうよ、ここでは食事するのよ」« Ah! Oui, on le fait ici, l'on-dîne! »[24]。オンディーヌという音の言葉遊びにすぎないが、オンディーヌが水の女神、水の精であることを考えると、「ひまわりの夜」でみた「泳いでいる様子」、つまり水のなかで舞踏するジャクリーヌを想起させるものであり、ジャクリーヌとの出会いを予言しているとも読めるだろう。また第三章はシュルレアリスム的なオブジェに関する考察だが、ここでも「待つことこそが素晴らしいのだ[25]」と出会いへの期待が語られる。

　このように第一章から第三章までは「ひまわりの夜」以前に書かれているにもかかわらず、あたかも、ただ一点だけを、「ひまわりの夜」の出会いだけを指し示しているように、予告しているように読める。『狂気の愛』という書物の構成そのものが客観的偶然の実例となっているのだ（本論ではこれ以上触れることはしないが、『狂気の愛』の第六章も客観的偶然の挿話である）。

　こうした実例はブルトンの作品にはそれこそ枚挙のいとまもないほどあるのだが、この繰り返し語られる客観的偶然とは何か。単なる偶然と何が違うのだろうか。

シュルレアリスムの出発点に自動記述やオートマティスムの発見があったことは今さら指摘するまでもないが、無意識の言葉の流れを記述するという自動記述を、無意識の意識への介入という図式で捉えることも可能だろう。自動記述、夢、狂気といったシュルレアリスムが探求した主題はいずれも、ブルトンの著作によれば、無意識の現実世界への介入と捉えることができる。また、これまで「客観的偶然」と訳してきた hasard objectif の objectif という形容詞は、「客観的」「客体的」であると同時に「オブジェによる」とも解釈できるだろう。

オブジェ objet は現代美術ではごく常識的な用語になっているが、それはキュビスム、とりわけマルセル・デュシャン以後のことである。デュシャンはある既製品を通常の使用とはまったく別のコンテクストに置くことで（たとえば便器を展覧会に出品する等）見るものに驚異と「物体」objet そのものの不可思議な魅力を提示した。つまりオブジェは、功利的、実利的な目的、社会的な約束事や規範から逸脱された、まさにブルトンが自動記述について述べた「理性による一切の統御をとりのぞき、審美的あるいは道徳的な一切の配慮の埒外」[26]に置かれた「もの」であるといえるだろう。こうしたオブジェの現実世界への介入、そしてこの場合、オブジェばかりでなく、行為や行動を含む出来事の現実世界への介入が客観的偶然、、つまり、オブジェ的偶然、と呼ばれるものではないだろうか。

先の『狂気の愛』の第二章からの引用にあったように、この種の偶然は、無意識の道筋においては、偶然ではなく必然ということになる。さまざまな社会的または功利的な目的意識や法則（拘束）に従わざるを得ない現実世界にとっては偶然の出来事ではあっても、ブルトンが常に信頼をおいていた無意識の世界（それをフロイトの言葉を借りて、現実原則に対する快楽原則といっても良いが）にあっては必然の出来事なのだ。

客観的偶然に関しては多くの論者が触れているが、ミッシェル・カルージュはその主著『アンドレ・ブルトンとシュルレアリスムの基本的所与』において、シュルレアリスムの原則を「極限にまで押し進められた主観性ともっとも明白な客観性がどのような道筋で交流するかを探求すること」であるとし、「客観的偶然とは、不可思議の日常生活への介入を示すこのような現象［心惑わす無意識的想起、啞然とさせる偶然の一致、予見的な前兆］の総体なのである」(27)としている。

フェルディナン・アルキエは客観的偶然のあり方よりも、ブルトンが客観的偶然によせる「期待」にむしろ注目する。『シュルレアリスムの哲学』において、「ブルトンは意識的で日常的な自己よりももっと奥深い自己の現実を常に信じた」(28)と述べ、ブルトンが無意識の世界に信頼をよせていたことを確認するが、この無意識の世界からの信号である偶然の一致については事実を指摘するだけにとどめ、解釈を与えようとはしない。アルキエは「詩的啓示はシュルレアリスムの自由にとって、意味の創造であるよりも、むしろ現前の発見なのだ」(29)と指摘する。さらに、直接的なるものとの接触それ自体が光明を含むのだとし、「そして、光明は常に同一のものなのだから偶然の出会いのなかにも、詩や愛のなかにも探し求めることができる。シュルレアリスム以前には、出会いに直面したときの驚きは迷信のせいにされ、愛は心理学に、詩的感動は文学にまかされていた。シュルレアリスムはこれらの状態がすべて同様の期待をはらんでいること、しかもそのすべてが同様のやりかたで、人間と現実との関係を開示するものであることを立証したのだ」(30)と、客観的偶然という結果ではなく、客観的偶然がもたらす出会いへの「期待」を強調する。

アンドレ・ブルトンの詩の読解という問題に戻ろう。「ひまわり」という詩篇が書かれ、その十年後に「ひまわりの夜」の出来事が起きる。ブルトンの自註を検討して、「ひまわり」の細部が（とりわけ地理的な細部が）その夜の行程を予見していることは頷けないことではない。「ひまわりの夜」の出来事は客観的偶然のみごとな実例となっている。しかし、ブルトンの自註を読んだところで詩句の解釈（というよりは後からの事実確認、当てはめ）が可能であることは理解できても、それが直ちに読者にとって、解釈を開示するものでないことも確かだ。それが、完全な無意識の書き取りではないにしても（ブルトンは「A・ロラン・ド・ルネヴィルへの手紙」の中で「シュルレアリスムのどんなに些細なテクストも言葉のオートマティスムの完璧な見本として提示していると主張したことはない」[31]と述べているし、また一九三三年のエッセー「自動記述的託宣」でも「シュルレアリスムにおける自動記述の歴史は、はばからずにいえば、不運の連続の歴史といえるだろう」[32]と告白している）、多少ともオートマティスムによって書かれている限り、語句やイマージュの翻訳的な、「言いたい＝意味する」vouloir dire 式の解釈があまり有効ではないことは指摘するまでもないだろう。しかしながら、「ひまわりの夜」の出来事についての知識がなくても、この詩篇の魅力、「見知らぬ女」との出会いとパリの光景、そして都市に突然あらわれる農家の幻想的な光景、そして何より最後の四行で示される不可思議な命令といった魅力は十分にたどれる。特に最後の四行の超自然的な命令は、命令によって引き起こされるであろう出来事への「期待」を表しているイマージュとして注目に値するだろう。

　ブルトンは『シュルレアリスム宣言』のなかで、スーポーとの共著詩集『磁場』の一行に触れ、「スーポーと私はこの間まで《女の顔をした象と空飛ぶライオン》に出会うのではないかと怯えていた」[33]と述べている。また『ナジャ』のなかでも同様に『磁場』に書かれた「木炭と石炭」BOIS & CHARBONS（薪や石炭を扱う店の看板を模した一行、先に引用した『磁場』についてのブルトンの自註によると匿名性の表徴ということになる）[34]という言葉に突き動かされてパリの街をさまよい、薪炭商の店を探し当てて歩く記述がある。こうしたブルトンの文章はまさに客観的偶然への期待、不可思議な出会いへの期待を述べるものだ。この点で、アルキエがブルトンの作品の特徴として「期待」の問題を考察しているのはまさに正鵠を射ていると言えるだろう。

しかし、ブルトンが『磁場』について語った上の二つの証言、および「ひまわり」についての自註を考慮すれば、ブルトンの詩作品が単に「期待」の表明であると指摘するだけでは不充分なのではないだろうか。ブルトンの詩は、期待や待機といった静的な、受動的な特徴を示すというより、もっと能動的な構造を持つものではないか。むしろブルトンは詩を、とりわけオートマティスムによる詩を客観的偶然を誘発する装置として考えていたのではないだろうか。

むろん、ブルトンの詩は多くはオートマティスムによって書かれているのだから、客観的偶然を引き起こす装置が「意図的に」仕掛けられていると主張する気はない。しかし、「ひまわり」の末尾四行が示す命令、『磁場』における BOIS & CHARBONS のような読者にとってもまた作者にとっても謎である詩句、こうしたブルトンに特徴的なイマージュは作者の意図を離れて、謎への呼び掛け、不可思議な体験、つまりは客観的偶然への呼び掛けになっているのだ。

ブルトンの代表的な詩篇に「自由の結合」*L'Union libre*（一九三一年）という作品がある。私の女 Ma femme＋à＋躰の部分＋de＋〜という構文の繰り返しが六十行にわたるもので、de＋〜、に相当する部分に自然現象、生物、植物、鉱物などさまざまに変化する名詞が置かれ、全体として女性の躰がさまざまなイマージュに変身してゆく作品になっている。この「私の女（私の恋人）」Ma femme と呼ばれる女性について、アンリ・ベアールは国立図書館にあるこの作品の原稿に「私の恋人、マルセルに」À Marcelle, ma femme とあることからマルセル・フェリーのことだとしている。[35] しかし、ブルトンがマルセルを知るのはこの作品を書いた数年後のことである。またプレイヤード版全集の註によると、「ひまわりの夜」の女性ジャクリーヌに宛てた手紙のなかで「当時まだ君のことを知らなかった私に君のための「自由の結合」を啓示してくれたその美しい土地」と述べ、またさらに、第二次大戦中、亡命先のアメリカで知り合うことになるエリザに捧げた一九四八年版『詩集』の献辞には「《の髪をした私の女》それは君だったのだ、恋人よ、当時私がいかなる具体的な顔もこの女性に与えていなかったにしても、そしてこの詩の書かれた一九三一年の初頭に君が初めてフランスにやってきたのだとしても」と記すことになる(36)。

　このいささか強引かつ滑稽な、そしてまた詩人にとって都合の良い解釈を示すこの挿話はいったい何を指し示しているのか。この挿話は単に詩人のご都合主義をあらわしているだけだろうか。しかし、その瞬間その瞬間においては、ブルトンにとってはどの献辞も真実であり、ブルトンは誠実に対応しているとも言えるのだ。『狂気の愛』の冒頭で、過去に愛した幾人もの女性のなかで、結局は「最後に愛した女の顔」しか発見しないと述べている(37)。いずれにせよ、ブルトンは『ナジャ』で述べていたように、「扉のように開けはなたれていて、鍵（モデル）を探したりしないですむ書物」にしか関心がないと表明している(38)ことからも分かるように、この「女性」のモデルを探すことは重要でない。この「自由の結合」を書いている時点においては、詩篇「ひまわり」がそうであったように、この女性は特定の誰でもなく、むしろ『通底器』のなかでいわれるような「女という総体の集合的な人格(39)」であるのだ。そして、この作品が、後の女性との出会いを引き起こしているのだと言えるのではないだろうか。上に挙げた献辞を考えれば、少なくともブルトン自身はそのようにみなしていると言っても過言ではないだろう。

　この「自由の結合」のモデルと献辞の問題はブルトンの詩を読解して行く上でむろん些細な問題しか提示していない。しかし、「ひまわり」の最終四行にみられる謎の命令、『磁場』の「象の顔をした女や空飛ぶライオン」

あるいは「木炭と石炭」といった詩句が作者たちの実生活に及ぼした影響を考えると、ブルトンの詩が期待や待機を表明するばかりでなく、こうした出来事、客観的偶然を誘発しようとする装置であると指摘するのもあながち間違いではないだろう。

しかし重要なことは、実際にこうした出来事がおこるかどうか、実際に客観的偶然が起こるかどうかではない。ブルトンの詩がそのようなものとして書かれている、そのような構造を持っているということである。ブルトンの詩を客観的偶然を誘発する装置として捉えれば、その読解にも新たな展望が開かれるのではないか。では実際にブルトンの詩にそって、客観的偶然を誘発する装置としての詩がどのように書かれているか、どのように構成されているかを考えてみたい。

ブルトンの詩の読解へ

ブルトンの詩集『白髪の拳銃』を中心に、客観的偶然、を誘発する装置としての詩がどのような構成上の特徴を持っているか考察してみよう。

詩集『白髪の拳銃』*Le Revolver à cheveux blancs* は一九三二年六月、エディシオン・デ・カイエ・リーブルから出版された。この初版は新詩集であると同時に過去の詩作品のアンソロジーともなっている。冒頭に序文の代わりとなる詩的散文「いつかあるところで」*Il y aura une fois*（一九三〇年六月執筆）が置かれ、その後は三つのパートに分かれている。「1915–1919」「1919–1924」「1924–1932」である。

「1915–1919」は主に第一詩集『慈悲の山』*Mont de piété*（一九一九年）から、「1919–1924」は主に『磁場』と第二詩集『地の光』*Clair de terre*（一九二三年）からの作品を再録したものであり、第三部の「1924–1932」の部分が新詩集となっている。

一九二四年から一九三二年といえば、『シュルレアリスム宣言』の発表から、『ナジャ』、『シュルレアリスム第二宣言』を経て、『通底器』執筆直前、つまり『通底器』に書かれることになる出来事と重なる時期までにあたる。ブルトン自身にとってもシュルレアリスムにとっても重要で傑出した作品ばかりが書かれた時期であり、むろんこの『白髪の拳銃』もそれに含まれる。『白髪の拳銃』は、ブルトンのみならずシュルレアリスムにとっての代表的な詩集となっていると言えるだろう。

本論では冒頭の序文「いつかあるところで」と新詩集である第三部をあわせて詩集『白髪の拳銃』とし、プレイヤード版全集を底本としたい。[40] 序文に相当する詩的散文「いつかあるところで」*Il y aura une fois* から見て行こう。このタイトルがまず何よりも示唆的である。これは昔話やお伽噺の定型的な書き出し「むかしむかしあるところで」Il y avait une fois（il était une fois と同意）の半過去の時制を未来形に変えたものだ。半過去は現在とは切り離された過去の出来事を語る時制である。昔話はむろん過去に起きた出来事として語られる。しかし、ブルトンはこの作品で視点を逆転させて、未来に起こるであろう出来事を呼びこもう、引き寄せようとする。

冒頭で「想像力とは天からの授かりものではなく何よりも獲得されるべきものである」と指摘される。『シュルレアリスム宣言』以来、とりわけ自動記述の詩法に関して、ブルトンは常に受動性を強調してきた。「できるだけ受け身の、つまり受容的な状態に自分をおくこと。自分の天分とか、才能とか、あらゆる他人のそうしたものを考慮に入れないこと」[41]。こうした主張の変更だろうか。いや、そうではない。オートマティスムはあくまで受け身の状態で、審美的、道徳的配慮の埒外で実践される。ここでいわれる「想像力」は自動記述などの詩法を指すのではなく、オートマティスムによって獲得される世界を指す。「いつかあるところで」のテクストではこの行の後、ユイスマンスの壮麗な宮殿に関する文章を引用し、ユイスマンスの「幻視」の素晴らしさを認めながらも、そこに使われる半過去という時制の用法が、結局はそのヴィジョン、幻視が単に夢にすぎない、単に空想の産物にすぎないことを露呈するものであると指摘する。次の段落の冒頭で、ブルトンは「さあれ明日の雪いずこにありや」Mais où sont les neiges de demain と書く。この文章は言うまでもなく、十五世紀の詩人ヴィヨン François Villon のバラード「いにしえの貴婦人へのバラード」*Ballade des dames du temps jadis* の一行「さあれ去年《こぞ》の雪いずこにありや」の「去年《こぞ》」d'antan を「明日」de demain に変えたものである。過去に向ける感傷的な視点を未来へと転じて、ブルトン独自の視点を示している。そして「想像力とは現実のものになろうとめざしているもののことである、と表明するのだ。この作品の冒頭で述べられた獲得すべきものとしての想像力とはこのようなものである。つまり、単なる空想に終わらず、現実の出来事になろうとするものなのだ。同様の見解はすでに『シュルレアリスム宣言』のなかでも述べられていた。その箇所は、イギリスのゴシック小説ルイスの『破戒僧』（これは後にアントナン・アルトーが仏訳することになる）に触れながら、「不可思議」le merveilleux を称揚している部分に附記として書かれている「幻想のもつ素晴らしい面、それはもはや幻想でなくなるところである、現実しかないのだ[42]」この附記はまさに「いつかあるところで」の主張と同じであり、ブルトンが一貫して客観的偶然（むろんこの当時はまだこの用語は使われていないが）の具現を確信していたことを示すものだろう。『シュルレアリスム宣言』との類似ということに関してはもう一点指摘しておきたい。ルイスの『破戒僧』に触れた箇所の直後に、ゴシック小説の特有の場として描かれる幽霊屋敷や館や城に触発されるかのようにして、「今日では私はひとつの城のことを考えている[43]」と述べ、シュルレアリストたちが集い、「風俗壊乱」の場となる城を描いている。「いつかあるところで」でも「想像力とは現実のものになろうとめざしているもののことである」と述べた後、「この件についてだが、私はパリ郊外に屋敷を借りたい（買いたいとまでは言わない）と望んでいる」と書き出し、城の描写が続く。「この件について」とあるように、想像力が現実になる場所を具体的に描いていることになる。サドやイギリスのゴシック小説の影響もあり、ブルトンの作品では、何かある不可思議な出来事が起こる場として館や城が設定される。

自動記述で書かれた長篇の散文詩集『溶ける魚』（一九二四年）の冒頭も「公園はその時刻、魔法の泉のうえにブロンドの両手をひろげていた。意味作用をもたない城がひとつ地表をうろついていた[44]」と書き始められていたし、詩集『地の光』の巻頭に置かれた「五つの夢」の冒頭もまた奇妙な館に入って行くところから始まる。『溶ける魚』や『地の光』と同様にこの詩集『白髪の拳銃』の冒頭でも詩的想像力が力を行使する場として館・城が描かれるが、この詩集では特に、想像力が現実のものとなる場として描かれていることは注目に値する。

この館の長い描写の後、ブルトンは末尾で再び詩的想像力の問題に戻り、「私がここで何よりもまず擁護したいのは、ある連想作用の原理に他ならないが、この原理の利点は、精神を詩的にもっとも好都合だと思われる状態に置くことにあるだろう」と確認する。「ある連想作用」とはオートマティスムによる言葉の連結であろう。意識的でない、何らかの意図を持たず、無意識の声に忠実になるオートマティスムによってこそ、現実のものとなる想像力が引きだされるのだ[45]。

そしてこの序文を次のように結んでいる「しかし、もしも突如としてあるひとりの男が、こうした場所においてさえ、何か出来事が起きるだろうと理解したのだとしたら！　その男が偶然という雷撃を受けた土地に、一人でもしくはほとんど一人であえて足を踏みいれたのだとしたら？　子供だった私たちの心のなかで幻滅を取り除こうとはじめることによって、私たちに無上の喜びを与えてくれたあのさまざまなお伽噺のもつ霧の晴れた精神、もしもその男が神秘の獲物を過去から奪いとる危険を犯そうとしたのだとしたら？　もしこの詩人が自ら洞窟のなかに入ろうとしたら？　もし彼がこう言うためにしか口を聞くまいと本当に決心したのだとしたら《いつかあるところで……》？」[46]

この文章の細部を検討してみよう。まず「何か出来事が起きるだろう」の接続法半過去が、過去の時制を表わすわけではなく主節に対して未来を表していること、「偶然という雷撃を受けた土地に」の「偶然」が、『ナジャ』で「啞然とさせる偶然の一致」と呼ばれ、『通底器』以降は「客観的偶然」と呼ばれることになるものを指すこと、「神秘の獲物を過去から奪いとる」では「神秘の獲物」つまり想像力を過去から現在へ（もしくは未来へ）奪いとること、そして最後にタイトルにもなっている「いつかあるところで」Il y aura une fois という「むかしむかしあるところに」*il y avait une fois* と本来半過去であるべき時制を未来形に転化させていること、以上の点に注目すれば、この序文（詩論と考えても良いだろう）が、通常、お伽噺や詩でごく当然のこととして用いられる過去への視点を逆転させ、想像力を獲得すべきもの、未来において現実化するものとして捉えているのが明確になるだろう。

このように『白髪の拳銃』は過去への視点を未来への視点に反転させることから始まる。この「いつかあるところで」は序文として詩集冒頭に置かれていたわけだが、では実際の詩篇を読むことにしよう。

第三部の、つまり、詩集『白髪の拳銃』の冒頭作品は「薔薇色の死」である。この作品は「やがて翼をはやした蛸たちがまたしても小船の氷先案内として導いてゆくだろう」と書きだされる。詩集冒頭の作品の第一行目にふさわしく「導く」という動詞が使われ、作品の、書物の開始が告げられる。しかし、注目したいのはこの動詞が過去形でも現在形でもなく、未来形 guideront になっていることだ。二行目に「きみはきみの髪のなかに白と黒の太陽が昇るのを感じるだろう」と「きみ」と呼ばれる女性（後の詩行を読むことで女性であることがわかる）が登場するが、ここでも動詞は未来形になっている。この作品は原則的に動詞は未来形で使われ、この作品を書いている現在、詩を書いている今から未来の方へと視点が向けられている。「花盛りの桃の木の上に／これらの詩行を書いた手が出現するだろう」、この詩行はまさにこの詩を書く手が書かれているが、ここにある écrivirent という単純過去形は過去の描写というよりは「出現するだろう」という未来時制から見た過去、つまり書いている現在を指していると言えるだろう。このように未来形の時制のなかで「きみ」に向けて語りかけがおこなわれているのだ。この詩篇の末尾五行をみてみよう。

私の呼びかけはきみを甘美にも不確かなままにしておくだろう
そして氷の亀からなる汽車のなかで
きみは警笛を鳴らす必要すらない
きみはひとりこのひとけのない浜辺に到着するだろう
そこでは星がひとつきみの砂の鞄のうえに降りてくるだろう

Mes appels te laisseront doucement incertaine
Et dans le train fait de tortues de glace
Tu n'auras pas à tirer le signal d'alarme
Tu arriveras seule sur cette plage perdue

Où une étoile descendra sur tes bagages de sable[47]

ここで「呼びかけ」、「警笛（警報の信号）」という語が使われているが、こうした語が、動詞の時制が未来形になっていることを考慮しなくても、未知のものへの希求になっていることを指摘しておこう。最終行「星がひとつ降りてくるだろう」で未来の出来事の予言でこの詩篇は終わる。そもそも一般的に詩のなかに未来形という時制が使われることすらあまりない。まして、この詩篇のように全篇未来形が使われ、未来へ向かって語りかける詩というのはまれであると言えよう。

未来形の使用ということに関連してつけ加えれば、『ナジャ』の有名な末尾の言葉「美とは痙攣的なものだろう、さもなくば存在しないだろう[48]」あるいは、この言葉をさらに詳細に規定し、解釈しなおした『狂気の愛』の「痙攣的な美とはヴェールに覆われつつエロティックな、凝固しつつ爆発し、状況的かつ魔術的なものだろう、さもなくば存在しないだろう[49]」で使われている時制も未来形であった。この未来形の用法については、しばしば腕曲語法と捉えられることが多いが、そうではなく、上に述べたことと同様のことが言えるのではないか。つまり、未来に出会うであろうこうした美を呼びこもうとしていると考えて良い。

考察を『白髪の拳銃』に戻そう。このような未来に向かっての語りかけ、未来に起こるであろう出来事を引き起こそうとする時制の使用は「薔薇色の死」ばかりではない。「有権者カード」*Carte d'électeur* では全篇にわたって条件法現在が用いられている。条件法現在は直説法単純未来形に比較すれば断言口調が弱められていると言えるが、それでも未来への語りかけであることには変わりない。この詩篇では「私もまた待つだろう私はあなたのことを待つだろう[50]」と待機状態が表明される。あるいは一篇全体が未来形におかれていなくとも、たとえば、一通の手紙の到着を待つというまさに待機が書かれている「最後の集配」*Dernière levée* では、「その手紙が私のもとへ届けられるだろうとき太陽は冷たくなっているだろう」、あるいは「だが手紙がもたらしてくれるであろう知らせは露のかたちをおび、／私が失ったすべてのものをそのかたちのなかに発見できるだろう」[51]と未来形がやがて到着するであろう知らせを予告する。あるいは「危険な救助」*Le Grand secours meurtrier* の「彼は漏斗のついた大きな六角形を見つめるそこではまもなくミシンが痙攣するだろう」[52]も同様である。こうした未来形の用法はむろん期待や待機をあらわすものであるが、単に受動的な状態を示しているばかりではない。「薔薇色の死」が典型的であるが、未来形には当然のことながら予告を表現するものであり、これから起こるであろう出来事を誘おうとしている時制であると言えるのだ。

こうした未来の出来事を引き起こそうとする、未来の出来事を誘発しようとする用法は未来形だけのものではない。「昇り降りする道で」*Sur la route qui monte et descend* は「告げてくれどこで焔はとまるのか」という一行で始まり、「水の焔よ私を火の海まで導いてくれ」という行で終わる作品であるが[53]、このような命令法の使い方もまた未来の出来事を引き起こそうとする願望の表明であると言えるだろう。先に触れた「ひまわり」の最終行「アンドレ・ブルトンよ　通過せよ」の命令法を想起しても良い。

命令法は相手に直接語りかけ、呼びかける用法であるだけにいっそう、能動的に未来を呼びこもうとする姿勢が読みとれるだろう。このような命令法の使用は「放浪生活」*Camp volant* の末尾、「私を通して下さい／私を通して下さい」[54]、「不起訴処分」*Non-lieu* の「出発したまえ　親愛なる曙よ　私の命の何ひとつも忘れるな／鏡の井戸につたうこの薔薇をとりたまえ／睫のまばたきをとりたまえ／踊り子のような紐と水滴の歩みをささえる糸までとりたまえ」[55]、あるいは「私だ開けたまえ」*C'est moi ouvrez*[56]という作品のタイトルにも未来への呼びかけ（である命令法）を読みとることができるだろう。

しかし、このような明白な動詞の時制の徴がない場合でも、ブルトンの詩は作品の視線を未来へ向けている場合が多い。客観的偶然の実例としてブルトンが採り挙げた「ひまわり」の詩篇が基本的に過去時制で書かれていたことを思い返しても良いだろう。

『白髪の拳銃』全二十七篇中、純粋に過去時制で書かれている作品は「放浪生活」、「幕だ幕だ」*Rideau rideau*、の二篇にすぎず、単純未来形で、書かれた「薔薇色の死」、条件法現在で書かれた「有権者カード」、基本的に名詞の連鎖だけからなる「自由の結合」の三篇を除けば、残る二十二篇は基本的に現在形で書かれている。例えば「閃光のホテル」*Hôtel des Étincelles* の冒頭は「哲学的な蝶が／薔薇色の星にとまる／そしてそれが地獄の窓をつくりだす[57]」と書き始められる。あるいは散文詩「斧のなかの森」*Forêt dans la hache* の冒頭は「たった今死んだばかりだが私は生きているけれども私には魂はもうない[58]」と書き始められる。このような書き出しは未知の出来事の始まりを告げるものであり、つまりここには未知の出来事を生成させる「書いている現在」が書かれているのだ。また、冒頭だけでなく末尾部分にも注目してみよう。たとえば、「脊髄のスフィンクス」*Le Sphinx vertébral* の末尾「昼の糸巻は小刻みに砂の楽園の方へとひっぱられ／夜のペダルは間断なく動いている[59]」、あるいは「警戒」*Vigilance* の末尾「私はもはや事物の核心だけに触れる　私は糸を握っている[60]」、あるいは「危険な救助」の末尾「私の神経末端のはまむぎは彫像のそばで目的地に着くのだが／その彫像は夜ごと調律されるようだ　ピアノのように[61]」、こうした作品の末尾部分に用いられる現在形は作品に結末をつけて完結させ、閉じようとすることはせず、未来へと結末を引き延ばそうとしている現在進行形のような用法として読むことができるだろう。

こうした、意味を完結させて作品を閉じようとすることのない詩篇の末尾部分、これは動詞の時制から来る印象ばかりではない。「脊髄のスフィンクス」にあった「間断なく」であるとか、「危険な救助」の「夜ごと」のような副詞（副詞句）は未来への継続をあらわす意味を持つだろう。このような語法は「不起訴処分」の末尾「ここには決して身体はなくいつも証拠なき殺人がある／決して空はなくいつも沈黙がある／決して自由はなく自由のための自由だけがある[62]」の「いつも（いつまでも）」にも、「オレンジの皮の舗道」*Le Trottoir de pelure d'orange* の末尾「肉の蓄積あなたはそれを夜の真只中の非在からひきはがす自分に針を刺して／存在しない黒い血を流して／《続く》という言葉が書かれている／《陽気な未亡人》のアリアのように執拗で欺瞞的な言葉が[63]」の「続く」*À suivre* にも、「完全に白い男と女」*Un Homme et une femme absolument blancs* の末尾「彼女たちの胸そのなかで不可視の青い乳が永久に泣いている[64]」の「永久に」にも、「郵便配達夫シュヴァル」*Facteur Cheval* の末尾「そして私たちはきみの快楽と同じ姿勢をとっていた／私たちの目瞼のしたでいつまでもじっとしている姿勢あたかも女が好んで男をみつめるように／性愛の後で[65]」の「いつまでも」にも同様に、完結させずに未来へ結末を引き延ばそうとする、つまりは、結末を未来に延ばすことによって未来を引きこもうとする働きを読みとることができるだろう。

今、指摘したものは結末部にあらわれる副詞や副詞句という語句だったが、文の構造そのものが完結性から免れようとするものも多く見られる。ブルトンの詩の特徴のひとつともなっているものだが、末尾部分が錯綜したひとつのシンタクスから成り、ある種の中断状態、宙吊り状態の構造をつくっていくことである。

ブルトンは後期の詩論「上昇記号」（一九四七年）のなかで「詩的探求の現在の用語に関していえば、隠喩と直喩とのあいだに打ち立てられたように純粋に形式的な区別は高く評価しえないだろう。要するにそれらはいずれも、類推的な思考の、相互に置き換え可能な伝達手段を形成しており、前者が閃光のきらめく可能性を提供するとすれば、後者は（これについてはロートレアモン《のように美しい》によって判断していただきたい）宙吊り状態のもつ注目すべきかずかずの利点をあらわしている[66]」と述べることになる。

こうした「宙吊り状態」はブルトンの詩的特徴のひとつになっているが、これは比喩や意味の側面ばかりでなく、詩の構成そのものにも当てはまる。上述した、詩篇の末尾部分の命令法、現在進行形としての現在形、そして「間断なく」、「いつまでも」、「永久に」のような副詞（句）の用法もまた作品に結末をつけて閉じようとすることを阻止し、未来へ向って作品を開かせようとする「宙吊り状態」のあらわれであった。さらに、詩における構文も同じ働きをする。

「書かれた言葉は去ってゆく」*Les Écrits s'en vont* の末尾十二行をみてみよう。

しかしいちばん美しいものはあるいくつかの文字の間隔のなかにあり
そこでは正午の星々の角よりも白い手が白い燕の巣を荒す
それは雨がいつもひくくひくく降って
翼が雨とまじらなくするために
その手そこから池のうえで優雅にくみあわされた牧場の蒸気がその不完全な鏡になるほど軽やかな腕にまで、
　のぼってゆく
その腕は恋愛のためにある躰の例外的な危険以外にはいかなるものにもつながらない
その躰の腹はヴェールにみちた繁みからたちのぼる吐息を呼びよせ
そしてその躰は私がもう二度と見ないであろうものの

真白なひろがりのうえに注がれる視線の橇の凍った広大な真実以外に地上的なものをもっていないのだ
傷口の目隠し鬼ごっこのなかで私のものである
驚異的な目隠しのために

Mais le plus beau c'est dans l'intervalle de certaines lettres
Où des mains plus blanches que la corne des étoiles à midi
Ravagent un nid d'hirondelles blanches
Pour qu'il pleuve toujours
Si bas si bas que les ailes ne s'en peuvent plus mêler
Des mains d'où l'on remonte à des bras si légers que la vapeur des prés dans ses gracieux entrelacs au-dessus des étangs est leur imparfait miroir
Des bras qui ne s'articulent à rien d'autre qu'au danger exceptionnel d'un corps fait pour l'amour
Dont le ventre appelle les soupirs détachés des buissons pleins de voiles
Et qui n'a de terrestre que l'immense vérité glacée des traîneaux de regards sur l'étendue toute blanche
De ce que je ne reverrai plus
À cause d'un bandeau merveilleux
Qui est le mien dans le colin-maillard des blessures (67)

この詩篇は二十四行からなる比較的短い作品であるが、ここに引用した後半半分十二行がひとつの構文、ひとつのシンタクスから構成されていて、切り離すことができない。翻訳ではひとつのシンタクスであることを示しにくいので、構文をたどってみよう。この十二行の主文は le plus beau c'est dans l'intervalle「しかしいちばん美しいものはあるいくつかの文字の間隔のなかにあり」であり、l'intervalle「間隔」に次行冒頭の Où という関係代名詞が係っている。さらにこの関係代名詞節中の des mains [...] Ravagent「手が［……］荒らす」に接続詞句 pour que が係っている。そして関係代名詞節中の主語 des mains「手」と同格に次行の Des mains「手」には d'où という関係代名詞が係り、その関係代名詞節中の」des bras「腕と次行の冒頭 Des bras「腕」が同格に置かれる。同様に、この Des bras「腕」に係る qui ではじまる関係代名詞節中の un corps 躰」に次行冒頭の Dont とさらに次の行の qui という関係代名詞が係っている。この関係代名詞節中の l'étendue「ひろがり」に次行の De ce que が係り、接続詩句 À cause d' は前行中の je ne reverrai plus「私がもう二度と見ないであろう」の理由をあらわすために置かれ、最終行の関係代名詞 Qui は前行 un bandeau merveilleux「驚異的な目隠し」に係っている。

このように、詩篇半分にあたる十二行全体がただひとつのシンタクス、構文から形成されているのである。これはどういうことか。読者はこの切れ目のない錯綜したシンタクスのなかで、刻々と変化してゆくイマージュの連鎖、イマージュの絡み合いにたちあうばかりとなる。そして、こうした関係代名詞の連結によって引き延ばされてゆく詩行はそれが延々と続く印象を読者に与え、刻々と変化するイマージュは決して静止した映像に完結することなく、「宙吊りの状態」の印象を読者に与えることになるのだ。こうした詩篇末尾におけるシンタクスの錯綜はブルトンの詩作品には多くみられ、それは他のシュルレアリスムの詩人、たとえばポール・エリュアールやルイ・アラゴンやロベール・デスノス（彼らにおいてはイマージュの簡潔性がむしろ特徴となっているであろう）にはみられないブルトンの詩の最大の特質となっている。

この詩集に限ってみても、「スペクトラルな態度」*Les Attitudes spectrales* の末尾五行――「私に合図するさまざまな存在は星々によってひき離されるのだが／しかし全速で疾走する馬車は／私の最後の躊躇すら運びさってゆく／むこう　ブロンズと石の胸像が蠟の胸像と場所を変えた町で私を持っている最後の躊躇すら／バニヤン　バニヤン」(68)、あるいは「閃光のホテル」の末尾十行――「四面の壁のなかで不在の振り子が揺れうごいて／頭をたたきわると／そこから一団の王たちが飛びだしてきて　たちまち戦火をまじえあうのだ／東洋風の光蝕／茶碗の底に光るトルコ玉が／雪の玉という名のあの花々の色をした布団をかけたベッドを／かわいらしい小型テーブルを　ひき裂けたカーテンを／翌日はないということばを刻みこんだ小さな本の力の及ぶところにむきだしにするときまでそれは飛びだしつづける／そして本の著者は地上の暗い標識のなかで／ある奇妙な名前をもっているのだ」(69)、あるいは「大アリ喰いの後で」*Après le grand tamanoir* の末尾五行――「唐突な線　顔をあらわにするみかけより危険な火の隔たりは／抽象的な街では／昼の宝石を粉々に輝くまで砕く／ぱちぱち弾ける名もなき女の／宣誓できない支配への悪魔の誘惑でしかなく」(70)、あるいは「消息不明」*Sans connaissance* の末尾八行――「なんという瞬間だろうか／それからあとのことは周知の通りだ／バキューン　ピストル一発　すばやく緑色の階段を跳びこえる血／その男　特徴一メートル六五センチ　門番の女はこの見知らぬしかし礼儀正しい客をあえて捕らえようとはしなかった／それに彼はまた風采も立派だった／その男が愛し愛される苦しみよりも甘美な煙草に／火をつけながら遠ざかってゆけるほど早く／その血は階段を跳びこえはしない」(71)などに同様の錯綜したシンタクスを指摘することができる。とりわけ、「閃光のホテル」と「消息不明」の末尾は「宙吊り状態」の典型的な例となっているだろう。

「閃光のホテル」では「不在の振り子が揺れうごいて」Le balancier de l'absence oscille の「振動する」oscille と「頭蓋を割りながら」Fendant les têtes の Fendant という現在分詞が運動をあらわし、また「まで」Jusqu'à ce que と「力の及ぶところまで」À portée d' という二つの副詞句が詩句を完結させず、結末を未来の方へと引き延ばす。特に、À portée d' は「〜の射程まで」「〜の範囲まで」といった意味であり、普通は手の届く範囲を意味することが多いが、この場合は次行の Dont そしてさらに次の行の Dans という言葉で、その射程が行から行へ、先へ先へと、未来の方へ（「翌日」lendemain という言葉の印象もそのことを補強する）と引き延ばされてゆく。

「消息不明」も同様の指摘ができるだろう。Pfuût houch という拳銃が発射される擬音、「敏捷に飛びはねる」sautе lestement、そして進行形をあらわすジェロンディフを含む「火をつけながら遠ざかってゆく」s'éloigne en allumant で運動をあらわし、「愛することと愛されることの苦しみよりももっと甘く」Plus douce que la douleur d'aimer et d'être aimé という最終行で、甘い／苦しみ、愛すること／愛されることといった二項の間での揺れが示される。この最終八行も動きや揺れをあらわすばかりで完結しようとはしない。

こうした末尾部分を読むと、微妙に振動したり揺れたりするイマージュの連鎖する変容が、決して静止した映像を結ばず、あくまで「宙吊り状態」のままに書かれ、中断されている状態が読みとれるだろう。ブルトンは「美とは痙攣的なものだろう」と書いた。また痙攣的な美とは「凝固しつつ爆発している」とも書いた。運動しつづけ、ふるえつづける美である。ここで考察した、途切れなく続くシンタクスのなかで、動きをあらわすイマージュは、決して静止したまたは受動的な期待や待機をあらわすのではなく、詩句を未来にまで引き延ばし、未来の出来事を誘発しようと働きかける能動性を持っていると言えるだろう。

このような能動性は、ブルトン特有の切れ目なくつづく長いシンタクスのなかでこそ明瞭に確認できるが、より小単位である比喩やイマージュのレベルでも指摘できるだろう。比喩といってもブルトンの場合それが修辞学上の、意味の換言ができる比喩でなく、またイマージュが必ずしも隠喩や直喩と同じような喩の最小単位を指すのではなく、むしろ詩の流れそのものや運動そのものをも示していることはもう一度確認しておきたい[72]。ここでは、比喩やイマージュとの混乱を避けるため、ただ単に詩句と呼ぶことにする。

「消息不明」の末尾で、甘い／苦しみ、愛すること／愛されることといった二項の間での揺れがあることは指摘したが、こうした二項間の揺れを示す詩句もまたブルトンの詩には多い。

『白髪の拳銃』中、単純な二項間の揺れをあらわすものには次のようなものがある（出典は註記せずプレイヤード版のノンブルだけ附記するにとどめる）。

「白と黒の太陽」« le soleil blanc et noir »（*OC* II, p. 63）、「鳥類―花」« oiseaux-fleurs »（*OC* II, p. 66）、「昼の芸術、夜の芸術」« Art des jours art des nuits »（*OC* II, p. 67）、「昇り降りする道」« la route qui monte et descend »（*OC* II, p. 68）、「水の炎」« Flamme d'eau »（*OC* II, p. 70）、「火の海」« la mer de feu »（*OC* II, p. 70）、「高みと低みとの間で」« entre haut et bas »（*OC* II, p. 81）、「開いているか閉まっているか」« ouvert ou fermé »（*OC* II, p. 81）、「私が言ったように白と黒」« Le blanc et noir comme j'ai dit »（*OC* II, p. 82）、「昼顔と夜顔」« la belle-de-jour-et-de-nuit »（*OC* II, p. 83）、「強さと弱さ」« La force et la faiblesse »（*OC* II, p. 83）、「開いていたり閉まっていたりする美しい窓」« Les belles fenêtres ouvertes et fermées »（*OC* II, p. 87）、「絶対的に白い男と女」« Un Homme et une femme absolument blancs »（*OC* II, p. 88）、「開き閉まるヴェネチア窓」« Les fenêtres vénitiennes s'ouvrent et se ferment »（*OC* II, p. 92）、「黒い卵をうむ白い鳥」« Des oiseaux blancs qui pondent des œufs noirs »（*OC* II, p. 93）、「三階と四階のあいだで」« entre le deuxième et le troisième étage »（*OC* II, p. 95）、「愛すること愛されること」« d'aimer et d'être aimé »（*OC* II, p. 97）、「きらめいていながら黒い蠟」« une cire étincelante et noire »（*OC* II, p. 99）。

ここに挙げた例はごく単純で明白なものばかりである。というのも周知のように、『シュルレアリスム宣言』を中心とするブルトン初期の詩論では、遠い関係にある二項の接近が問題だったのであり、二項間の揺れを示す、「二個の伝導体間の電位差[73]」の激しい詩句の例を挙げて行くことは、結局ブルトンの全詩行を挙げるのと等しくなってしまうからだ。

しかし、ここに挙げた明白な例（その多くは「白／黒」、「聞いている／閉まっている」のような対立する二項である）からだけでも、ブルトンの詩句が、決して静止的な比喩関係をもたず、二項間で引き裂かれるような意味の揺れを持っていることは指摘できるだろう。そして、この指摘は、たとえば「警戒」の「パリの街でサン＝ジャック塔は／ひまわりのように揺れて[74]」、あるいは「危険な救助」の「彼は漏斗のついた大きな六角形を見つめるそこではまもなくミシンが痙攣するだろう[75]」のような、ブルトン独特の遠い関係にある詩句についても、あるいは、そういう詩句にこそ該当することは言うまでもない。

またブルトンの詩句が静止的でなく、揺れを伴う動きのある能動的な詩句であることを示す例として、構文の反復という特徴も指摘できるだろう。

「石が手の接近で逃げてゆくように／時刻が過ぎ去ったように」« Comme les pierres filaient à l'approche de sa main / Comme les heures avaient passé »（*OC* II, p. 65）、「ブレーキのない自動車が下り坂を通過するのが見えた／小鳥たちがドアから逃げてゆくのが見えた」« On vit passer une voiture sans frein pour les descentes / On vit les oiseaux s'échapper par la portière »（*OC* II, p. 66）、「知らないということで燃える者／自分が燃えていることをそして知っていることをよ

く知っている者」« Celui qui brûle de ne pas savoir / Celui qui sait trop bien qu'il brûle et qu'il sait » (*OC* II, p. 66)、「出発したまえ親愛なる夜明けよ　わたしの生の何ひとつも忘れないでくれ／鏡の井戸をつたってはえるこの薔薇をとりたまえ／あらゆる睫毛のまばたきをとりたまえ／綱渡り芸人と水滴の歩みを支える紐までもとりたまえ」« Partez ma chère aurore n'oubliez rien de ma vie / Prenez ces roses qui grimpent au puits des miroirs / Prenez les battements de tous les cils / Prenez jusqu'aux fils qui soutiennent les pas des danseurs de corde et des gouttes d'eau » (*OC* II, p. 67)、「空はなく　いつも沈黙がある／自由はなく　自由のための自由だけがある」« Jamais le ciel toujours le silence / Jamais la liberté que pour la liberté » (*OC* II, p. 67)、「夜のレストランを通りしなに　女たちの指の上で扇を燃やすような焔に／いましがた私の足跡の上を歩く焔に」« Comme celle qui passant dans ce restaurant de nuit brûle aux doigts des femmes les éventails / Comme celle qui marche à toute heure sur ma trace » (*OC* II, p. 70)、「私が参加した乱闘／私が参加したかもしれなかった乱闘」« Celles auxquelles j'ai pris part / Celles auxquelles j'aurais pu prendre part » (*OC* II, p. 73)、「棺にはいった死人たちへの贈りもの／ゆりかごにはいった新生児への贈りもの」« Les dons qu'on fait aux morts dans leur cercueil / Les dons qu'on fait aux nouveau-nés dans leur berceau » (*OC* II, p. 73)、「大きな壁にうつる悪人たちの影／信号よりももっと遠くまで届く標識を示すものの影」« Ombre de malfaiteur sur les grands murs / Ombre de signalisateur qui va plus loin que le signal » (*OC* II, p. 74)、「肌着になった美しい窓／暗黒の夜の火の髪の美しい窓／接吻と警報の叫びの美しい窓」« Les belles fenêtres en chemise / Les belles fenêtres aux cheveux de feu dans la nuit noire / Les belles fenêtres de cris d'alarme et de baisers » (*OC* II, p. 87)、「金属が花咲く季節／その微笑がレースより少ない季節／夜の露が女性たちと石たちを結びつける季節」« celle où le métal fleurit / Celle dont le sourire est moins qu'une dentelle / Celle où la rosée du soir unit les femmes et les pierres » (*OC* II, p. 87)、「四分の一《カルチエ》を切りとったりんごの内部のような輝かしい季節たち／あるいは

また風とぐるになった奴らに住まわれたエキセントリックな街《カルチエ》のような／あるいはまた夜になると代数の鼻孔をもった馬に最果てのない鳥たちの蹄鉄を打つ精神の風のような／あるいはまた書式のような」« Les saisons lumineuses comme l'intérieur d'une pomme dont on a détaché un quartier / Ou encore comme un quartier excentrique habité par des êtres qui sont de mèche avec le vent / Ou encore comme le vent de l'esprit qui la nuit ferre d'oiseaux sans bornes les chevaux à naseaux d'algèbre / Ou encore comme la formule »（*OC* II, p. 88）、「あるいはまた煖炉から落ちた白い大理石の貝殻／あるいはまた彼女たちの後ろの鏡のなかで絡む鎖の網」« Ou encore une coquille de marbre blanc tombée d'une cheminée / Ou encore un filet de ces chaînes qui derrière elles se brouillent dans les miroirs »（*OC* II, p. 89）、「それはガラスの歯をしたオオカミ／ちいさな円い箱のなかで時を食べる奴／ハーブ類のあまりにも強烈な香りを吹きかける奴／夜蕪のなかちょっと一服する奴」« c'est le loup aux dents de verre / Celui qui mange l'heure dans les petites boites rondes / Celui qui souffle les parfums trop pénétrants des herbes / Celui qui fume les petits feux de passage le soir dans les navets »（*OC* II, p. 92）、「嵐のなかを全速力で疾走する馬の影／今度はおおはばに追い越されながらも走りつづける茂みの影／そしてとりわけラシャで縁どられたターンテーブルのうえでいつも同じカップルの踊り手たちの影」« Ombres de chevaux lancés à toutes guides dans la tempête / Ombres de buissons qui courent à leur tour largement dépassés / Et surtout ombres de danseurs toujours le même couple sur une plaque tournante bordée de draps »（*OC* II, p. 96）、「一言ですべてが救われる／一言ですべてが失われる」« Un mot et tout est sauvé / Un mot et tout est perdu »（*OC* II, p. 96）、「スフィンクスの装具から降りてきた女／ドナウ川の肘掛け椅子にキャスターをつける女／夜めざめているその眼がエルフのようにゆらめくとき自分のために時間と空間が切り裂けると感じる女」« Celle qui descend des paillettes du sphinx / Celle qui met des roulettes au fauteuil du Danube / Celle pour qui l'espace et le temps se déchirent le soir quand le veilleur do son œil vacille comme un elfe »（*OC*

II, p. 98)。

ここに挙げた例は、いずれも同型の構文を繰り返し、繰り返しながらも少しずつ詩句の意味をずらしてゆくことによって作品を攪拌してゆく効果を持っている。

この反復と展開によるイマージュの揺れを示す最良の例は「自由の結合」だろう。先にも触れたが、この作品は Ma femme + à + 躰の部分 + de + ～という構文の繰り返しが六十行にわたるもので、基本的には体言止めの構文が反復されるだけである。そして、à + 躰の部分では、髪、上半身、口、歯、舌、睫毛、眉、こめかみ、肩、手首、指、腋、腕、脚、ふくらはぎ、足、頸、のど、乳房、腹、背中、うなじ、腰、尻、性器、眼と描写が移行してゆき、また de ＋～に相当する部分では自然現象、生物、植物、鉱物などさまざまな名詞が置かれ、時にはこうした名詞にさらに形容詞や補語が接続され、全体として女性の躰のイマージュが刻々と姿を変え、変身して行く作品、女性讃歌のブラゾン blason（褒め歌）となっている。

こうした反復が、単なる詩句の繰り返しに終わるならば、それはルフランであり、リズムであるとか抒情性という次元の話になる。しかし、ブルトンの反復は、イマージュの「ずれ」や変化してゆく展開の運動が重要なのであり、作品の、閉じようとしない、まさに痙攣的な側面が強調されているとみなすことができるのだ。

未来へと開いている詩

まったく想像上の家
そこで刻一刻と
無垢の闇のなかで

家の正面と私の心との
魅惑的な裂け目が
唯一の裂け目がもう一度生じさせるものに私は期待している
現実に
私がきみに近づけば
未知の部屋のドアで鍵が歌い
そこできみはただひとり私に姿をあらわす

Maison tout imaginaire
C’est là que d’une seconde à l’autre
Dans le noir intact
Je m’attends à ce que se produise une fois de plus la déchirure fascinante
La déchirure unique
De la façade et de mon cœur
Plus je m’approche de toi
En réalité
Plus la clé chante à la porte de la chambre inconnue
Où tu m’apparais seule(76)

ここに引用した詩は『白髪の拳銃』の次に書かれた詩集『水の空気』*L'Air de l'eau*（一九三四年）の末尾に置かれた「いつも初めて」*Toujours pour la première fois* という詩篇の一部である。この詩集は「ひまわりの夜」の出会いの後、数ヵ月で書きあげられた恋愛とエロスを主題とした詩篇で構成され、抒情的で歓喜にみちた連作詩集となっている。こうした作品を読むと、フェルディナン・アルキエが主張するように、ブルトンの詩は愛への、出会いへの期待 attente の詩であり、希望の詩であるということは頷ける。(77)

しかし、ブルトンの詩はただ単に、期待や待機が示されるだけの受動的、静止的なものではない。前述してきたように、その詩句は（複数の）二項対立あるいは隔たった二項の連結から成り、イマージュは静止的な映像を結ばず、意味の揺れをあらわしつづける。また構文を反復させせながら詩行ごとに意味をずらしてゆくことで、変身してゆくイマージュを強調する。

また、統辞法《シンタクス》にも注目した。ブルトンの詩は、特に結末部分で、途切れなく続く長い構文からなっていることが多い。こうしたシンタクスは蛇行し、絡み合うことで「宙吊り状態」の印象を読者に与える。作品末尾に安易な決着をつけて閉じることはせずに、作品を開いたまま終わらせているのだ。このような末尾部分に、「いつも」であるとか、「夜ごと」であるとか、「永久に」のような副詞（句）が書かれることもその未来へと開いている印象を強固なものにしている。

そして、ブルトンの詩に書かれる動詞の時制にも注目した。直説法現在形は現在進行形的な使用が多く、作品が末尾部分にあってもなお進行中であることを示す。また未来形や条件法現在、命令法は未来に向けての呼びかけ、働きかけであり、未来に起こるであろう出来事を誘発しようとする側面を持つ。

ブルトンは詩集『白髪の拳銃』の序文に相当する詩的散文「いつかあるところで」において、想像力は未来に向って働きかけるものだと主張したが、以上の考察で、ブルトンの詩が未来に向って聞かれている作品であることが示せたのではないだろうか。

ブルトンの詩が期待や待機の詩であることは間違いない。しかし、受動的に期待を表明しているだけでなく、作品そのものが、作品の言葉そのものが能動的に働きかけ、未来を、未来の出来事を誘発しようとしているのだ。

註

（1）「イマージュ論の展開」（本書第二章）および「『溶ける魚』論」（本書第三章）第一節「オートマティスムとは何か」。

（2）「『溶ける魚』論」第二節「溶解する「私」」（本書第五章「『水の空気』についてのノート」）。

（3）*OC* II, pp. 276–277 : « Il s'est trouvé quelqu'un d'assez malhonnête pour dresser un jour, dans une notice d'anthologie, la table de quelques-unes des images que nous présente l'œuvre d'un des plus grands poètes vivants ; on y lisait : / Lendemain de chenille en tenue de bal veut dire : papillon. / Mamelle de cristal veut dire : une carafe. / Etc. Non, monsieur, ne veut pas dire. Rentrez votre papillon dans votre carafe. Ce que Saint-Pol-Roux a voulu dire, soyez certain qu'il l'a dit. » なお、引用に関してことわりがない限り強調などは原文のままである。

（4）自動記述およびイマージュに関しての詳細は「イマージュ論の展開」および「『溶ける魚』論」第一節「オートマティスムとは何か」を参照されたい。

（5）*OC* II, p. 328 : « Le surréalisme, surmontant toute préoccupation de pittoresque, passera bientôt, j'espère, à l'interprétation des textes automatiques, poèmes ou autres, qu'il couvre de son nom et dont l'apparente bizarrerie ne saura, selon moi, résister à cette épreuve. »

（6）『磁場』および共著詩集の問題についてはここでは触れない。『磁場』序説」（本書第九章）および「『磁場』から『処女懐胎』へ——詩的共著作品について」（本書第一章）を参照されたい。

（7）A. Breton, « En marge des *Champs magnétiques* », in *Change*, no 7, Ed. du Seuil, 1970. ブルトンの自註の部分は *OC* I, pp. 1127–1172 に採録

されている。
（8）*OC* I, p. 1129.
（9）ブルトンの伝記的な部分については主に以下の三冊を参考にした。Marguerite Bonnet, *André Breton : naissance de l'aventure surréaliste*, José Corti, 1975 ; Henri Béhar, *André Breton : le grand indésirable*, Calmann-Lévy, 1990.
（10）*OC* I, p. 658 : « Nantes : peut-être avec Paris la seule ville de France où j'ai l'impression que peut m'arriver quelque chose qui en vaut la peine. »
（11）*Ibid.*, p. 330.
（12）*Ibid.*, p. 340 : « L'esprit qui plonge dans le surréalisme revit avec exaltation la meilleure part de son enfance. »
（13）「ひまわりの夜」に関する記述は *OC* II, pp. 710–735 に拠った。
（14）ここに引用したものは『狂気の愛』からのものによる。*OC* II, p. 724. 詩集『地の光』からの語句の異同はない。本文全体が引用ということでイタリック体になっている。さらに七行目の Chien qui fume は初出では強調されていないが（*OC* I, p. 187.）『狂気の愛』の引用では強調になっている。なお行数は便宜的に朝吹が付けたものである。「ひまわり」の訳およびブルトンの自註についての解説は田中淳一『地球とオレンジ』（白水社、一九八〇年）に詳しい。本論文を書くにあたっても大いに啓発され、参考にさせていただいた。
（15）『水の空気』に関しては「『水の空気』についてのノート」（本書第五章）を参照されたい。
（16）*OC* II, p. 168 : « La causalité ne peut être comprise qu'en liaison avec catégorie du hasard objectif, forme de manifestation de la nécessité. »
（17）エンゲルスの出典は特定できなかった。上記プレイヤード版ブルトン全集においても確認されていない。
（18）*Ibid.*, p. 485 : « le problème du hasard objectif, autrement dit de cette sorte de hasard à travers quoi se manifeste encore très mystérieusement pour l'homme une nécessité qui échappe bien qu'il l'éprouve vitalement comme nécessité. »
（19）*L'Esprit nouveau*, *OC* I, p. 257.
（20）Apollinaire, *Œuvres en prose complètes* II, Gallimard, Bibliothèque de la Pléiade, 1991, p. 949 : « La surprise est le grand ressort nouveau. »
（21）*OC* I, p. 651 : « pétrifiantes coïncidences. »
（22）*OC* II, p. 713 : « Je venais d'écrire quelques jours plus tôt le texte inaugural de ce livre. »
（23）*Ibid.*, p. 690 : « *le hasard serait la forme de manifestation de la nécessité extérieure qui se fraie un chemin dans l'inconscient humain*（pour tenter hardi-

ment d'interpréter et de concilier sur ce point Engels et Freud. »

（24） *Ibid.*, p. 687.

（25） *Ibid.*, p. 697 : « c'est l'attente qui est magnifique. »

（26） *OC* I, p. 328 : « en l'absence de tout contrôle exercé par la raison, en dehors de toute préoccupation esthétique ou moral. »

（27） Michel Carrouges, *André Breton et les données fondamentales du surréalisme*, Gallimard, coll. idées, 1971, p. 246 : «Le hasard objectif, c'est l'ensemble de ces phénomènes ［réminiscences troublantes, coïncidences stupéfiantes, prémonitions divinatrices］ qui manifestent l'invasion du merveilleux dans la vie quotidienne. »

（28） Ferinand Alquié, *Philosophie du surréalisme*, Flammarion, 1956, p. 133 : « Breton a toujours cru à la réalité d'un moi plus profond que le moi conscient et quotidien. »

（29） *Ibid.*, p. 139 : « l'illumination poétique est pour elle ［la liberté surréaliste］, bien plus qu'invention d'un sens, découverte d'une présence. » ［ ］内は朝吹による補筆。

（30） *Ibid.*, p. 149 : « Et la clarté est toujours la même, qu'on la cherche dans les rencontre du hasard, dans la poésie ou dans l'amour. Avant le surréalisme, l'étonnement devant les rencontres était abandonné à la superstition, l'amour à la psychologie, l'émotion poétique à la littérature. Le surréalisme a établi que ces états contenaient tous la même attente, qu'ils révélaient tous, de façon analogue, le rapport de l'homme au réel. »

（31） *OC* II, p. 327 : « nous n'avons jamais prétendu donner le moindre texte surréaliste comme exemple *parfait* d'automatisme verbal. »

（32） *Ibid.*, p. 380 : « L'histoire de l'écriture automatique dans le surréalisme serait, je ne crains pas de le dire, celle d'une infortune continue. »

（33） « "les éléphants à tête de femme et les lions volants" que, Soupault et moi, nous tremblâmes naguère de rencontrer ». *OC* I, p. 340. この文章の匿名的な性格に関しては上記「『磁場』序説」を参照されたい。

（34） *Ibid.*, p. 1172.

（35） Henri Béhar, *op. cit.*, p. 243.

（36） *OC* II, pp. 1317–1318 : « ce beau pays qui est après tout celui qui m'a inspiré " L'Union libre " pour toi que je ne connaissais pas encore », «"Ma femme à la chevelure ... " / c'était donc toi / mon amour / aussi vrai que je ne lui donnais / alors aucun visage / et qu'en ce début de 1391 / tu venais en France / pour la première fois. »

（37） *Ibid.*, pp. 675–677.

（38） *OC* I, p. 651 : « livres qu'on laisse battants comme des portes, et desquels on n'a pas à chercher la clé. »

（39） *OC* II, p. 152 : « la personne collective de *la* femme. »

（40）『集成４』三一～七六頁。 *Ibid.*, pp. 47–100.

（41） *OC* I, pp. 331–332 : « Placez-vous dans l'état le plus passif, ou réceptif, que vous pourrez. Faites abstraction de votre génie, de vos talents et de ceux de tous les autres. »

（42） *Ibid.*, p. 320 : « Ce qu'il y a d'admirable dans le fantastique, c'est qu'il n'y a plus de fantastique : il n'y a plus que le réel. »

（43） *Ibid.*, p. 321 : « Pour aujourd'hui je pense à un *château.* »

（44） *Ibid.*, p. 349 : « Le parc, à cette heure, étendait ses mains blondes au-dessus de la fontaine magique. Un château sans signification roulait à la surface de la terre ».『溶ける魚』に関しては本書第三章「『溶ける魚』論」も参照されたい。

（45） *OC* II, p. 53 : « Ce qu'avant tout je veux défendre ici n'est que le principe d'une association dont les avantages seraient de placer l'esprit dans la position qui me parait poétiquement la plus favorable. »

（46） *Ibid.*, p. 54 : « Mais si, tout à coup, un homme entendait, même en pareil domaine, que quelque chose se passât! S'il osait s'aventurer, seul ou presque, sur les terres foudroyées du hasard? Si, l'esprit désembrumé de ces contes qui, enfante, faisaient nos délices tout en commençant dans nos cœurs à creuser la déception, cet homme se risquait à arracher sa proie de mystère au passé? Si ce poète voulait pénétrer lui-même dans l'Antre? S'il était, lui, vraiment résolu à n'ouvrir la bouche que pour dire : "Il y aura une fois... ?". »

（47） *Ibid.*, p. 64.

（48） *OC* I, p. 753 : « La beauté sera CONVULSIVE ou ne sera pas. »

（49） *OC* II, p. 687 : « La beauté convulsive sera érotique - voilée, explosante - fixe, magique - circonstancielle ou ne sera pas. »

（50） *Ibid.*, p. 72 : « J'attendrais aussi je vous attendrais. »

（51） *Ibid.*, pp. 98–99 : « Quand elle me parviendra le soleil sera froid », « Mais les nouvelles qu'elle m'apportera leurs formes de rosée / Je retrouverai dans ces formes tout ce que j'ai perdu. »

（52） *Ibid.*, p. 99 : « Il voit le grand hexagone à entonnoir dans lequel se crisperont bientôt les machines. »

(53) *Ibid.*, pp. 68–70 : « Dites-moi où s'arrêtera la flamme », « Flamme d'eau guide-moi jusqu'à la mer de feu. »

(54) *Ibid.*, p. 66 : « Laissez-moi passer / Laissez-moi passer. »

(55) *Ibid.*, p. 67 : « Partez ma chère aurore n'oubliez rien de ma vie / Prenez ces roses qui grimpent au puits des miroirs / Prenez les battements de tous les cils / Prenez jusqu'aux file qui soutiennent les pas des danseurs de corde et des gouttes d'eau. »

(56) *Ibid.*, p. 80.

(57) *Ibid.*, p. 74 : « Le papillon philosophique / Se pose sur l'étoile rose / Et cela fait une fenêtre de l'enfer. »

(58) *Ibid.*, p. 78 : « On vient de mourir mais je suis vivant et cependant je n'ai plus d'âme. »

(59) *Ibid.*, p. 93 : « La bobine du jour est tirée par petits coups du côté du paradis de sable / Les pédales de la nuit bougent sans interruption. »

(60) *Ibid.*, p. 94 : « Je ne touche plus que le cœur des choses je tiens le fil. »

(61) *Ibid.*, p. 100 : « Il paraît que la statue près de laquelle le chiendent de mes terminaisons nerveuses / Arrive à destination est accordée chaque nuit comme un piano. »

(62) *Ibid.*, p. 67 : « Ici jamais de corps toujours l'assassinat sans preuves / Jamais le ciel toujours le silence / Jamais la liberté que pour la libert. »

(63) *Ibid.*, p. 82 : « La rose de la chair vous l'arrachez de l'inexistence pleinement nocturne en vous piquant / Et en saignant d'un sang inexistant et noir / Dont sont écrits les mots À suivre / Obsédants et trompeurs comme un air de la Veuve joyeuse. »

(64) *Ibid.*, p. 89 : « Leurs seins dans lesquels pleure à jamais l'invisible lait bleu. »

(65) *Ibid.*, p. 90 : « Et nous prenions les attitudes de ton plaisir / Immobiles sous nos paupières pour toujours comme la femme aime voir l'homme / Après avoir fait l'amour. »

(66) Signe ascendant, *OC* III, p. 768 : « Au terme actuel des recherches poétiques il ne saurait être fait grand état de la distinction purement formelle qui a pu être établie entre la métaphore et la comparaison. Il reste que l'une et l'autre constituent le véhicule interchangeable de la pensée analogique et que si la première offre des ressources de fulgurance, la seconde (qu'on en juge par les « beaux comme » de Lautréamont) présente de considérables avantages de suspension. »

(67) *OC* II, pp. 77–78.

(68) *Ibid.*, p. 72 : « Les êtres qui me font signe sont séparés par des étoiles / Et pourtant la voiture lancée au grand galop / Emporte jusqu'à ma dernière

hésitation / Qui m'attend là-bas dans la ville où les statues de bronze et de pierre ont changé de place avec les statues de cire / Banians banians. »

（69） *Ibid.*, p. 75 : « Le balancier de l'absence oscille entre les quatre murs / Fendant les têtes / D'où s'échappent des bandes de rois qui se font aussitôt la guerre / Jusqu'à ce que l'éclipse orientale / Turquoise au fond des tasses / Découvre le lit équilatéral aux draps couleur de ces fleurs dites boules-de-neige / Les guéridons charmants les rideaux lacérés / À portée d'un petit livre griffé de ces mots *Pas de lendemain* / Dont l'auteur porte un nom bizarre / Dans l'obscure signalisation terrestre. » この作品の末尾の構文については「イマージュ論の展開」（本書第二章）で触れている。

（70） *Ibid.*, p. 83 : « La ligne brusque l'écart traître du feu qui découvre le visage / Ne sera dans la ville abstraite qu'un appel de démon / Vers l'inassermentable règne de la crépitante / Femme sans nom / Qui brise en mille éclats le bijou du jour. »

（71） *Ibid.*, p. 97 : « Quelle seconde / On sait le reste / Pfuût houch le coup de revolver le sang qui saute lestement les marches vertes / Pas assez vite pour que l'homme / Son signalement un mètre soixante-cinq la concierge n'a pas osé arrêter ce visiteur inhabituel mais poli / Il était d'autre part très bien de sa personne / Ne s'éloigne en allumant une cigarette / Plus douce que la douleur d'aimer et d'être aimé. » この作品については「イマージュの変身譚」（本書第十一章）も参照されたい。

（72） 比喩とイマージュの問題は本書第二章「イマージュ論の展開」を参照されたい。

（73） *OC* I, p. 338 : « la différence de potentiel entre les deux conducteurs. »

（74） *OC* II, p. 94 : « À Paris la tour Saint-Jacques chancelante / Pareille à un tournesol. »

（75） *Ibid.*, p. 99 : « Il voit le grand hexagone à entonnoir dans lequel se crisperont bientôt les machines. »

（76） *Ibid.*, p. 408.

（77） Ferdinand Alquié, *Philosophie du surréalisme*, *op. cit.*, pp. 116–165.

詩的アナロジーについてのノート

アンドレ・ブルトンのアメリカ亡命以降の作品、とりわけその詩作品について論じる上で、読解の指標になるのではないかと思われる問題点を検討しておきたい。ブルトンの生涯を俯瞰すると、アメリカ亡命以降を「後期」と呼ぶこともできるだろう（むろん「晩年」ではない）。ブルトンにとってどの時点をもって後期とするか定説があるわけではないし、そもそもアンドレ・ブルトンのように、シュルレアリスムの名のもとに生涯にわたって一貫した主張を通した作家を語る場合に、時代を区分することがどれほどの意味をもつのかという疑問もあり得るだろう。しかし、これから触れるように、とりわけ詩論においては、それ以前にはみられない特徴も指摘できるのである。ブルトンの詩論の集大成ともいえる「上昇記号」*Signe ascendant*（一九四七年）については、おもに「イマージュ」との関連で今まで論じてきた。(1)ブルトンは、一九一九年にフイリップ・スーポーと実験的に共作した『磁場』以来、自動記述に対する信頼を終生もちつづけ変わることがなかった。また、シュルレアリスムの詩にあらわれるイマージュというものは、単に突飛なイメージのことを意味するのではなく、むしろ言葉の連鎖を意味するのだと思われるが、この点も一貫して変わることがなかった。

しかし「上昇記号」が『シュルレアリスム宣言』（一九二四年）や「自動記述的託宣」（一九三三年）といった戦

前に発表された文章で扱われていた詩論と大きく異なる点が二つある。
第一点は、「自動」automatisme/automatique という言葉をいっさい用いず、「アナロジー」analogie/analogique という、これまでの詩論では使われてこなかった考えを導入していることだ。そもそも、アナロジー analogie は類似、類推と訳される。辞書によれば第一義として「いくつかの異なった現実間における部分的同一性の、類似の関係」であるとされている。(2) アナロジーはこのように現実間の関係性こそが問題なのである。むろんこの詩論の冒頭でも「自然発生的な関係」に重要性を置いていることを表明しており、自動記述の方法論を放棄したわけではないことは確認しておくべきだろう。
第二点は、詩句の関係が「倫理的秩序」の要請によらなければならないという主張である。

三十年前にピエール・ルヴェルディが初めてイマージュの泉に身を寄せ、次のような根本的な法則を打ち立てるにいたった。「接近させられた二つの現実がより遠くまたより正確であればあるほど、イマージュの力は強く、より情動的な喚起力と詩的現実を獲得するだろう」。この条件は絶対的に必要なものではあるが、十分なものではないだろう。もう一つ別の要請、つまり倫理的秩序に属すると思われる要請がこの条件の傍らに位置を占めるのだ。(3)

周知のように、このルヴェルディのアフォリスムは『シュルレアリスム宣言』で初めて言及され、シュルレアリスムのイマージュを説明するものとして有名になったものだ。『シュルレアリスム宣言』では、二つの現実の接近が、あらかじめ思索され、意志的になされるのではなく、自然発生的に結びついていることが強調されていた。しかし、「上昇記号」ではむしろ正確さに加えて「倫理的秩序」による要請に従うことが主張される。この変更点はきわめて重要な側面をもっているだろう。これまで、自然発生性やオートマティスムこそが強調され、『シュルレアリスム宣言』の言葉をかりれば、「理性によって行使されるいかなる制御もなく、美学上、道徳上のいかなる心配からも離れた思考の書き取り」[4]に価値が置かれていたにもかかわらずである。

この主張を裏付けるように、「上昇記号」は芭蕉と其角の挿話で締め括られている。其角が作った俳諧「赤とんぼ羽をむしれば唐がらし」を芭蕉が「唐がらし羽をつければ赤とんぼ」に訂正したというものである。確かに「倫理的秩序」の要請にかなう訂正であることは明白であろうし、また次のようなブルトンの考えるアナロジーに適合するものだ。

アナロジーによるイマージュは、現存する二つの現実のあいだを、断じて可逆的でない一定方向にしたがって運動してゆくのである。この現実の第一のものから第二のものへは、能うかぎり、健康、よろこび、安息、感謝、礼儀へと向けられた生への張力を示すのである。その致命的な敵は庇損的なもの、意気消沈させるものなのである。[5]

しかし、これはまさにブルトンが初期に否定した理性の制御、道徳上の配慮ではないのか。元来、アンドレ・ブルトンは人間の全面的な解放を希求し、探求しつづけると同時に、ある面ではきわめて倫理的な人物でもあったことは良く知られているし、さらには、大戦の勃発、フランスの敗北（ナチスによるパリ占領、ヴィッシー政権成立）、アメリカへの亡命、大戦の終結、フランスへの帰国という三〇年代末から四〇年代にかけての時代背景とブルトン自身の足跡を考えあわせると、初期以上に「倫理的秩序」への傾斜が強まっていることは否定しきれるものではないだろう。

「倫理的秩序」。とはいえ、「上昇記号」で称揚される詩的アナロジーは「自然発生的で、極度に明断で、異常な関係によって支配される[6]」ものであるし、「それ故」donc という言葉で示されるような論理的思考法とは敵対するものであることは強調されているのだ。であるとすれば、この「倫理的秩序」という表現ももう少し慎重に読み解く必要があるのではないだろうか。そもそも、なぜ「上昇記号」ではイマージュという言葉にかわってアナロジーということが主張されているのかをもう一度考えてみる必要があるだろう。イマージュは詩句の、あるいはそれが否定されているとはいえ修辞の一形態をあらわしていると一般には捉えられている。しかし、実質的には、ブルトンのいうイマージュは、作品の中においては決して静止的なものではなく、ダイナミックに変化、運動し続けるものなのであった。「上昇記号」においては、アナロジーという、シュルレアリスムあるいはブルトンにとっては新しい考え方を導入し、イマージュの運動や方向性という点が強調されている。辞書の定義においても、またブルトンの上の引用にもあるように、アナロジーによるイマージュの特質として「関係性」が指摘され、現存する二つの現実のあいだを、不可逆的なある一定方向にしたがって運動するものとされているのである。こうした運動性をブルトンは「倫理的秩序」の秩序 ordre という言葉で呼んだということがまず第一にいえるだろう。

この運動性をわかりやすい形であらわしている詩作品に「総目録」Les États généraux がある。やはりアメリカ亡命中の一九四三年夏から十月にかけて執筆され翌年発表されたものである。通常この作品は「総目録」と訳されているが、同時に、フランス革命以前のアンシャン・レジーム下でのすべての身分（一応）の代表からなる

「三部会」をあらわす言葉でもあった（後述する「対話集」の発言も参照していただきたい）。この作品の成立過程をブルトン自身述べていることだが、[7]「夢の砂のなかには風に吹かれたシャベルがつねにあるだろう」[8]という自動記述によって得られた詩句を Il y aura（あるだろう）/toujours（いつも）/une pelle（シャベルが）/au vent（風に吹かれた）/dans les sables（砂のなかには）/du rêve（夢の）という六つの語句に裁断し、それぞれの言葉に密着させるように詩句をつなぎあわせていったものだ。Il y aura「あるだろう」という未来形から始まり、toujours「つねに」という永久性、永遠性をあらわし、最後に rêve「夢」というシュルレアリスムが一貫して追及してきたテーマで終わる。

この詩句だけでもある方向性が読み取れるが、それぞれの語句に密着させて、自動記述の「誰が語るか」「何が語るか」という問いから、人種差別の問題（アメリカ亡命中ブルトンはネイティヴ・アメリカンの文化について関心をよせていた）、女性解放の問題（これは『秘法十七番』の主要なテーマでもある）、恋愛、自由といったさまざまなテーマにそって作品は進められてゆく。自動記述によって得られた文章を軸に、ある方向性をもって詩が進んでゆくことがわかり、「上昇記号」で語られた主張の明白な実例になっているといえるだろう。

では「倫理的」éthique とは何か。先程の引用にあった「健康、よろこび、安息、感謝、礼儀へと向けられた生への張力を示す」もの。一読する限り、健康、安息、感謝、礼儀など、シュルレアリスムが批判することはあっても擁護することのなかった価値体系といえる。むろん、先に述べたような時代背景、あるいはブルトンの個人的な環境の変化ということをまったく無視することはできない。

であるからといって、このブルトンの文章を、道徳的規律への回帰と解釈するのはあまりに素朴にすぎるだろう。

「上昇記号」は六つの断章から成っているが、それぞれの断章にはいくつかのエピグラフがつけられている。その二つ目のエピグラフは「ダイアモンドと豚とは文明人がもはや感じることのない十三番目の情念（調和）を示す象形文字である」[9]というものであり、シャルル・フーリエの『四運動の理論』からの引用になっている。いうまでもなく、アメリカ亡命期のブルトンの代表作は、散文作品『秘法十七番』（本文の執筆は一九四四年）と長編詩『シャルル・フーリエへのオード』（一九四五年執筆）であり、それはそのままブルトン後期の代表作でもあるのだが、アナロジーという概念もフーリエの著作の読書体験によるところが大きいといえるだろう。また、この時期のブルトンの関心について、彼自身『対話集』のなかで、サン＝テイヴ・ダルヴェードルやアンファンタン、そしてフーリエのような十九世紀の神秘思想家やユートピア思想家の名を挙げて回想している。その箇所で、アンドレ・パリノーの「あなたの関心は政府の特別な機構というところまで及んでいたのですか」という質問に対して次のように答えている。

> 政府のですか？　いいえしかし人間の利益の今少し条理にかなった管理機構についてなら関心があったと言えましょう。少なくとも、世界の大部分において、新しい形の三部会を組織する必要があるように思われました［……］。私はまた均衡と調和の世界に対して表明された希求の根源へ立ち戻ることに賛成だったのです[10]。

こうした発言を読むとブルトンが「倫理的秩序」という表現で何を言わんとしていたかいくらかは推測できてくるのではないだろうか。今そこここにある道徳的な秩序ではなく、ユートピア的な、あるいはむしろフーリエ的なといった方が良いかもしれないが、来るべき未来の社会秩序、あるべき新たな「倫理」を想定しているのだ。[11]さらに別な表現でいいかえれば、この倫理とは新しい世界観、新しい価値体系における倫理ということもできるのではないだろうか。そもそもブルトンは最初からこの新しい価値体系を確立しようとしてきたともいえるのだ。

既成の価値観の徹底した否定を原動力としたダダ。それは純粋ではあるが、ついには一種の自己否定にまで向かうアナーキーな側面を持っていた。ブルトンはダダと決別し、既成の概念や価値観の否定というエネルギーはそのままに、さらに、自動記述やフロイトに負うところの大きい無意識や夢や狂気の探求という新たな方法論を導入する。そして時代が下れば、マルクス主義（トロツキスム）や錬金術を始めとする神秘思想もシュルレアリスムの思想にとり入れることになる。マルクス主義と神秘思想という、ルヴェルディの先程の言葉を借りていえばまさに「隔たったふたつの現実」を接近させ、統合しようとさえするのだ。つまり、既成の概念や価値観を否定するだけでなく、むしろそれらを読み替え、組み替えて新たな体系へと再構築しようとしたのだといえる。

『シュルレアリスム宣言』にはヤング、スウィフトに始まりルーセルにいたるまでの「〜は〜においてシュルレアリストである」というリストがある。また『黒いユーモア選集』という著作では、スウィフトから若いシュルレアリストまでの、文学者や思想家の黒いユーモアに関するアンソロジーを組んだが、この著作はそれまで語られることの少なかった作家をとりあげ、評価し、結果的に文学史を書き換えるまでの新しい流れを提示した。ロートレアモンの「発見」についても同じことが指摘できるだろうし、美術の分野でいえば、『シュルレアリスムと絵画』や『魔術的芸術』という著作も同様の仕事をしたものだといえる。

ブルトンにおいてはこうした事例は数多くあり、そのどれもが、シュルレアリスムの名のもとに、既成の価値体系を一度解体させ、新しい体系として構築しなおしたものだと理解できる。

ブルトンの作品、とりわけ詩的作品についても同様のことが指摘できるのではないだろうか。しかし、『黒いユーモア選集』や『シュルレアリスムと絵画』が既存の価値体系の読み替え、もしくは組み替えであるといえるのに対し、詩的作品においては、言葉そのものの体系の組み替え、再度ルヴェルディの用語を借りていえば、「現実」の組み替えがおこなわれ、未知の作品世界が創りだされることになる。初期においては、論理性や既成の審美観にとらわれない自動記述がこうした世界を描き出す方法論になっていた。『シュルレアリスム宣言』で「シュルレアリスムの動物相と植物相は打ち明けられないものである」[12]という文章があるが、アメリカ亡命期の未発表草稿「ユートピア的記述の草案」Projet d'écrit utopique のなかでも、「新しい動物群と植物群」[13]という項目を設けて、いくつかの章句を書きとめている。共にブルトンの作品世界にあらわれる新たな博物誌的体系について触れたものだといえるだろう。

さらにこの草稿には次のような記述がある。

宇宙開闢説—数—新しいトーテム主義
預言
倫理学　人権宣言?
恋愛　牧歌的骨格　ロマンス的形態—エロティックなパート
社会組織　より高次に発達した遊牧民
むろんいかなる所有もない[14]

この断片にみられるようにこの著作の計画には「宇宙開闢説」、「人権宣言?・」といった項目がみられ、さらには「倫理学」éthique という項目もある。サドの（反）ユートピア小説を想起させる記述も見られるし、「社会機構」や「より高次に発達した遊牧民」Horde à développement supérieur という項目からはフーリエの著作を想起させる。となれば、ここで記されている「倫理学」も、こうしたサドやフーリエの（反）ユートピア的な文脈に、あるいはシュルレアリスム的な文脈に置いて考えるべきものといえるのではないだろうか。つまり、既成の倫理ではなく新たな秩序、新たに打ちたてられる体系のなかにおける倫理が想定されていると考えられるのだ。[15]

初期の詩集、例えば『溶ける魚』のような作品では自動記述によるイマージュの連続で未知の世界が描かれていた。連続体ではあるが、場面場面における瞬間的な輝き、閃きが主になる。未知の世界は創出されるが、体系的に組み立てられたものではない。アメリカ亡命期の作品では、「上昇記号」でみたように、その方法論が詩的アナロジーによるものとされた。アナロジーは先にもみたように、瞬間的な輝きというよりは、関係性、運動性そのものが主眼となる。「上昇記号」からもう一節を引用しよう。

詩的アナロジーは神秘的アナロジー同様、目に見えぬほど次々と枝を延ばし全体を同一の樹液がめぐる一世界を受胎すべく働いている。しかし、詩的アナロジーは、感覚的な、さらには官能的でさえある枠のなかで、いかなる拘束もなしに保たれており超自然に陥るいかなる傾向も示さないのである。[16]

イマージュも詩的アナロジーも共に未知の作品世界が創造されることに違いはないが、アナロジーに従ってつくられる作品世界は、一本の樹木のように枝を延ばし、より体系的なもの（確認するまでもなく未知の体系である）へと向かう。

こうして構築されることになる新たな価値観、未知の秩序体系をブルトンは「倫理的秩序」という言葉で表現したかったのではないだろうか。

アンドレ・ブルトンのアメリカ亡命中の代表作、そしてこれらはそのまま後期の代表作でもある『秘法十七番』や『シャルル・フーリエへのオード』を論じるにあたっては、このアナロジーの考え方を考慮することは重要であり、また示唆に富むものとなるだろう。

註

（1）「イマージュ論の展開」（本書第二章）および「ブルトンの詩の読解」（本書第六章）を参照していただきたい。

（2）*Trésor de la Langue Française*, t. 2, Éditions du Centre National de la Recherche Scientifique, 1973, p. 919 : « Rapport de ressemblance, d'identité partielle entre des réalités différentes. »

（3）*OC* III, pp. 768–769 : « On se souvient qu'il y a trente ans, Pierre Reverdy, penché le premier sur la source de l'image, a été amené à formuler cette loi capitale : « Plus les rapports des deux réalités rapprochées seront lointains et justes, plus l'image sera forte — plus elle aura de puissance émotive et de réalité poétique.» Cette condition, absolument nécessaire, ne saurait toutefois être tenue pour suffisante. Une autre exigence, qui, en dernière analyse, pourrait bien être d'ordre éthique, se fait place à côté d'elle. » なお引用のイタリック体による強調はすべて原文のままである。

（4）*OC* I, p. 328.

（5）*OC* III, p. 769 : « Elle ［l'image analogique］ se meut, entre les deux réalités en présence, dans un sens déterminé, qui n'est aucunement réversible. De la première de ces réalités à la seconde, elle marque une tension vitale tournée au possible vers la santé, le plaisir, la quiétude, la grâce rendue, les usages consentis. Elle a pour ennemis mortels le dépréciatif et le dépressif. »

（6） *Ibid* ., p. 766 : « commandée par le rapport spontané, extra-lucide, insolent qui s'établit. »

（7） *OC* IV, p. 342.

（8） *OC* III, pp. 28–34 : « Il y aura toujours une pelle au vent dans les sables du rêve. »

（9） *Ibid*., p. 767 : « Le diamant et le cochon sont hiéroglyphes de la 13e passion （harmonisme） que les civilisés n'éprouvent pas. »

（10） *Ibid* ., p. 560 : « Du gouvernement? Non, mais, si vous voulez, de gestion moins déraisonnable des intérêts humains. Il me semblait qu'on eût pu, au moins sur une grande partie du monde, appeler à se constituer des états généraux d'un nouveau style ［...］. J'étais aussi pour qu'on revînt à la source des aspirations qui avaient pu se manifester vers un monde d'équilibre et d'harmonie. »

（11） いうまでもなくフーリエの著作には彼の主張する新しいユートピア社会が描かれているわけだが、その体系をあらわす言葉として「秩序」Ordre という表現が頻出する。一例のみを『四運動の理論』から引用してみよう――「すなわちそれは、前期の物品が結合秩序において子供たちの安あがりな食物となるようにするためであり、また神はわれわれに保留されているこの新秩序の生活様式のためにこそ情念引力を授けていたはずだからである」（巖谷國士訳、現代思潮社、一九七二年、二七六頁）。Charles Fourier, *Œuvres Complètes de Ch. Fourier*, t. I, Librairie Sociétaire, 1846, p. 167 : « c'est que lesdits objets devront composer la nourriture économique des enfants dans l'Ordre combiné, et que Dieu doit nous donner Attraction passionée pour le genre de vie qu'il nous réserve dans ce nouvel Ordre. »

（12） *OC* I, p. 340 : « La faune et la flore du surréalisme sont inavouables. »

（13） *OC* III, p. 344 : « Animaux et végétaux nouveaux. »

（14） *Ibid*., p. 344 : « Cosmogonie. — Nombres — Nouveau totémisme. / Prophétie. / Éthique. Déclaration des droits? / Amour. Trame idyllique. Forme romancée. — Partie érotique. / Organisation sociale. Horde à développement supérieur. / Aucune propriété naturellement. »

（15） フーリエの『産業的協同組合的新世界』*Nouveau Monde Industriel et Sociétaire* では、この horde という言葉は「子供」をあらわしている。（Charles Fourier, *Œuvres Complètes de Ch. Fourier*, t. VI, Librairie Socétaire, 1845, pp. 207–214.）

（16） *OC* III, p. 767 : « l'analogie poétique semble, comme l'analogie mystique, militer en faveur de la conception d'un monde ramifié à perte de vue et tout entier parcouru de la même sève mais elle se maintient sans aucune contrainte dans le cadre sensible, voire sensuel, sans marquer aucune propension à verser dans le surnaturel. »

『星座』について

ブルトンとジョアン・ミロ

ブルトン晩年の詩集『星座』*Les Constellations*（一九五九年）[1]はジョアン・ミロ Joan Miró の二十二点の絵画（グアッシュ）に散文詩をつけた詩画集である。ブルトンには最後の詩集として『A音』（一九六一年）があるが、確かに出版年は『A音』が最後となる。しかし、詩篇の執筆時期は一九五八年十月から十二月という日付をもつ『星座』の方が後であり、その質、量ともに実質的にはブルトン最後の詩集と呼ぶことができるだろう。

この詩集は、ミロが一九四〇年二月から一九四一年九月にかけて制作したグアッシュによる二十二枚の連作（当初は二十三枚の連作であったが、画商が一枚売却してしまった）[2]のそれぞれに、後からブルトンが詩を添わせた詩画集であり、各詩篇のタイトルもミロの作品のタイトルのままである。詩集に挿画が加えられるのはめずらしいことではないが、あらかじめ詩画集として書かれた作品というのはブルトンにとっては唯一のものである。あらかじめ書かれた絵画作品に言葉を添える詩画集という詩のあり方は、自動記述を中心とするブルトンの詩についての考え方に親しんだものにとってはやや奇異に映るかもしれない。

ブルトンは終生かわらず自動記述のような言葉のオートマティスムに信を置いていた。自動記述については最小限の確認にとどめたいが、『シュルレアリスム宣言』に記されているシュルレアリスムの定義「純粋な心の自動現象、それにもとづいて口述、記述その他あらゆる方法を用いて、思考の真の機能を表現することを目標とする。理性によるいかなる制御もなく、審美上ないし道徳上のいかなる配慮の埒外にある思考の書き取り」[3]がそのまま自動記述の定義といってさしつかえない。ブルトンの詩法は、初期のフィリップ・スーポーとの共著詩集『磁場』(一九二〇年)以来、最後の詩集『A音』まで自動記述を契機とする詩の自然発生的な発露が最重要視されている。『A音』本文にある自動記述による断片は一九五一年十月から一九五六年四月までの日付をもち、『星座』執筆以前のものだが、一九六〇年十二月に執筆され、詩について述べた最後のまとまったテクストといえる序文でも、ブルトンは次のように述べている。少し長くなるがその前半部分を引用する。

シュルレアリスムがその当初からいわゆる《自動》記述を通じてそれに従事し信頼を置いて来た《思考の書き取り》(あるいはその他のものの?)、私はこの(能動的、受動的な)聴き取りが、われわれが、目覚めているときにはどれほどの危険にさらされているかはすでに述べたことがある。したがって、睡眠から取り出され、過ちようもなく記憶されたこれらの文章あるいは文章の断片、独語あるいは対話の切れっぱしは、私にとってつねに非常に大きい価値を持つものであった——過ちようもなく記憶されたと言ったが、それほどにそれらのことばのはっきりした発音と抑揚は目覚めたばかりのときにはっきりしているのだ——いや目覚めそのものがそれらのことばによってもたらされるように思える、というのはそれらはたったいま言われたばかりであるかのようだからだ。それらのことばがどれほど謎めいていようとも、そうできるときにはいつも私はそれらを宝石でも扱うように注意深く書き留めた。それらをテクストの最初にすっかり生のままでちりばめた時期もあった(「自動記述的託宣」そのほか)。私はこうすることによって、それらのことばに続くものが、たとえすっかり別の音域のものであろうとも、最後にはそれらのことばに密着し、それらの極めて高度な感情的昂揚の性格を帯びるに至るという結果となるという条件で、それらのことばに《つなぎ合わせをする》ことを自分に課したのであった。(4)

自動記述によって得られた詩句を生のまま配置し、それに続くものがその言葉に「密着し」、きわめて高い熱狂状態を生むという条件で言葉を繋げていくことを自らに課していた、とある種の実践的な詩法を述べている。ここで述べられているのは、具体的には一九四三年の「総目録」という長篇詩についてだが、後期ブルトンの詩作品の制作過程を考える上でも重要な指摘だろう。

では、実際に『星座』の詩篇はどのように書かれているのか。先に述べたように、まずミロの連作が描かれる。一九四〇年、滞在先のノルマンディー地方ヴァランジュヴィルで始められ、ノルマンディーが大空襲を受けた後、パリを経由してスペインのマジョルカ島パルマに逃れる間も描きつがれ、一九四一年パルマにて、『星座』の二十三の連作を終える。初期、一九二〇年代の絵画と同じように、人物、鳥などの形象が描かれてあるようにも見えるが、初期の作品とは異なり、抽象度はきわめて高くなり、人物か動物か事物かは明確には判別できない。全体の印象としては、線と色彩とで描かれた抽象絵画である。そして各作品に詩的なタイトルが付けられている。マージット・ロウエル(5)によれば、これらの「タイトル＝詩」は絵を描いていると同時に書かれたものであり、画布に形成されつつあるイメージと共鳴しあって生まれた言語表現であるとして、次のように指摘する――「この言葉によるイマージュ、もしくはこのタイトルの内容は、女性や鳥といった現実の主題を非現実の出来事や状況に溶解させ、私たちの精神的な慣習を揺さぶる神話的な現実を創造するものである。決して明示的でも説明的でもないこのパラレルに生まれた言葉による詩は、絵の図象を豊かにし神話化するのだ」[6]。

ここでロウエルが使っている「パラレル」という言葉は、『星座』初版のタイトルの下に付けられた「アンドレ・ブルトンによるパラレルな散文と序」« Introduction et proses parallèles par André Breton » から引用されている、もしくはそれに対応していると考えられる。詩画集なのだから当然とも言えるが、ミロのタイトルがそのままブルトンの散文詩のタイトルでもあり、これら詩篇はそれぞれの絵に対応している。しかし、『星座』におけるミロの絵画、タイトルそしてブルトンの散文詩の三者は、それぞれがそれぞれの描写でもなく説明でも補足でもなく、パラレルな関係にあるといえるのだ。

たとえば冒頭の作品。タイトルは「日の出」。絵画を言葉で描写するのはむずかしいが、茶色っぽい地、中央に黒い円が三つ描かれ、そのうち二つが重なり、重なっている部分が赤に塗られている。人物らしき姿が三つ、左上に髪の長い人物、右下に二人の人物、一人は怒っている表情にもみえる、そしてその上に鳥らしき形象がある、というものである。中央の黒い三つの円が「上昇する太陽」を表していると言えなくもない。ブルトンのテクストは次のようなものである。

殴り合いはろくなことにならないと言われてきた。万事休す、絹織物工と靴職人は最後に決着をつけた。野次馬たちにとっては蠟引き網紐の絹を解きほぐせない羽目になっただけだ。外の見せ物については以上だ。この見せ物は、母親たちが引き起こしそしてなだめた子供たちの叫び声で終わった。だが、ずっと後まですっかりベンチにおき忘れられた一人の子供だけが、常夜灯の痙攣がかきたてる幕の垂れ房のなかに、前へ進み戯れる若獅子の高くあげられた紋章の脚を指し示すことができるのだ[7]。

ブルトンの詩がほとんど常にそうであるように、この散文詩もまた意味をたどってゆくことが困難なものだ。自動記述的に書かれたであろうブルトンのテクストはミロの作品、タイトルとどのような関係にあるのか。絵画の左上の人物が母親、右下の二人の人物が対決している人物、その上の鳥らしい形象が子供、ということになるのだろうか。そのように読むことも可能である。しかし、私たちがミロの絵から受ける印象とはだいぶ異なっていることは間違いない。ブルトンのテクストには「日の出」というタイトルから生じるであろうイメージはない。言葉の上であえて関連を探せば、紋章の若獅子の脚の「高くあげられた」haut levée くらいだろうか。確かにいくつかのイメージはそのままブルトンのテクストにも認められるが、決してミロの絵の解説ではないのだ。ミロの絵から発生した、それこそパラレルな別の物語なのである。

もう一篇を見よう。「タイトル＝詩」の例として前掲書に挙げられている「真夜中の鶯の鳴き声と朝の雨」である。絵はなおいっそう抽象化している。線と円と青い星の形、白い月の形があるばかりである。タイトルにある「真夜中の鶯」も「朝の雨」も具体的に指摘するのは困難である。ブルトンのテクストは次のものだ。

大地の鍵（ト音記号）は月をまたぐ。羽虫は祝典の剣尖をとりつけた。東風にはこぼれた帆船は森のなかに澪をひらく。そして十二滴の媚薬は樹液の大波となって溢出し、心を天国的にし、幸福という点ですすり泣きと釣り合うかもしれない垣間見ることしかできないこの驚異を解き放つふりをする。顔を真っ赤にした親しい腰の曲がった老婆たち（なじみ深い灼けつくような八分音符）がふたたび鍋の蓋をする。(8)

テクスト冒頭の「月」はミロの絵にも容易に識別できる。この月の図象を契機にして詩が書かれたであろうと考えることはできる。しかし、冒頭以後のブルトンの詩句は森といったあらたなイマージュをともなった自然発生的な自動記述であり、「日の出」以上にミロの図象を説明するものではない。

ブルトンのテクストは、タイトルを含めミロの作品に触発されて書かれていることは間違いがないだろう。二十二作品中、「女性」femme という語が含まれるものが八篇、「踊り子」danseuse、「女流詩人」poétesse という語も含めれば十篇あり、「鳥」oiseau という語が含まれるものは六篇、「鶯」rossignol、「白鳥」cygne を含めれば八篇あり、ミロに親しい女性、鳥のテーマが、そのままブルトンの詩でも主要なイマージュになっている。確かに、女性はブルトンにとっても詩の主要な対象であることは確かである。しかし、鳥のイマージュはこれまでそれほど頻出するわけではない。『星座』においても鳥のイマージュは必ずしも直接的に詩篇に書かれているわけではなく、ここに引用した「真夜中の鶯の鳴き声と朝の雨」でも鶯のイマージュはテクストにはあらわれていず、別の、お伽噺的な世界がパラレルに書かれている例となっている。

では、ブルトンのテクストで書かれているのはどのような世界だろうか。ここに引用した「日の出」では、「絹織物工」le canut、「靴職人」le gnaf、「蠟引き網紐」chégros、「紋章の」héraldique といった今日的とはいえない語彙の使用から、中世の物語世界を、「真夜中の鶯の鳴き声と朝の雨」では、「祝典の剣尖」、暗い森や鍋に蓋をする老婆などから、やはり中世物語あるいは童話的な世界を彷彿させる。

そして、上に引用した二作品ばかりでなく、『星座』のブルトンのテクストのすべてが、時代背景は必ずしも中世とは限らないが、外見上、寓話や童話、お伽噺や妖精譚の世界となっているのだ。

ここで思い起こされるのが、「シュルレアリスム宣言」を序文として持つ『溶ける魚』(9)という散文詩集である。

『溶ける魚』は宣言のなかで「小話集」と呼ばれ、自動記述による詩作品にして「シュルレアリスムの散文のある種の進化」[10]を示したものであった。『溶ける魚』と『星座』は共通する特徴をもち、ともに散文詩による連作であり、短期集中的に制作されたものであり、あるまとまりを持つ、『星座』が二十二篇のテクストから成るのに対して、『溶ける魚』は三十二篇のテクストから成っている。『溶ける魚』についてジュリアン・グラックが指摘するように、鳥や動物、植物あるいは鉱物の刻一刻と変化するイマージュが、自然界と人間との境界を無化するもの、相互浸透させるものとして書かれていること、さらにこうした自然界と人間との接近を仲介する存在として女性が書かれていること[11]。

こうした『溶ける魚』の特徴はそのまま『星座』のテクストにもあてはまるだろう。たとえば、「真夜中の鶯の鳴き声と朝の雨」では、大地の鍵、羽虫、帆船、媚薬の滴、老婆、と文章の主体は変化する。むろん、なにがしかの比喩ではなく、寓意でもなく、自動記述によるイマージュの変化をあらわすものだ。

こうした詩句の流れに沿ってひたすら変化しつづけるイマージュは、作品に明解な意味をもたらすものではないが、そのイマージュを変化させせながら積み重ねることで、まったく未知の世界を創造する。

『溶ける魚』と『星座』はきわめて近似した作品世界ではあるが、異なっている部分もいくつかある。まず、『溶ける魚』では舞台の多くが現代に設定されていることだ。「昔々あるところで」で始まる27を除いては、ゴシック小説的な舞台設定はあっても、時代はほぼ二十世紀初頭の現代の都市と読める。

さらに重要な点は、主体というテーマである。主体である「私」とは何者かという問いが『溶ける魚』の最大の主題となっていることだ。この「私」とは何者かという問いは、自動記述や無意識ということを問題とした初期シュルレアリスムの最大の課題であり、ブルトンの代表作『ナジャ』も「私とは誰か」という問いから書き始められていた。『溶ける魚』では自動記述の主体の問題、自動記述が実践されている今・ここが舞台となっているのだ。それゆえに、時代設定が現代になっているとも考えられる。

これに対して、『星座』の舞台は、「電飾のブロードウェイ」との詩句のある「浜辺の女たち」が現代の都市を描いているのを除けば、特に時代が設定されていないものも含めて、先に引用した二例のように、多くは寓話やお伽噺の世界を彷彿させるものといえるだろう。『溶ける魚』、『星座』ともに使用される動詞の時制は現在形が多いが、これは自動記述の、過去の追憶や回想が主題とはならず、言葉が生成され、生起する今この瞬間の現在性をあらわすものだ。「夜明けの目覚め」の冒頭「粉ひき女の縁なし帽が羽ばたきで（大急ぎで）遠ざかると、今度は鐘楼の上を飛んでゆく、夜の虻たちを押しのけて、ハート型や鳥籠型のものとして。[12]」あるいは、「薔薇色の薄明が女たちと鳥たちを愛撫する」の冒頭「ななかまどは竪琴のなかに入る、あるいは竪琴がななかまどの中に。[13]」のような現在形であり、これは読む者を瞬時にして物語の中に、妖精譚の中に引き入れる作用を持つものだろう。『溶ける魚』にあった「私とは何者か」といった主体への問いは『星座』には表面的にはあらわれず、むしろ、寓話や童話、お伽噺や妖精譚の外見を借りて、未知の詩的世界が書き記されてゆく。

いくつかの作品の末尾部分を確認したい。

「たくさんの原形質をもつひとつの生命が銀河のなかで、吐息の高みで、芽ぐむ種子を獲得する。」（「夜の女[14]」）

「中央には、数字による至高の指使いにかしずかれた、母音をつぶやく原初の美女。」（「ひとりの女に恋をした数字と星座」[15])

「欲望の果てしのない曲線を追う鳥たちの飛翔と落下のあいだには天空の楽譜に含まれているすべての記号が調和をもって書き記されている。」(「恋人たちに未知を解読する美しい鳥」[16])

同じ未知の世界が書かれているのではあっても、『溶ける魚』では、自動記述をおこなっている主体の未知の部分の発見を示すことが多かったのに対して、『星座』では、ここに引用したように「銀河」Voie lactée、「天空の」céleste といった宇宙的な、そして「原形質の生命」vie protoplasmique、「原初の美女」beauté originelle といった原初的なイマージュが書き記されるのだ。つまりは、宇宙開闢的な、神話的なイメージが多いのである。このことは、ほぼ同時期(一九五一〜一九五六年)に記録され、最後の詩集『A音』を構成する四つの自動記述による断片と比較しても確認できるだろう。『A音』の四つの断片とは、

「O_3(オゾン)の肌をうつ音は標準値としてハ長調にある。」

「月はレモンとともにさくらんぼうが終わる頃にはじまる。」

「人はそれゆえ日記を書くだろう、その署名は、複雑で神経質で、ひとつの異名となるだろう。」

「黄金の白い野牛として生きるとしても、黄金の白い野牛のふりはするな。[17]」


であるが、どれも断片であり、小話やお伽噺の構造ではない。二つめの断片に「月」があるが、必ずしも宇宙的、

原初的なイメージとはいえず、また三つめの断片は書く主体の問題とも重ねることができ、むしろ『溶ける魚』の主題に近い。最後の「白い野牛」はネイティブ・アメリカンの伝説では大地の再生を表し、唯一『星座』の主題とも関連するだろうが、断片である上、格言風の文体となっていて、『星座』にあるように、寓話、お伽噺の形式のなかで新たな神話的世界を描くという構造にはなっていないだろう。

神話的なイメージは、確かに『溶ける魚』などの初期の作品にもまったくないわけではないが、とりわけ第二次大戦中および戦後の作品の大きな特徴となっている。

批評で言えば「シュルレアリスム第三宣言発表か否かのための序文」における「透明な巨人」の挿話をはじめとして、「吃水部におけるシュルレアリスム」、散文でいえば『秘法十七番』、詩集でいえば、『シャルル・フーリエに捧げるオード』やこの『星座』である。

神話的なイメージやテーマが頻出するようになった契機として考えられるのは、アメリカ亡命中に知ることになるネイティブ・アメリカンの文化や伝説、神話との出会い、あるいはまたシャルル・フーリエの著作との、そしてミロの絵画との再会があるだろう。先に引用した文章のなかで、ロウエルはミロの作品やタイトルを説明するうえで「神話的」なる言葉を用いていたが、まさにブルトンの散文詩も、ミロの作品との出会いがひとつの契機となって、神話的世界の創造――むろんそれはあくまで詩的なものであるが――へと向かったと考えられる。事実、ミロの『星座』についてのエッセーにおいて、ブルトンはネヴァダ州ピラミッドレイクのネイティブ・アメリカンの文化に言及しているし、また「宇宙の秩序」l'ordre du Cosmos という言葉でミロの連作の特徴を示してもいる(18)。

こうした神話との「出会い」を自動記述の試みと関連づけることは必ずしも唐突なことではあるまい。自動記述の試みは他者性の探求と呼べる側面が大きい。『溶ける魚』では「私」の複数的でもあり、匿名的な、非人称的な姿を浮き彫りにした。そもそも自動記述の最初の詩作品への適用がフィリップ・スーポーとのコラボレーションで書かれた『磁場』[19]であることは重要であると思われる。つまりは、記述のなかに他者そのものを引き入れたのである。『シュルレアリスム宣言』でも、「シュルレアリスム言語の諸形態がいちばんよく適合するのは、やはり対話である。そこでは二つの思考がぶつかりあい、一方が心をうちあけているあいだ、他方はそれにかかわる。だが、どんなふうにかかわるのか?」[20]と述べ、さらにその少し先では、「私がこの研究をささげている詩的シュルレアリスムは、こんにちまでのところ、ふたりの対話者を礼儀のおしつけあいから解放することによって、対話をその絶対的真理のうちに建てなおそうと専念してきた。対話者のひとりひとりは、ただひたすら独り言をつづけるばかりで、そこからなにか弁証法的な愉しみをくみとったり、多少なりとも隣人を感服させたりすることをもとめはしない。そこで語られる話題は、通常のものとはちがって、おのぞみなら無視してもいいような定言の展開を目的としておらず、できるかぎり本来のありようからはずされている。それらのよびおこす応答についていえば、いま話した相手の自己愛などにはまったく無関心だ。さまざまな言葉やイメージも、それを聞きとる者の精神に、ただスプリングボードとしてさしだされるにすぎない。純粋にシュルレアリスム的な最初の作品であった『磁場』のなかでも「柵」という標題のもとにまとめられている数ページは、そのようなものとして見られるべきである。そこでは、スーポーと私とが、文字どおり公平無私な対話者としてふるまっているのである」[21]とも述べているが、共に自動記述における二つの思考の衝突、あるいは「対話」の重要性を指摘するものだ。『磁場』において、ブルトンひとりが執筆した「季節」という章は、語り手の「私」の個人的な思い出が記されている。しかし、スーポーとふたりで著わした「柵」や「蝕」という章では、語り手の個人的、主観的と思われる記述はなく、実際に主語の人称も非人称的なonが多く、事物が主体となるような記述になっている。スーポーという他者とコラボレーションすることによって、記述においても主観的な要素が消え、非人称的な他者性があらわれてくると指摘できるのだ。

『磁場』以降も、ブルトンはコラボレーションによる実験的な詩集を発表する。ポール・エリュアール、ルネ・シャールとの『作業中徐行せよ』（一九三〇年）、ポール・エリュアールとの『処女懐胎』（一九三〇年）といった共著詩集である。個人の主観的なインスピレーションから、より複数的な、集合的なインスピレーションへ移行する試みであるといえよう。『処女懐胎』の二年後に執筆された散文『通底器』は、現実と夢との通底、私と他者との通底がテーマであった。同時期の自動記述に関するエッセー「A・ロラン・ド・ルネヴィルへの手紙」（一九三二年）でブルトンは次のように述べている――「人間の思考の将来における解放のために、この思考のなかだけではけっして実現されないけれども、そのなかにつねに潜在する至高性に、と同時に、事物の影響を受けやすい生成に期待しているのです[22]」。

文末にある「事物の影響を受けやすい生成」、これは共著によって書かれた作品の特徴を表現しているのではないだろうか。事実、エリュアールとの共著『処女懐胎』はブルトン、エリュアールふたりが交互に散文による詩句を書き継いでいったものだが、一方が書いた構文の反復、あるいは一方が書いた詩句を他方が引用する形で展開してゆくところに特徴がある。個性を強調するというよりは他者の記述に寄り添うことで成立しているのだ。

このように『磁場』や『作業中徐行せよ』、『処女懐胎』といったコラボレーションによる詩作は、個人的な想像力から集合的な想像力を獲得しようとする実験の試みであったともいえるだろう。

戦中、戦後はこのような複数の著者による共著詩集の試みはなくなる。しかし、他者との出会いから作品のインスピレーションを得るということがなくなったわけではない。ブルトンの後期の代表詩集『シャルル・フーリエに捧げるオード』という長篇詩は、中核の部分はフーリエの著作の参照に満ちており、いってみればシャルル・フーリエとの、あるいはフーリエのテクストとのコラボレーション、共同作業的な要素が大きい。『星座』もまたジョアン・ミロの連作絵画に、後から詩をつけたもので、まさにミロの絵画とのコラボレーションである。メキシコの詩人オクタヴィオ・パス Octavio Paz はエッセー「星座——ブルトンとミロ」(23)において、ブルトンのテクストがミロの作品を照らし出すものであるというブルトンの言を引用すると同時に、「木霊と光の建築」(ジョルジュ・ライヤールの仏訳では des constructions d'échos et de reflets「反響と反映の構築物」(24))であると指摘する。

ブルトンのテクストがミロ作品の説明でも補足でもなくパラレルに書かれたものであるにせよ、ミロの絵画とタイトルの「反響と反映の構築物」、つまりミロの絵画とタイトルへの応答であるという指摘であろう。ミロの絵画とタイトルが、『磁場』におけるスーポーという他者の役割、『磁場』において「対話」が果たした役割同様に、他者としての機能を果たしているのだといえるのだ。

最初期の『磁場』や『溶ける魚』では、主体である「私」とは何かということが問題になり、共著者という他者を契機にしながら、インスピレーションを内部において探求したのに対し、後期の『シャルル・フーリエに捧げるオード』や『星座』では、インスピレーションの源泉である他者性を、フーリエのテクストやミロの連作絵画といった外部に求め、その「反響と反映」を構築したのだと考えられる。「私とは誰か」という主題は、私の内部にある主体の複数性、主体の他者性の発見に至った。そして後期になって、この問いは、外部にある他者との共同制作を契機に、この場合はミロの絵画とタイトルであるが、主体の内部にある他者性を、より大きく根源的な、新たな神話の創造という地点へ移行したのだといえるのではないだろうか。

註

（1） André Breton, *Constellations*, *OC* IV, pp. 291–337.『集成4』大槻鉄男訳、二七七〜三〇一頁。

（2） ジョアン・ミロの連作『星座』の制作過程については、Georges Raillard との対話 Joan Miró, *Ceci est la couleur de mes rêves : Entretiens avec Georges Raillard*, Seuil, 1977 を参照した。

（3） *OC* I, p. 328.

（4） *OC* IV, p. 341 : « La « dictée de la pensée »（ou d'autre chose ?）à quoi le surréalisme a voulu originellement se soumettre et s'en remettre à travers l'écriture dite « automatique », j'ai dit à combien d'aléas dans la vie de veille son écoute（active-passive）était exposée. D'un immense prix, par suite, m'ont toujours été ces phrases ou tronçons de phrases, bribes de monologue ou de dialogue extraits du sommeil et retenus sans erreur possible tant leur articulation et leur intonation demeurent nettes au réveil — réveil qu'ils semblent produire car on dirait qu'ils viennent tout juste d'être proférés. Pour sibyllins qu'ils soient, chaque fois que je l'ai pu je les ai recueillis avec tous les égards dus aux pierres précieuses. Il fut un temps où je les enchâssais tout bruts au départ d'un texte（« le Message automatique » et quelques autres）. Je m'imposais par là d' « enchaîner » " sur eux, fut-ce dans un tout autre registre, à charge d'obtenir que ce qui allait suivre tînt finalement auprès d'eux et participât de leur très haut degré d'effervescence. »

（5） Joan Miró, *Écrits et entretiens* présentés par Margit Rowell, Daniel Lelong Éditeur, 1995, p. 179.

（6） *Ibid.*, p. 179 : « Le contenu de ces images verbales, ou de ces titres, mêle des sujets réels（femmes, oiseaux）à des événements ou à des circonstances non réels, et crée ainsi une réalité mythique qui ébranle nos habitudes mentales. Cette poésie verbale parallèle, jamais dénotative ni descriptive, enrichit — et en fait, mythologise —l'iconographie des peintures. »

（7） *OC* IV, p. 295 : « Il était dit que le jeu de mains devait mal finir. C'en est fait, une bonne fois le canut et le gnaf ont réglé leur compte ; on en est quitte pour une tourbe à ne pas démêler la soie du chégros. Voilà pour le spectacle extérieur : il a pris fin sur les hauts cris du petit monde que les mères entraînent et rassurent. Mais l'enfant décidément oublié à son banc bien après l'heure est seul à pouvoir montrer, dans le gland du rideau qu'attisent les spasmes de la veilleuse, la patte héraldique haut levée du tout jeune lion qui s'avance et qui joue. »

（8） *Ibid.*, p. 315 : « La clé de sol enjambe la lune. Le criocère sertit la pointe de l'épée du sacre. Un voilier porté par les alizés s'ouvre une passe dans les bois. Et les douze gouttes du philtre s'extravasent en un flot de sève qui emparadise les cœurs et feint de dégager cette merveille（on ne peut que l'entrevoir）qui, du côté bonheur, ferait contrepoids au sanglot. Les chères vieilles croches tout embrasées reposent le couvercle de leur marmite. »

（9）『溶ける魚』に関しては、「『溶ける魚』論」（本書第三章）を参照いただきたい。

（10）*OC* I, p. 340 : « une certaine évolution de la prose surréaliste. »

（11）Julien Gracq, « Spectre du *Poisson soluble* », in *André Breton, Essais* recueillis par Marc Eigeldinger, Neuchâtel, les Éditions de la Baconnière, 1970, pp. 207–220.

（12）*OC* IV, p. 321 : « A tire-d'aile s'éloigne le bonnet de la meunière et voilà qu'il survole le clocher, repoussant les cerfs-volants de la nuit, comme les autres en forme de coeurs et de cages. »

（13）*Ibid.*, p. 335 : « Le sorbier entre dans la lyre ou bien la lyre dans le sorbier. »

（14）*Ibid.*, p. 311 : « Une vie protoplasmique profuse se taille dans la Voie lactée, à hauteur de soupir, une amande qui germe. »

（15）*Ibid.*, p. 331 : « Au centre, la beauté originelle, balbutiante de voyelles, servie d'un suprôme doigté par les nombres. »

（16）*Ibid.*, p. 335 : « Entre leur essor et leur retombée selon la courbe sans fin du désir s'inscrivent en harmonie tous les signes qu'englobe la partition celeste. »

（17）*Ibid.*, pp. 343–344 : « L'O^3 dont le claquement de peau réside en l'ut majeur comme une moyenne.», « La lune commence où avec le citron finit la cerise. », « On composera donc un journal dont la signature, compliquée et nerveuse, sera unsobriquet. », « Si vous vivez bison blanc d'or, ne faites pas la coupe de bison blanc d'or. »

（18）*OC* IV, p. 1341.

（19）『磁場』および『処女懐胎』については、「『磁場』から『処女懐胎』へ——詩的共著作品について」（本書第一章）を参照いただきたい。

（20）*OC* I, p. 335 : « C'est encore au dialogue que les formes du langage surréaliste s'adapte le mieux. Là, deux pensées s'affrontent ; pendant que l'une se livre, l'autre s'occupe d'elle, mais comment s'en occupe-t-elle ? »

（21）*Ibid.*, p. 336 : « Le surréalisme poétique, auquel je consacre cette étude, s'est appliqué jusqu'ici à rétablir dans sa vérité absolue le dialogue, en dégageant les deux interlocuteurs des obligations de la politesse. Chacun d'eux poursuit simplement son soliloque, sans chercher à en tirer un plaisir dialectique particulier et à en imposer le moins du monde à son voisin. Les propos tenus n'ont pas, comme d'ordinaire, pour but le développement d'une thèse, aussi négligeable qu'on voudra, ils sont aussi désaffectés que possible. Quant à la réponse qu'ils appellent, elle est, en principe, totalement indifférente à l'amour-propre de celui qui a parlé. Les mots, les images ne s'offrent que comme tremplins à l'esprit de celui qui écoute. C'est de cette manière que doivent se présenter, dans *Les Champs magnétiques*, premier ouvrage purement surréaliste, les pages réunies sous les titres : *Barrières*, dans lesquelles Soupault et moi nous montrons ces interlocuteurs impartiaux. »

（22） *OC* II, p. 331 : « C'est à elle［la conception de la pensée］aussi que je dois compter, pour la libération future de la pensée de l'homme, à la fois sur la souveraineté jamais réalisée dans cette pensée seule et pourtant toujours en puissance dans cette pensée, et sur le devenir influençable des faits. »

（23） オクタヴィオ・パス、鼓宗訳『三極の星――アンドレ・ブルトンとシュルレアリスム』、青土社、一九九八年、一四七～一四八頁。

（24） Georges Raillard, « Miró : *les Constellations*, un objet philosophique », *Surréalisme et philosophie*, Éditions du Centre Pompidou, 1992, p. 78. に部分引用がある。

II

『磁場』序説

女の顔をした象と空飛ぶライオン

セルジュ・ソートロー、アンドレ・ヴェルテールの共著『アイシャ』(一九六六年、ガリマール刊)[1]は、ブルトン、スーポーの『磁場』からほぼ半世紀を経てうまれた作品だが、共著作品の特性というものを考えるうえで、きわめて示唆的な問題を含んでいる。その一つが人称の問題である。発話が、語りがどのような人称でおこなわれるのか。

この作品は、一八〇頁にわたって絶え間なく変幻する一人の女性アイシャを求める、いやアイシャを生きる行程が、時にはベトナム戦争についての喚起、時には詩論の展開、あるいは引用などを含み、さまざま次元のエクリチュールを交叉させながら進められてゆく。冒頭近くで次のように語りはじめられる。

私

は糸をひく私の甲冑の理性のジャングルと錯乱とのあいだを航海する……

まず冒頭からこのように「私」は孤立した位置をしめる。作品の半ばまで発話者はつねに「私」であり、「きみ」（アイシャ）に呼びかけをおこなってゆくのだが、この一人称単数の「私」が意識的にもちいられているのは、二人称（単数）に対応してのことであるのはいうまでもないことだろうが、さらにいえば、作品の半ばになって唐突にあらわれる一人称複数「私たち」と対応、対立するものとして位置づけられているようだ。

私たちは降りてゆく、私たちは降りてゆく
何も忘却しないために

私たち、と云う
もはや
私、ではなく
自ら自身であり万人である
私
永久の滲透

私たちは道に迷うこともないだろう

以後、一人称単数と複数、「私」と「私たち」は意識的に併用されてゆく。この一人称単数から複数への移行は、「きみ」（アイシャ）と「私」の二人の一体をしめすものでもあり、さらには、ある漠とした語り手から、共著の両著者のあいだで共有される具体的存在への示唆を含むものでもある。ここに読者の視点を加えれば、通常の「語り手↕読者」という直線的な関係は成りたたず、いわば一種の三角形を形成するものである。

こうした共著作品個有の一人称複数を想定すると、『アイシャ』において語っている（語られている）一人称単数は、逆に、「私たち」のようには共有されず、両著者たち、さらには読者をも含めた三角形のなかで、引き裂かれ、等分され、指標を失ってほとんど非人称化されてしまう。

語り手よ、私はおまえをなし遂げる、遊戯から
おまえを抽出しおまえから
　「私」を取り去って

ここでいわれる「私」、「自ら自身であり万人である」存在から、ただちにランボーの「私とは一個の他者である」という公式が思い出される。このつねに「一個の他者」でしかない「私」は、無数に増殖、並列化される可能性を孕みながら、匿名性《アノニマ》の彼方まで引きのばされるものとなるのである。

＊

生きる苦悩が頂点に達したこのような時代に、芸術のなかで、このような巨大な堰［朝吹註・無意識の］が開かれるのが見られるのも、驚くべきことではありません。そして今度は芸術家が、これまであれほど執着していた個性というものを棄てはじめるのです。芸術家は突如として宝の鍵を手に入れました。［……］

この宝は、集合的宝以外のなにものでもないのです。同じくこのような条件の下では、芸術において問題となるのは、おそらくはもはや個人的神話の創造ということではなく、シュルレアリスムとともに、集合的神話を創造することが重要になります。

（「今日の芸術の政治的位置」）

アンドレ・ブルトン、フィリップ・スーポーの共著『磁場』(2)は自動記述を体系的に適応した最初の作品であり、さらには共著によって書くことを意図とした、あるいは目的としたともいえる最初の詩作品でもある。自動記述の適応と共同執筆というこの二つの特質は、まさに「誰が書くのか」、「何を書くのか（何が書かれるのか）」という根源的な問いを含むものであろう。

『磁場』における共同執筆の目的はただ単に二人で書くということではなく、その結果であるテクストを無署名のもとでしか呈示しえなくすることにあったのだろう。実際、ある作品をある署名のもとに帰属させるという、つまりは作品をその作家の所有物であるとみなす近代的な慣用にならされているものにとっては、たとえ表紙に二人の詩人の名が印されていようと、ひとたび頁をめくり、無署名のテクストのただなかをさ迷ってゆけばゆくほど、そこに何らかの罠、何らかの挑発を感じ、不安をかきたてられるだろう。このテクストの任意の頁を開き、その一節を読む、それは（恐らく）二人の作家のうちの一人が書いたものには違いない。だが、いったい彼らのうちどちらが書いたのか。厳密にいえばそれはほとんどわからないといっていい。アンドレ・ブルトンとかフィリップ・スーポーの個（人）性というものはもはや問題とならない。彼らは余白の深淵へと消えてゆくのである。

作者の個（人）性の否定、これは自動記述の基本的な特徴の一つでもあった。その発見と定義については「霊媒の登場」および『宣言』のなかでブルトン自身によって明らかにされ、よく知られていると思われるので、ここではくり返すことはせず、幾つかの確認だけにとどめておこう。まず自動記述を実践するものの個人性、個人的感受性、才能などは否定される。「純粋な心的オートマティスム」が書き手にとってかわり主体そのものとなるので、この時、自動記述に身をまかせているものは一個の「収集装置」、「録音装置」となるのだ。この「心的オートマティスム」（＝シュルレアリスム）だが、現在までのさまざまな研究を考慮にいれても[3]、結局はフロイトの無意識の理論へつながるものであるには違いないだろう。とりあえず注意すべきことは、そのメッセージが言葉ないしは文章の書き取りによって得られるもの、聴覚的なものであって、視覚、映像的なものではない、ということである。このかぎりにおいて、オートマティスムとは識閾下から流露する言語活動そのものである、とさえいえるだろう。

言葉は独特の親和力にもとづいて集合する傾きがあり、つねに古いモデルにのっとって世界を再創造するものである。
（『現実僅少論序説』）

一九一九年当時、つまり自動記述の発見から『磁場』着手の頃、ブルトンがどの程度フロイトの研究に対して認識があったか、フロイトの著作を読んでいたかという議論はここではかならずしも必要なものではなく、むしろ、ブルトンが後に「無意識」に対してどのような意味づけ、価値判断をくだすことになるのかが興味深い。

先に引用した「今日の芸術の政治的位置」（一九三五年）では「無意識」、あるいは無意識的作用に何か集合的なもの、集合的想像力とも呼ぶべきものを託している。また同じ時期に書かれた『通底器』（一九三二年）とは、まず、夢と現実、主体（主観）と客体（客観）、そして夢と行為、生と死、過去と未来といった一見対立する二項を通底させようとする探求を示すだけではなく、一個人のなかで、ある夢がもう一つの夢と通底すること、さらには、個人の夢がある他者の、そして集合的な夢とも通底することさえ示唆するものであった。

心的世界全体は比喩的にピラミッドのようなもの、あるいは氷山のようなものに喩えられることもある。心的世界のうち意識される部分は全体からみてほんのわずかなもの、つまり海面にでている氷山の頂きの部分だけであり、その下に巨大な無意識の世界が拡がっているのである。その氷山の頂きから底に向かうにつれて、意識、前意識、無意識、あるいはユングにならって、意識、個人的無意識、集合的無意識という層を想定することもできるだろう。

ブルトンがある種の解決への鍵を託していたこの無意識の集合性、あるいは集合的想像力とも呼ぶべきものを考えてみる時、無意識のこうした層を考慮することは有効であろう。たとえばミッシェル・カルージュ(4)は次のように区分している。個人的主体（主観）的オートマティスム（個人的無意識）と、普遍的オートマティスム（集合的無意識、さらには宇宙的無意識）である。後者、集合的無意識、無意識の集合部分は、ユングにならい、個人の自我に特有の内容とか個体が獲得した内容はもはや含まず、心的機能一般という遺伝的可能性に由来する諸内容を含み、人間に普遍的な本性の諸状態においてしめされた典型的な反応諸様式の沈澱を表わすものであり、個体のあらゆる心的なものの基盤をなすものである、と規定することもできるだろう(5)。

個人的無意識と集合的無意識という位相の差は、いわばその無意識度の度合の違いであるともいえるのだが、先ほどの氷山の喩えでいえば、氷山のもっとも底の部分が潮流によって別の氷山の底辺につながっているように、無意識のもっとも深い部分はそれぞれある尽きることのない流れによって通底しているのではないかと考えることはできないだろうか。つまり、何らかのきっかけさえあれば、無意識の底の部分においては相互的な滲透作用が働くのではないか。そこにブルトンとスーポーが実践した共著の鍵を見いだすことはできないだろうか。

＊

これら二人の友人たちのなかに住んでいるものが、少しずつ、ほとんど不動のままだった状態から脱し始める。

（『磁場』白い手袋）

肩を並べて歩く二人の人間は始動する一個の影響機械（誘導起電機）を形成するだろう。

（『狂気の愛』）

『磁場』は、一九一九年の春から初夏にかけて、スーポーによれば二週間、ブルトンによれば一週間、毎日、長いときは八時間から十時間にわたって身をまかせた自動記述の実践の結果をまとめたものである。あるときはブルトンの住んでいた「偉人ホテル」の部屋で、あるときはスーポーの勤めていた石油・ガソリン事務局の事務所で、同じ机に隣りあってすわり、ひとつの（あるいは幾つかの）文章ないしは節を交互に書いてゆくというものだった。

さて『磁場』というタイトルであるが、よく指摘されるのは、この作品がロートレアモンの『マルドロールの歌』の読書の影響下に書き始められたものとして「場《シャン》」＝「歌《シャン》」とし、「磁気の歌」と解釈するものである。

しかし、一九三〇年にブルトン自身によって附された自註(6)によると、はじめは「沈澱物」Précipitésというタイトルがつけられたらしい、つまり、識閾下に、無意識の底に沈澱しているものの意である。『磁場』とは、磁気(磁力)を通された無意識の領域《シャン》、とでもいいかえることができるかも知れない。すなわち、無意識下に沈澱しているものへ磁気を通すことによって、それらを作用させる、流露させる、という意味あいを含んでいる。次にPrécipitésを形容詞からつくられた名詞と考えれば、「急がせられたもの」の意であり「加速させられたエクリチュール」と解釈することができるだろう。この場合、「場《シャン》」は前述した「歌《シャン》」とも関連しうる作品そのもの、テクストそのもの、つまり『磁場』＝「磁気をもつ(磁気を放つ)テクスト」としてとらえることができるだろう。

この「加速させられたエクリチュール」は、この作品に、共著という共同作業によって書かれたこととは別の新たな特性を提供する。著者たちは自動記述の「速度」の問題に多大な関心をもっていたのである。すでに「霊媒の登場」のなかでブルトンは次のように述べている――「(『磁場』の)ある章から別の章への効果の違いをもたらすものはひとえに速度の変化だけである」と。

ブルトンは先にあげた自註本のなかで、自動記述における速度の加速の重要性を強調した後、この作品の「速度表」を掲げている。

裏箔のない鏡――速度V(きわめて速い、ただし絶望感を伝えうる速度)
季節――速度V′(速度Vのおよそ三分の一の速さ、しかしふつう人が少年時代の思い出を語るよりは速い)
蝕――速度V″(Vよりもはるかに速い、最大限の速度)

八十日間で——速度V‴（VとV″の中間）
柵——速度V（シュルレアリスム記述の通常の速度）
白い手袋——前半は速度V⁗（VとV‴の中間）、後半は速度V
やどかりは語る（第一部）——おおむね速度V‴
やどかりは語る（第二部）——おおむね速度V″

ブルトンはさらにつけ加えている——「おそらく今後、現代のあらゆる芸術的関心の源泉である主観（主体）から客観（客体）への移行をこれほど具体的に、これほど劇的にとらえることはできないであろう」。

ここで、速度の異なる三つの章、最大限の速度（V″）で書かれた「蝕」、シュルレアリスム記述の通常の速度（V）による「裏箔のない鏡」、そしてその三分の一の速度で書かれた「季節」を読み、この主観（主体）から客観（客体）への移行が具体的にどのようになっているかを検討してみたい。

『磁場』の冒頭の章「裏箔のない鏡」は次のように書きだされている。

水滴の囚人であるわれわれは永久の動物にすぎない。われわれは音もない都会のなかを走り、魔法めくポスターももはやわれわれの心を動かしはしない。あれらの脆い大感激や、あれらのひからびた歓びの発作がなんになろう？

「裏箔のない鏡」（アンリ・マティスの絵のタイトル）がそうであるだろうように何も映しださない虚ろな都市、虚ろな風景、これから未知の冒険へ旅立とうとするものにとってはすでに「ひからびた」日常、こうした絶望感から語り始められている。囚われながらも語り手（記述者）たちはともかく動きをみせはじめているのだが、この一人称複数「われわれ」はしかしすぐに語り手の位置から、より一般的、非限定的な、読者全般をも含む次元に移ってしまう「われわれはみな笑い、歌う、しかし誰ひとり自分の心臓が打つのを感じてはいない」（傍点朝吹）。このような「〜はない」「〜でしかない」「もはや〜ない」といった否定構文が続き、重苦しい絶望感は強調されてゆく。

だが、次のような宣言をおこなうことによって語り手たちは再び自ら本来の（あてのない）水先案内人としての姿をとりもどし、絶望感という大きな流れにそいながらも、この語りを前進させてゆく。

もはやその色は忘れてしまったある日のこと、われわれは静かでモニュメントよりも頑丈な壁を発見した。われわれはこういった――「第一級の大きさの惑星たちや恒星たちさえわれわれとはくらべものにならない。空気よりもおそるべきこの力というのはいったい何だろう？　八月の美しい夜よ、愛すべき海のたそがれよ、われわれは君たちなど眼中にないぞ。」

『磁場』全体にわたっていえることだが、特にこの章、そして「八十日間で」において顕著なことは、語ることが旅という形をとることであり、語り手たちも常に未知なるものを目ざす旅人として反応してゆく。そのなかで、時折り、語り手たちは語りの表層へ浮かびあがり、その語りそのものへの言及がおこなわれる。

今宵、われわれは、われわれの絶望からあふれでるこの河の前に二人している。われわれはもはや考えることすらできない。言葉はわれわれのねじれた口からこぼれ出る。

または、

中断した旅程と終了した旅行、本当にわれわれはそれを白状することができるのだろうか？

ア・プリオリに（絶望感を伝えるということ以外）語るべき主題をもたないこの語りにおいて、すでにこの語り全体が、これから語られるであろうもの、あるいはここに語られるべきであったもう一つの別の語りについての叙述そのものであると考えることができれば、引用した反省的章句は、いま語っていることは超《メタ》＝語り《レシ》である、という痕跡を残すことで新たな方向への再出発を促すものとなっている。

実際、こうした節目づけはいくつか見られる。「われわれは蒼ざめた唄《シャンソン》にすぎないわれわれの心臓を彼らに与えた。」「唇には地口が浮かび、狭い唄《シャンソン》が浮かぶ。」「われわれはまた検電器の金箔の調子の高い唄《シャンソン》を思うこともしない。」という「唄《シャンソン》」を含む三つの文章は、それぞれ語りの流れが大きく変わる節の直前におかれている。

かならずしもこの章だけではなくこの作品全体にいえることだが、一つの言葉ないしは一つの文章を繰り返しとりあげては変奏させてゆく方法（というよりは効果か）は一つの特徴ともなっている。たとえば、五つの対話からなる「柵」では、その対話の多くの部分にこの言葉の繰り返し、決して後ろをふり向くことのない、つねに未知の方向へと進む言葉のリレーがみとめられる。

さて、二度目の節目づけ「唇には地口が浮かび、狭い唄《シャンソン》が浮かぶ。」から以降、この章の調子は変わり、結末へと導かれてゆく。ここまで語り手である「われわれ」がその語りと共に進んできたのに対して、語り手の一人称複数の主語は後退し、事物を示す名詞が主語となってゆく。特に三度目の「唄《シャンソン》」から後の二つの断片においては特徴的であろう。前半部分は「今夜、緑色の犯罪をひとつ犯すことになっているんだよ。きみはなんて物を知らないんだろう、ねえきみ。さあこのドアを大きくあけて、自分にいいきかせたまえ、もうすっかり夜だ、昼は最後の死をとげてしまった、と。」という、後に『宣言』で讃えられることになる（詩的）イマージュが導くもっとも美しい夜、「稲妻の夜」を想起させる断言で終わり、後半は「歴史（＝物語り）はしみのついた銀色の便覧《マニュアル》のなかへもどり、もっとも輝かしい俳優たちは自らの登場を準備する。」と、長い旅程の（語りの）終末と、新たなる出発への暗示が雌雄両性の植物への変身においてしめされる。

シュルレアリスム記述における通常の速度で書かれた「裏箔のない鏡」が一人称複数で語られていたのに対して、そのおよそ三分の一の速度で書かれた「季節」は一人称単数「私」で語られる。

ブルトンの自註を参照し、この章が彼一人で書かれ、自らの少年時代の思い出を語っているものであることを知れば、一人称単数で書かれているのはむしろ当然かもしれない。しかし、もしそのことを知らなかったらどうであろうか。結論をいそぐ前に読んでみることにしよう。

確かに、ある「季節」の思い出を語るというこの語りの流れは前章の多少ともぎくしゃくした歩調（あるいは疾駆）よりははるかに滑かであるし、文脈もある程度ふつうにたどってゆくことができるだろう。前章同様ここでも節目を示す句が語りの流れを変えるのがみとめられるが、次に引用する箇所はこの章を恐らく「過去」と「現在」（という区分が本当に可能、有効なものならばだが）とに分つ分岐点となっているだろう。

［……］二言はない。私は空のための広告を一つ発明する！　万事は命令通りに進む。天体を塗ったこれらの正方形、本当にそうなのか？　最も行動的なものたちは泡の板をもちあげようとする――横死。

一読して明らかなことだが、ここまでが全て過去形で語られていたのに対して、引用した文章以降が現在形で語られるのである。さらに、最後の節の途中から、語りの位相が変化してゆくことはみのがせない。

［……］きみはきみの赤道の細い乗馬鞭で私を負傷させた、火の衣裳の美女よ。象たちの牙は、お姫様が降りて来られるようにと、星の出の階段をつっぱって支え、音楽家のむれは海から出て来る。曖昧なゆれ方をするこの音響のいい舞台すなわち私の諧調《ハーモニー》の上には、私しかいない。ああ！　髪を下にして、四肢を急流の白さの中に投げ出して、降《くだ》ってゆく。

思い出を語ること、というよりもむしろ、語ることによって思い出をつねに「今」「現在」のなかにとりこもうとする張力、こうした記述を経た後の、この一人称単数「私」は、この章の冒頭で語られた「私」（「私は朝早く祖父とともにドロ館を出る。」）ともはや同質のものとはいえないであろう。それは単に「語っている私」と「語られている私」という次元での相違だけではなく、自動記述の実践をくぐった後の「主体」のより深い変容なのである。この「私」はすでにあらゆる「私性」を削りとられた一個の非人称的存在であるといえよう。『磁場』中、「やどかりは語る」(第二部)と共にもっとも速い速度、それ以上は加速することが不可能な速度で書かれた「蝕」は――ブルトンが自註で「むろん主題《シュジェ》の蝕である」といっているように――「裏箔のない鏡」における絶望感を伝えること、「季節」における少年時の思い出、「八十日間で」における思い出から逃避しようとする男の思い出、といった最少限の主題すら見出すことができない。

[……]はぐれた鷗のおびえた鳴き声がきこえる、それは凌辱された植民地の言語のおのずからのそして病的な翻訳だ。さまよう烏賊は油質の液体を発射し、海は色が変わる。血のしみついた石ころを敷きつめたこれらの砂浜では、天体たちのやさしいささやきをきくことができる。

　絶対的な昼夜平分時。

という、まさに記述の表層ぎりぎりの、沈黙と背を接した地点から語り始められ、この章全体にわたって無機的な事物の世界が提示される。冒頭から三分の一位のところで「一人の男が生き返った、これで二度目だ。」とあり、自動記述をくぐるときの「主体」の死、それにともなう非人称的な存在への変容がしめされる。この箇所から幾人かの人物が登場するかのように見えてはまた姿を消してゆく。

　おびただしい数のつながりのない湖水[……]この円盤[……]脈絡のない腕。眉をひそめる刳形。それは警報でしかありえなかった。木綿の銃弾はまるでポスターの上のように吐きつけられた太陽をうまく生みだすのだった。以上は、化学的個体、あれらの美しい確実な沈澱物に関係している。

私は恐らく私の一番得になるように私の思考をみちびくことに成功するであろう。鉄分をふくむ水の中に入る寄生者たちの心づかいよ、きみたちにできることなら私を吸収してくれたまえ。

幾つかの物体を列挙した後、それが『磁場』の原タイトルであった「沈澱物」、識閾下の沈澱物に関するものであるという言及があり、さらに一行アキで「私は私の〜」と続くこの箇所は自動記述がその果てにいきつく物と人との関係をみごとに捉えている。章の冒頭からえんえんと続いた三人称の事物の世界、不定の三人称(「人」・「誰か」)を指す不定代名詞の非人称的世界の後、突如発話される一人称「私」はここでは立場が逆転される。ふつうは一人称(的世界)が三人称的物の世界を語るのであるが、ここでは逆にこの一人称は非人称の世界にとらわれおぼつかなく浮遊するものとして存在している。あるいはむしろ、その世界に吸収されようとさえ望んでいるものなのだ。

そして、自動記述の速度を極限にまでおし進めたことによる言葉の幻覚的な表出が書きつけられる——「滲出カテドラル高等脊椎動物」「タイヤびろうどの足」である。ブルトンの自註によれば、自動記述のぎりぎりの加速は(つまり「蝕」におけるような速度V)記述者たちに実際の幻覚作用をひきおこした。後者の一句について彼は次のように記している——「この文句のせいで私はある午後(その日の午前中に『磁場』は完成したのだが)エトワール広場で、たぶん自動車がそう見えたのか猫の群に、自分が追われていると思いこんだのだ」。

先程、非人称的世界に突然浮上した「私」にかわって今度は一人称複数「われわれ」が、非人称化、物化した「私」そのものの集合として姿を現わす。

［……］われわれは不可解な方角へと放射状にのびる、遠景の青くふとい血脈のなかに、そして鉱脈のなかに。

このように「蝕」では、無機的な物質の世界が記述の前面にあらわれ、発話者（記述者）は行間の余白に散ってしまうのである。まさに「主体の蝕」であろう。

［……］洞窟の中はひんやりとしており、出てゆかねばならぬと感じる。水がわれわれを呼んでいる、水は赤く微笑はおまえの家の上を植物のように走る裂け目よりも強い、おおあの小さな並外れた輪のようにすばらしく優しい一日よ。われわれの愛する海はわれわれのようにやせた男たちを我慢しはしない。女の顔をした象と空飛ぶライオンとが必要である。

二作者の共同執筆、無署名のテクスト、幾つもの層をもつこのテクストのなかに、ブルトンないしはスーポーの痕跡を求めるのはまったく不可能ではないにせよ、有益なことではあるまい。今、引用した箇所をブルトンは自らが書いたものと認めながらも次のようにいう――「《われわれの愛する海……》から《……ライオンとが必要である。》まではスーポーが書いたものでもある」と。『磁場』で試みられた実験、それは二つの「声」を錯綜させるということだけではなく、二つの「声」が錯綜することによって、記述者たちにも未知である新たな「声」を生むというものだったに違いない。この未知の声は幻覚の彼方で一つの現実の様相さえ帯びるのである。ブルトンは『宣言』にこう記している──「スーポーと私とは、この間まで、《女の顔をした象と空飛ぶライオン》に出あうのではないかとおびえていた。」

この三つの章を読んで、とりあえず次のことがいえるだろう。「裏箔のない鏡」にせよ、「季節」にせよ、いずれの場合も自動記述の実践をくぐることによって主題らしきものは消え、叙述している「今」が浮き彫りになってゆくこと。同時に、一人称的世界（単数であれ複数であれ）から三人称的世界への移行がおこなわれること。さらに、記述の速度の遅いものから速いものへ（つまり「季節」から「蝕」へ）移るに従って、「私」から「私たち」さらに「何か・誰か」へと人称（主語）が変化した。自動記述の加速は、まさに主体《シュジェ》を消失させ、非人称的な客体《オブジェ》の世界へ導くものであり、無意識の個人的な位相から集合的な位相への移行を可能にするものだったのである。

＊

あなたがたと同じようにおさない小学生たちも今宵は一個の優しい濫用であるこの光学的花束の吐息のなかで眠りこむだろう。

（『磁場』蝕）

自動記述の最初の体系的な適応が共同執筆によってなされたということはいくら強調されても良いだろう。

自動記述そのものが主観（主体）の放棄であり、客観（客体）へ向けて扉を大きくあけはなつものであった。そこで語っているのは、もはやアンドレ・ブルトンでもフィリップ・スーポーでもなく、彼らの名を借りた「やどかり」、収集装置、録音装置としての「やどかり」なのである。この主体から客体への移行、集合性への移行を確かなものにするもう一つの路が共同執筆、それも匿名を前提とした共著という方法であるのだ。

もう一度、人称の問題にかえれば、先にみた記述の速度の異なる三つの章における人称の移行は図式的なまでにはっきりしたものであったが、そのなかで使用される一人称（単数・複数）はコンテクストによって微妙な差異がみとめられた。一人称複数「われわれ」は「裏箔のない鏡」でみたように、未知への旅行者である語り手たち自身を指していた。この場合、読者は語り手たちとともにその人称の複数性に自分自身をすべりこませることができる。一方、一人称単数「私」は、「季節」ではある程度安定した発話者をしめすものであったが、逆に「蝕」においては「一個の他者である私」という様相を呈するようになる。この「私」は、まず表紙に印刷された二つの個有名詞の間で引き裂かれ、人称的な指標を失って、無数に置き換えられる一個の客体となるのだ。そして、この「他者」である「私」の集合体であるような一人称複数も「蝕」のなかにみられた。

無署名のテクストによるこのような人称の宙吊り状態、自動記述の加速による主体から客体への移行、これらの特性はまさに『磁場』を一つのアノニマ的作品とするものである。

事実、『磁場』の最終章は、「死」という匿名性の果てへの呼びかけで終っている——

全ての終り
アンドレ・ブルトン&フィリップ・スーポー

薪と炭商

註

（1）初出では「エーシャ」とフランス語読みで表記していたが、後日アラン・ジュフロワ氏に確認したところ「アイシャ」と読むとのことで本書にて改める。

（2）『磁場』をはじめアンドレ・ブルトンのテクストは『アンドレ・ブルトン集成』（人文書院）の邦訳を参照させていただいた。『磁場』論として、巖谷國士「評伝アンドレ・ブルトン（六）——自動記述の発見」（「海」中央公論社、一九七五年十月）がある。

（3）『磁場』執筆（一九一九年）から『宣言』（一九二四年）にかけて、ブルトンがフロイトの理論にどの程度の認識をもっていたかは議論のわかれるところであり、正確な認識をもっていなかったとするものに、ミッシェル・サヌイエ『パリのダダ』（白水社）、B-P. Robert, *Le Surréalisme désocculté*, Editions de l'Université d'Ottawa, 1975. があり、認識をもっていたとするものに、M. Bonnet, *André Breton*, Josée Corti, 1975. 他がある。巖谷國士「評伝アンドレ・ブルトン（七）——眠りの時代」（「海」一九七五年十一月）参照。

（4）M. Carrouges, *André Breton et les données fondamentales du surréalisme*, Gallimard, 1950, p. 331f.

（5）J・ヤコービ、高橋義孝監修『ユング心理学』（日本教文社、一九七八年）によった。

（6）A. Breton, « En marge des *Champs magnétiques* », in *Change*, n.° 7, Seuil, 1970.

複数性のテクスト

昨年（一九八四年）の秋、慶應義塾大学日吉キャンパスにおいてメキシコの詩人オクタヴィオ・パス氏が講演をおこなった。講演というよりは問答形式による聴衆との対話になった。その際、*RENGA*（ガリマール社、一九七一年）とはどういう試みであったのかという質問がでた。国籍も違えば使用する言語も違う四人の詩人たち、イタリアからはエドゥルド・サンギネッティ、イギリスからはチャールズ・トムリンソン、フランスからはジャック・ルーボー、そしてメキシコからはパスが、一堂に会し「連歌」、いや正確にいえば連詩をおこなった。ソネットの四つの詩節をそれぞれが交互に書き、続けてゆくというものだ。全二十七篇のソネットから成っている。先の質問にパスは、頭と胴と四肢と尾がそれぞれ異なる神話的な幻獣のようなもの（麒麟を思い浮かべれば良いだろうか）であると笑いながら答えていた。確かに、四つのそれぞれ異なる詩的個性が集まり一つの作品を共同で創ってゆく喩としては理解しやすかった。講演の後、懇親の席でさらに話を聞くと、*RENGA* がアンドレ・ブルトンに捧げられているのは『磁場』に敬意を表したからだとも語っていた。

アンドレ・ブルトンとフィリップ・スーポーの共著による『磁場』（一九二〇年）は次の二つの点でまさに革命的な書物だった。第一には、あらゆる意識的な（道徳的、審美的）配慮を排除して無意識の言語の流れを書きうつすという「自動記述」の方法を最初に適用した作品であること、そして第二には、私にとってはこちらの方がより重要なことに思えるのだが、二人の詩人が共同で執筆したという点、それも無署名でもって、つまりはどの箇所をどちらが書いたのか明記せずに一つの作品を創りあげたという点である。私たちは長いこと、ある作品はある作家や詩人の個人的な才能の産物であるという神話に慣らされてきた。だが、作家の個性（主体）とはそれほど確固たるものなのだろうか。それは単なる文学的な約束事にすぎないのではないだろうか。作家の主体は、無意識という巨大な構造につき動かされているかもしれず、また社会的、文学的背景に侵犯されているかもしれない。作品とは主体の単一的な才能の結実ではなく、複数的な声が語りあう場ではないのかという疑問がおきてくる。作品は単一的な記述から成立しているのではなく、集合的想像力とでも呼ぶべき複数の層のうえに築かれているのではないか。作品を書かせているのは主体ではなく、むしろそうした客体性なのではないのか。

そもそもフランス近・現代詩は、こうした主体から客体への移行、というよりは主体と客体との交叉の痕跡を提示してきたのではないだろうか。ランボーの「私とは一個の他者である」。マラルメの「私はいまや非人称的存在となった」あるいは「純粋作品は詩人の語り手としての消滅を必然的にもたらす。詩人は言葉に主導権をわたすのだ」、そして、ロートレアモンの「詩は一人によってではなく万人によってつくられねばならない」、これらの有名な公式はまさに、主体の消滅と複数的な声に自覚的であったことを示すものだ。

こうした流れのなかで、『磁場』は主体と客体の交叉、単数的な声から複数的な声へと作品を重層化させてゆく試みとして実に画期的なものだった。今ここに書きつけられた詩句、詩行はまぎれもなくブルトンとスーポーのものではあるが、同時に彼らのどちらのものでもないということもできるのだ。テクストが無署名のまま提示されているからでもあるし二人の詩人が交互に同一のテクストを書いてゆくという過程で二人の個性が浸透しあいまた反撥しあい、新たな未知の個性がうまれてゆくからでもある。彼らの一人だけでは決して書くことのできなかったであろう第三の声ともいうべきものが定着されてゆくのだ。ブルトンはこの実験を重視し、後にも同様の試みをおこなっている。ルネ・シャール、ポール・エリュアールの三人による『仕事中、徐行せよ』（一九三〇年）、エリュアールとの『処女懐胎』（同年）がそれだ。

こうした試みは確かに、日本の連歌や歌仙に共通する点がみられるだろう。だが、連歌が「座」つまり場を大切にし、職人芸的な遊戯（決して悪い意味ではないのだが）へと向っていったのに対し、ブルトンらの試みは個と無名性、主体と客体といった二項対立の解決を目ざす賭、個の束縛を脱して未知の相貌へと至る賭であったのだ。その点では前者に近いパスらの試みとも異なっている。

ところで、数年前『磁場』の原稿が突然売りに出され、その写真版も一九八四年に出版された[1]。これをみればどこをブルトンが、どこをスーポーが書いたのかは一目瞭然だ。研究者にとってはありがたいことであるのはまちがいないが、本書を複数の声が交錯するまったく新しい無名性のテクストとして読んできた一読者としてはへタな種あかしをされたようで複雑な心境でいる。

註

（1） *Le manuscrit des* Champs magnétiques, Lachenal & Ritter, 1984.

イマージュの変身譚

『通底器』にでてくるコルニション（ピクルス）の少女のエピソードはいつ読んでも何だかもの悲しく、心打つ（！）ものがある。いや、もの悲しいというよりはやはり黒い笑いをひきおこす類のものだといったほうがいいのかもしれないのだけれど。いつも気になる挿話だ。

『通底器』はブルトンの散文四部作のなかにあってちょっと異質な作品のような印象がある。むろんつまらないおもしろいというような問題ではない。ひとつは、『ナジャ』や『狂気の愛』や『秘法十七番』がいずれもシュルレアリスムのもっとも大きなテーマのひとつである愛についての書物になっているのに対して、『通底器』だけは愛の欠如のまわりを、空白のまわりをめぐる運動によって成立している点だ。全体がひどく暗いトーンで支配されていて、空白のまわりをめぐるブルトンの言説は特に第二部でいつになく私的で感情的なものになっている。また逆に、第三部ではひどく観念的だ。また、作品の構成も露骨なほど明快に構築されているようにみえる。第一部で自分の夢を分析し、現実の夢への浸透が、第二部では、一九三一年四月五日から二十四日までにブルトンのまわりで起きた事実を「まるで夢の中でのよう」に語り、夢の現実への浸透が、そして第三部では現実と夢といった相反するものの超克が語られる、といった具合だ。

話をコルニションの少女にもどそう。『通底器』第二部は、『ナジャ』の後半で「きみ」と呼ばれ、また第一部の夢解釈のところでXと呼ばれた「かつての、私の恋人」（作家エマニュエル・ベルル夫人のシュザンヌ・ミュザール）が姿を消したことによる苦悩から始まっている。

この時期のブルトンは、Xとの別離ばかりでなく、生活上の困窮をはじめとして、シュルレアリスムの政治への積極的な加担を決定（『第二宣言』でデスノスやアルトーらと訣別）しながら、共産党内部ではスターリン主義と衝突するなどいくつもの障害をかかえていた。

そうしたさまざまな困難のなかで、愛する女性がいないことからくる無秩序状態から脱却するために、ひとりの愛する女性の呪縛から逃れるために「女性というものの集合的人格」を追い求める。何人もの未知の女性に声をかけることからはじまるこの探究、この追跡は三つの日付で確認される。四月五日、ブランシュ広場のカフェで視線を交わしあったドイツ女性、四月十二日、コルニションの少女、四月二十日、キャバレ「フォリ・ベルジェール」で踊っているパリゼットという芸名の女性。

ここで注目したいのは、こうした追跡をブルトンはイマージュの置換によって語っているということだ。ドイツ女性との物語が尻切れとんぼになってしまうところで次のようにいっている。

いや何ともこれは、すぐに尻切れとんぼになってしまう物語であることよ！　一人の人物が示されるが早いか、その人物は放棄されてべつの人物になり、——そもそも、はたしてそれがべつの人物と言えようか？

「はたしてそれがべつの人物と言えようか」という問いはブルトンには親しいものだ。『ナジャ』冒頭にある有名な《Qui suis-je?》「私とは誰か」という問いが「私は誰を追うのか」という問いに横滑りしていく過程、私から他者へ、そしてまた他者から私へと追跡されていく過程は『通底器』にもそのままみられるのではないだろうか。ひとりの女性から「女性というものの集合的人格」へ、単数から複数へ、あるいはまた逆に複数から単数への転移、置換。

『ナジャ』のプロローグにあたる部分でエリュアールとデスノスの挿話はまさにそのようなものとして読める。エリュアールの挿話。ルネ・モーベル座でアポリネールの『時の色』が初演された日、ひとりの男性が「私」を戦争で死んだはずの友人とまちがえて近づいてくる。それが後にジャン・ポーランの紹介で文通することになるエリュアールだった、というものであり、これだけ読むとべつにどうということもない偶然の出来事だ。ただテクストはその直後に『磁場』についてふれ、さらにナントという土地が問題にされる。この数頁を読んで読者はテクストには登場しないもうひとりの死者のことを思い浮かべるはずだ。ジャック・ヴァシェ。『磁場』は「ジャック・ヴァシェの思い出に捧げられ」ているのだし、ナントはブルトンがヴァシェと出会った土地なのだから。さらに、ルネ・モーベル座、アポリネールといえば、やはりその前年、同じ場所でアポリネール『テレシアスの乳房』の初演の日、ヴァシェがピストルをぬいてさわぎをおこした場所であることを思い出してみれば、エリュアールとの出会いの挿話にもうひとりの死者、ジャック・ヴァシェの介入が暗示されているのは明白だろう。ルネ・モーベル座で話しかけてきたエリュアールも(この時点ではヴァシェはまだ死んでいないが)、あるいはナントからきたバンジャマン・ペレもあたかもヴァシェが憑依した、あるいはしらずしらずのうちに、無意識的にヴァシェを演じているかのように書かれているのではないだろうか。

デスノスの挿話。この挿話はいわゆる「眠りの時代」に「言葉の遊び」を自由に操っていたデスノスについて書かれたものだ。デスノスの言葉遊びは、実際には会ったこともないマルセル・デュシャンに（あるいはその登場人物であるローズ・セラヴィに）のりうつってまったく同じ構造をもった、同じ構造をもちながらオリジナルな詩句を書くというものだが、これは典型的な憑依現象だろう。『狂気の愛』に次のような一行がある。ジャコメッティと蚤の市でシュルレアリスム的オブジェの掘り出し物をみつける箇所だが、「肩をならべて歩くふたりの人間はスイッチの入った一個の影響機械（誘導起電機）を形成する」と。他者の介入。「やどかり」（これは『磁場』の一章の題名だが）のように他者の姿をかり、意識的であろうと無意識的であろうと他者を演じ、そして演じているうちに他者へと変身してゆく。自己からより集合的な自己へ、主体から客体への移行は、二〇年代、三〇年代のシュルレアリスムの公式にさえなっている。

こうした自己の転移の挿話のほかにも、複数の「私」といった主題の挿話もみられる。不可解な自己増殖の術を身につけた中国人が数百万のコピーをひきつれてニューヨークへなだれこむという映画『蛸の抱擁』、あるいは極度の健忘症であるドゥルイ氏（二人（ドゥ）のルイ氏）の挿話。

こうした挿話がナジャの登場を予告したり追体験しているのはいうまでもない。

ナジャはまさに変身の女だ。「ナジャ」という名が希望を表すロシア語ナジェージタの半分、「はじまりだけ」というのも示唆的だろう。ナジャという名は一個の固定した人格を表すのではなく、その後半部分、下半身はつねに姿を変えてゆくのだ。ナジャの転生、そのおもな例を示せば、『溶ける魚』の登場人物エレーヌ、マリー・アントワネットの側近、マダム・ド・シュヴルーズ。そして変身といえば、シレーヌであり、メリュジーヌである。

『ナジャ』の原註にでてくるもうひとりのエレーヌ、霊媒師エレーヌ・シュミットを思いおこしてみよう。彼女は「インド物」「火星物」「王朝物」という三つの生を平行して生きたまさに転生の女だった。このエレーヌのようにナジャもあるイマージュから別のイマージュへと変身をくりかえす。だが、エレーヌが心理学者テオドール・フルールノワを愛したがゆえに転生を生きたように、ナジャもまたブルトンの無意識的な要請にしたがってあるイマージュから別のイマージュへと変身していったのではないか。

「私とは誰か」という問いが、他者を追い求めること、他者への憑依をへて、結局は「そこにいるのは誰か？　私ひとりなのか？　これは私自身なのか？」というもうひとつの問いへ収斂していくようにみえるのもしかたのないことかもしれない（すでにみた『通底器』の「はたしてそれがべつの人物と言えようか？」という問いと同質のものだ）。これはナジャというひとりの女の物語であるよりは、ナジャという名前をもった「私」のなかにおける他者の物語、あるいは複数の他者へと変身してゆく物語なのだろうから。

ナジャの転生、ナジャの変身のイマージュ、それはむしろ「私」のなかの他者のイマージュなのだ。

『通底器』第二部。ひとりの愛する女性の欠如から女性というものの集合的人格を追い求めていく物語はまず眼の主題としてあらわれる。ドイツ女性の眼からコルニションの少女の眼へ、少女の眼からギュスタヴ・モローの「ダリラ」の眼へ、あるいはまた「フォリ・ベルジェール」の女性の眼へ、あるいはまたランボーの「母音」のオメガの眼へ、子供の頃にみた娼婦の眼へとイマージュは置換され、転移されてゆく。

実際、ついにはこう認めざるをえまい、つまり、すべてがイマージュとなる、そして特定の象徴的役割が与えられていない、どんな些小な対象といえども何をかたどることも可能なのだ、と。精神は、たまたま与えられた二つの対象のあいだに存在しうるおよそ微弱な関係をも、すばらしい迅速さで捉えるのだし、詩人たちは、自分たちがつねに、人を欺くおそれなく、あるものがべつのもの「のようだ」ということができるのを知っている。

『通底器』において展開されるイマージュ論は欲望を原動力とするものだ。ある眼はべつの眼のようだと、あるイマージュはまたべつのイマージュのようだと転移、置換されつづけ、こうして一連のイマージュは欲望の網目として拡がっていく。

話しをコルニションの少女の挿話にもどそう。四月十二日、ブルトンが散歩の途中であるポスターをながめていると、やはり若い娘がこのポスターに気をうばわれているのに気づく。ブルトンは声をかけ、彼女は近くの食料品店にコルニション（ピクルス）を買いにゆくのにつきあってほしいと誘う（これに続くブルトンのコルニションに対する考察は思わず笑わずにはいられない、なんといっても対象がコルニション、酢漬けの胡瓜なのだから）。翌日会う約束をし、また四月二十日に昼食をとる約束をとりつけるが、二十日には彼女は来ず、結局「フォリ・ベルジェール」の女性と出会うことになる。間に「ダリラ」の眼や、「母音」の眼についての参照があるわけだが、これだけの「尻切れとんぼ」の物語だ。だが、この挿話に別の作品を重ねあわせてみると、眼の主題とはまた違うテーマが浮かびあがってくるかもしれない。

コルニションの少女は、『白髪の拳銃』の「消息不明」に転移、置換される（「証拠」はいくつもある。彼女の住んでいる場所、そのアパートの描写、『通底器』との近似的な表現等々）。コルニションの少女から少女ユフォルブに転移されることによって、眼の主題は植物系の主題へとかわっていく。

ブルトンの偏愛するイマージュのひとつに変身をあらわす蝶があることはよく知られているが、「消息不明」

では変身をくりかえす植物のイマージュが特徴となる。

ブルトンの詩作品におけるイマージュというのは詩的修辞法、喩法ではない。多少ともオートマティスム（それは心的オートマティスムであるよりはむしろ言語的オートマティスムといったほうがふさわしいが）によっているのだから、メタフォール（隠喩）というよりメタモルフォーズ（変身）と呼ぶべき性質のものだ。メタファーによる意味の置き換えではなく、むしろ言葉の、あるいは言葉の連なりのメタモルフォーシス、運動そのものを指すわけだが、「消息不明」はその点でも特徴的だ。

冒頭十四行は、一、二行おきに挿入される内省的な記述を交差させて、切り離すことのできない一個の構文をつくっている。前置詞や関係代名詞で文が接続されていくわけだが、少女の誘拐から彼女が住んでいるサン＝マルタン街のアパートの描写までが長く切れることのないひとつの文節のなかで変化し続け、読者の視点もそれに応じて動いていかざるをえない。イマージュは静止しない。イマージュは連鎖し、次のイマージュを生んでいくのだ。

イマージュの連鎖が植物系の主題にかわってゆくのは次の十五行目からだ。「美しいユフォルブこの少女をユフォルブと呼ぼう」。ユフォルブは少女の名であると同時に有毒な「燈台草」も意味する。ひとたび少女が「ユフォルブ」と命名されるやいなやこの作品は植物のイマージュの連鎖で運動してゆくことになる。薔薇の木―ユフォルブ（燈台草）―おおばこ―とても長く美しい黒い草―緑色―つりうき草―薔薇色のマロニエからはじける最初の芽―鉄の藁、といったように。そしてこの植物のイマージュの連鎖のなかでユフォルブ自身も少しずつ変身してゆく。ユフォルブ（接頭語。eu-には快楽の、幸福のといった意味がある）から毒草であるつりうき草へ、快楽から恐怖へ。つりうき草のイマージュがあらわれてからの後半、誘拐の事件はクライマックスをむかえるが、最終八行もまたシンタクスの錯綜したとぎれることのないひとつの構文からなっていて、一種の「宙吊り状態」で終わっている。誘拐、そして殺人の暗示とテーマそのものもいわゆるサスペンスだが、静止することなく変身しつづけるイマージュ、決して静止することなくむしろ二重性のあいだで揺れ動くイマージュ（三階と四階のあいだでエスカレーターがとまる—快楽と恐怖のあわいで—救われる／破滅する—愛し愛される、等々）作品そのものがサスペンスとなっているのだ。静止しているのでもなく、かといって動的であるわけでもない痙攣的な美。「痙攣的な美とは、ヴェールにおおわれたエロティスム、凝固した爆発、状況の魔術、さもなくば存在しないだろう」（『狂気の愛』）。

植物のイマージュでも、『狂気の愛』における「ひまわり」などは輝かしい光りを放っているが、ユフォルブは死を暗示する快楽と恐怖とのあいだの揺れうごきのなかで増殖したり、変身したりする。この時期のブルトンの詩作品には多く死の通過といったテーマのものがあるが（「斧のなかの森」「幕だ幕だ」等）、ここにでてくるイマージュは死を通過した「私」が他者へ、もうひとりべつの「私」へと変身していく過程をとらえたものといえるだろう。ナジャの変身が「私」の他者性を照らしだしていったように。

コルニションの少女の変身はナジャのそれとはまたべつの道筋をたどる。彼女は、植物＝少女ユフォルブを含む幾人もの女性のイマージュの転移のはてに、『通底器』第三部で、夢と現実といった乖離しているかのようにみえるものを相互浸透させる巨大な植物的イマージュに変身する。女性というものの集合的人格でもあり、また都市でもある一種の集合的無意識、「毛細繊維」に。

『ナジャ』や『通底器』にみられるイマージュの変身課は、単数ならざる「私」をさぐる過程そのものとして読むことができるだろう。

消息不明

奇体な誘拐の試みは
忘れられはしなかった
やあ星だぞ　といってもまだ真昼間だ
指の数よりも四つ多い
十四歳という年齢になる
エレベーターでもどってきた少女の誘拐
私はまるで彼女が裸であるかのようにその乳房を見る
それはまるで薔薇の木の上で乾くハンカチのようだ
彼女の両親のアパルトマン
父親はいわば闇のなかにしっかり打ちこまれた杭であり　母親はいわば美しい日除けのピラミッドだ
サン＝マルタン街の建物の五階にあるアパルトマン
それは二匹の巨大な火とかげに守られた門のそば
パリにいようといまいと
私が一日に何時間となくその下にたたずむ門のそばだ
美わしのユフォルブというより少女ユフォルブと呼ぶほうがよかろうが

彼女は午後の六時に三階と四階のあいだでエレベーターが停まることに不安を感ずるのだが
そのときサン＝マルタン街界隈は石墨とおおばことステンドグラスの色に沈みはじめる
こんなふうにメキシコ織の洋服に着いた針のように吊るされていることには
とりたてて悦ばしいことはなにもない
ユフォルブの下数尺のところでは　三階の踊り場が明るい床板から鰻のような手擢と非常に長く美しく黒い
　草とを運びだしている
男の衣服に似ている草
上昇のさいちゅうに摑まえられた少女は羽でできたディブボロになぞらえられる
彼女の眼はいつも以上に緑色だが　天使的なものは緑色をしてはいない
そしてその眼は下をのぞき　硼素の炎がその上を滑る他の眼にぶつかって火傷する
下のほうから見るとユフォルブのふくらはぎはいくぶんか斜めに光っているが　これは他のあらゆるものよ
　り温かく柔かに違いない二羽の鳥だ
硼素の眼は一瞬そこに注がれ　それからきらめく視線はドレスのなかでひろがる
パリ製である非常に上等なドレスのなかで
二人の人間が理解しあうにはそれで十分だ
熱帯地方では雨のときには　こんなふうにして小屋のなかで神経の苛立ちが驚くべきことをやってのける
閉じられる日傘のような音をたててドア自体の上を滑るドアを
小屋の隅々へひきずってゆく旗をひろげる小さな小さな虫けらども

子供は男の腕のなかにいる　男はつりうき草のようにいくぶんかもちあがるドレスの下のひかがみの上のあたりで　身体が慄えているのを感ずる
階段は照明が暗いので　肉色のまがいものの大理石の壁の上では影が大きくなる
嵐のなかを全力で疾走する馬の影
大幅に追い越されながらも走りつづける茂みの影
そしてとくにラシャで縁どられたターンテーブルの上で　いつも同じ組みあわせになっている踊り手の影
この瞬間は柱時計のまるい列車を脱線させる
街路は閃光を投げる　ユフォルブは恐怖と快楽のあわいで悪賢く微笑する
この瞬間私は彼女の心を見る　それは放心して脆くなっているそれは薔薇色のマロニエから飛びだす最初の芽だ
一言　それですべては救われる
一言　それですべては破滅する
そこにいる未知の男　鉄の蘽のあるこの空の下では他のどこにもないような誘惑
はるか遠くにあるこの家の漆喰の堆積をつくるべく
いったりきたりする歩みで騒然としたこの円天井の下には　また恐怖もある
もう二度と触れないためにある書物のなかに　指を忘れることへの恐怖
夢中になってそれを逃れるために　最初にやってきた者の航跡のなかで眼を閉じることへの恐怖
なんという瞬間だろうか

それからあとのことは周知の通りだ
バン　バン　ピストル一発　すばやく緑の階段を跳びこえる血
その男　特徴一メートル六五センチ　門番の女はこの見知らぬしかし礼儀正しい客をあえて捕えようとしなかった
それに彼はまた風采も立派だった
その男が愛し愛される苦しみよりも甘美な煙草に
火をつけながら遠ざかってゆけるほど早く
その血は階段を跳びこえはしない

（菅野昭正訳）

シュルレアリスムの都市についてのノート

シュルレアリスムと都市という問題は、ヴァルター・ベンヤミンが一九二九年に発表した『シュルレアリスム』中で、「この事物世界の中心に、その物体たちの夢みてやまないもの、パリの都そのものがある」、あるいは「シュルレアリストのパリも、「小世界」である。つまり、それは大世界、宇宙のなかでも、ちがったようにはみえない。そこにも、往来のあいだから幽霊のような信号がきらめく十字路があり、出来事の日常秩序への思いがけない類推と制約がある。それが、シュルレアリスムの抒情詩が報告する空間だ(1)」と指摘して以来、多くの論者が言及してきたし、マリ＝クレール・バンカールは『シュルレアリストたちのパリ』という研究書において、シュルレアリスムの代表的な作品に描かれるパリのさまざまな相貌を分析した(2)。本ノートではルイ・アラゴンとアンドレ・ブルトンの作品における都市の問題、都市を記述する方法論について考えてみたい。

この文の冒頭にベンヤミンの名前を出したのはむろん理由がある。遺稿集にして彼の代表的な作品となった『パサージュ論』全五巻がこの問題を考える上で鍵を与えてくれると思われたからだ。『パサージュ論』は十九世紀パリを対象とし、パサージュ passage の持つさまざまな意味の位相、「通過・進行」「横断」「移行」「通路」「横町・アーケード街」「廊下」「一節・パッセージ・シーン」について、引用を主体にして考察し論じている。直接的にはシュルレアリスムに言及しているわけではない。しかし、後述するように、この書物の着想、少なくともタイトルはアラゴンに負っていると言える。『パサージュ論』には次のような考察がある。

シュルレアリスムが生まれたのは、あるパサージュにおいてであった。しかも、それはなんという詩神《ムーサイ》たちの庇護のもとに生まれたことだろう。／シュルレアリスムの父がダダだとすれば、その母はあるパサージュであった。このパサージュと知り合ったときには、ダダはすでに年を取っていた。アラゴンとブルトンが、モンパルナスとモンマルトルに嫌気がさして、友人たちとの会合の場所をパサージュ・ド・ロペラのとあるカフェに移したのは、一九一九年も終わりになってからのことだった。そのパサージュ・ド・ロペラも、オースマン通り《ブルヴァール》がそこを通ったためになくなってしまった。ルイ・アラゴンは、一三五ページを費やしてこのパサージュのことを書いているが［『パリの農夫』］、このページ数の各桁数字の和のうちには、まだ駆け出しのシュルレアリスムに贈り物を捧げた詩神たちの九人という数が隠されている。(3)

しかし、ベンヤミンはパサージュをとりあげるその方法論の違いを強調している。

私のこの仕事の基調となっている傾向をアラゴンのそれと区別するのは次の点である。アラゴンが夢の領域に留まろうとするのに対して、私の仕事では覚醒がいかなる状況であるのかが見出されねばならない。アラゴンの場合には、印象主義的な要素――それは「神話」と言われるが――が残されている。彼の著作

『パリの農夫』』には、明確な形姿を持たない哲学的思考要素がさまざまあるが、それはこの印象主義によるものである。これに対して私の仕事では、「神話」を歴史空間のなかへと解体しきることが問題なのである。それは、過去についての未だ意識化されていない知を呼び覚ますことによってのみ可能となる。(4)

確かに、このベンヤミンの指摘は正当な面があるだろう。シュルレアリスムの詩人たちも都市の神話をとりあげる。「歴史空間のなかへと解体」するのではなく、むしろ新たな神話の創造へと向かうことが多く、この相違は明白だろう。しかし、アラゴンが「夢の領域に留まろうとする」という指摘はどうだろうか。

シュルレアリスムが夢の領域を取り扱っていることは周知の事実であり、詩や散文詩、自動記述やテクスト・シュルレアリストと名付けられた夢の記述では積極的に夢の語りを書いている。しかし、アラゴンの『パリの農夫』やブルトンの『ナジャ』のような散文作品においては夢の領域に留まるのではなく、都市の現実を描きながら現実のなかに存在する「不可思議なるもの」「驚異的なるもの」le merveilleux をひきだそうとする。夢の領域に留まるのではなく、夢の領域にあるものと同質、同等のものを現実のなかに見いだそうとするのだ。

私はこの文章で『パサージュ論』の末節にこだわり、それに異論を申し立てようとしているのではない。むしろ、アラゴンやブルトンの都市の描き方がベンヤミンの方法論に近いのではないかと感じているのだ。先に引用した「神話」についての記述の直後にベンヤミン自身の方法論を語った部分がある。「この仕事は、引用符なしで引用する術を最高度に発展させねばならない。その理論はモンタージュの理論ともっとも密接に関係している」。(5)

ここで、ベンヤミンのいう「モンタージュ」はシュルレアリスムの文脈で言い換えれば「コラージュ」ということになるであろうが、アラゴンが『パリの農夫』で、ブルトンが『ナジャ』や『通底器』や『狂気の愛』で都市を描いた方法はコラージュにあるといえるのではないだろうか。佐藤朔氏も初訳本の解説で次のように指摘している。

アラゴンはこの小説のなかで、新聞記事や広告や掲示板や記念碑などをそのまま挿入しているが、これはピカソやブラックが絵画でこころみたコラージュの方法を文学に適用したものである。このような現実のなまの素材をそのまま用いながら、超現実的な、詩的な雰囲気をつくり出そうとしたのである。広告や掲示板の内容そのものは大した意味はなくても、それによって読者の印象を確実にし、想像力を豊かにさせ、意味のないと思われるものに意味を与え、それに詩的な価値を付与したのである。(6)

また、バンカールも上記の本の中の『パリの農夫』を論じた箇所で「コラージュ」という章を設け、この作品にある広告や新聞記事の引用をとりあげ、ダリやエルンストやマグリットのコラージュが異質なものの連結であるのに対し、アラゴンのそれはその場所に密着した現実のものであると述べている。(7)

こうした指摘はブルトンの散文作品『ナジャ』、『通底器』、『狂気の愛』にも当てはまりそうである。ブルトンの散文作品では写真が『パリの農夫』の新聞記事や広告にあたる。このコラージュもまた異質なものの連結ではなく、現実の断片の物語のなかへの挿入となっている。

『パリの農夫』も『ナジャ』も分類しがたい新しい型の散文作品である。フィクションという意味では小説ではない。かと言って単なるドキュメンタリーでもなく、詩的ではあるが散文詩でもなく、評論でもない。ともに事実にもとづいた物語であり、現実のなかにある不可思議なるものとの出会いが語られているのだ。その現実の傍証のように、新聞記事や広告、写真がコラージュされる。

しかし、私がここで問題提起しておきたいことは、『パリの農夫』や『ナジャ』のコラージュが単に散文作品のなかの新聞記事や写真を挿入することにとどまらないのではないかということだ。異質なメディアのコラージュというだけでなく、作品の構成が、構造自体がコラージュ形式に、ベンヤミンの言葉を借りればモンタージュ形式になっているのではないかということである。

ルイ・アラゴンのシュルレアリスム時代の代表作である『パリの農夫』（一九二六年）は大きく二部に分かれ、第一部は「オペラ座横町」と題され、まさにオペラ座横町（パサージュ）界隈の細部が描かれ、第二部は「ビュット・ショーモンの自然感情」と題され、場末の公園が舞台になる。それにプロローグ「現代神話のための序文」およびエピローグ「農夫の夢」が付されている。

タイトルに関して少し附記しておく。このタイトル Le paysan de Paris はいくつかの解釈が可能だろう。大きく分ければ「パリの土地者」とするか「パリの農夫」とするかである。土地者とする場合は、アラゴンがそうであるようにパリに生まれ育った生粋の土地者がパリの隠れた魅力を案内するという解釈である。農夫とする場合は、パリを初めて訪れる農夫の新鮮な目でパリの未知の魅力を旅するという捉え方だ。現在は前者に解することが多いようだが、「農夫」として捉える解釈も否定できない。またこの作品の初訳のタイトルは『パリの神話』という意訳であったが、パリの新たな神話を描き出すという内容を考えれば適切なものだったといえるかもしれない。このノートでは思潮社版の邦訳のタイトルをそのまま使用させてもらうことにする。

この第一部はオペラ座横町の界隈という狭い地域を遊歩するように展開してゆくのだが、冒頭近くに「パリで、あのグラン・ブルヴァールの周辺に数多くあるアーケードになった歩廊《ギャルリー》、なにかしらひとを落ち着かせないようなぐあいに「横町」と名付けられていて、まるで日光をさえぎられた通廊《クロワール》では、誰も数秒とは立ち止まることを許されないみたいだが、あそこには光線が奇妙にみなぎっている」[8]とあるように、一瞬も立ち止まることなく、しかし、歩みと同じほどの低速で記述は進んで行く。

『パリの農夫』には特別に筋らしい筋もなく、語り手の一人称以外にきわだった登場人物もいない（ブルトンを初めとして幾人かのシュルレアリストたちが登場するが主要登場人物というわけではない）。この語り手もむしろ狂言回し的な役割以上の役割はなく、あえて言えばパサージュのひとつひとつの建物や店舗こそが主役なのだといえるだろう。語り手の歩むゆっくりとした速度で、この物語なき物語は進む。たとえば、「ホテル〈モンテ・カルロ〉」から「レイ書店」、「レイ書店」から「アパート」、「アパート」から「杖を売る店」、「杖を売る店」からキャフェ「プチ・グリヨン」という具合に、店舗のひとつからまた別の店舗へと移動して行く。

この物語の展開は、ただ断片と断片とが並列され、断片岡士の相互関係は場所的な近接関係以外の明白な関係はない。遊歩してゆく足どりに従って断片が配列されているだけなのだ。

断片のコラージュ、断片と断片を組み合わせて全体を構成すること、それはひとつひとつの店舗の集積がオペラ座のパサージュという全体を形成しているのと同様の構造になっているのではないだろうか。

パリならパリという都市を舞台にした、あるいは都市の描写が重要な役割を持つ文学作品はとりわけ十九世紀以降、多く書かれている。しかし、『パリの農夫』のように、何らかの物語に沿って都市が描写されるのではなく、描写の断片の組合わせで都市の構造を模倣してゆくという方法は他に見当らないのではないだろうか。『パリの農夫』の方法はむしろ個々の名所をとりあげて解説する『ギード・ブルー』や『ミシュラン』のような観光案内書に似ている。いうまでもなく、ここで案内されているのはいわゆる観光名所ではなく、平凡な場所（といってもオペラ座横町は取り壊されて存在していないのであるが）が稀にかいまみせる魔術的な側面なのだ。

アンドレ・ブルトンもまた頻繁にパリやその他の都市、その他の土地のもつ不可思議な側面、魔術的な側面を描いた。このノートでは『ナジャ』についてとりあげ、その構成がやはり断片のコラージュからなっていることを考察してみたい。

アンドレ・ブルトンの『ナジャ』（一九二八年）はブルトンの代表作であるばかりでなく、シュルレアリスムを体現したかのような女性ナジャを、そしてさまざまな客観的偶然の実例を描くことによって、シュルレアリスム運動全体の代表的な成果ともなっている。『パリの農夫』で新聞記事や広告がコラージュされていたように、『ナジャ』では四十点を超える写真や図版が挿入され、この作品がフィクションではなく一種のドキュメンタリーであることを示している。

『ナジャ』は章立てではないが、内容から三つの部分に分けられるだろう。冒頭からナジャと出会う以前まで、ナジャとの出会いから別れまで、「君」に捧げられた末尾部分、である。

最初の部分は、「とつぜんの接近や、唖然とさせる符合」[9]、つまり客観的偶然の例が列挙されている。この箇所は断片的な事実のコラージュになっているわけだが、いずれの出来事もパリの具体的な場所に密着していることは重要だ。「パリのモーベール広場にあるエティエンヌ・ドレの銅像」、「ルネ・モーベル演劇学校」、「メディシス十字路」、「パンテオン広場」、「オペラ座小路の奥にあった〈近代劇場〉」（この場所は『パリの農夫』でも重要な場所として記述されていた）といった具合だ。ここでの断片のコラージュは客観的偶然の実例を列挙するという意図に従っているわけだが、こうした不可思議な出来事が場所に密着した「魔術的―状況的」なものとなっているのだ。現実の日常的な場所の不可思議な、魔術的な側面（これもまた事実であり虚構ではないことは強調しておきたい）をコラージュして積み重ねてゆくことで現実のなかにある超現実を浮き彫りにしようという試みであるといえよう。

『ナジャ』の主要部分でもある中間部分、ナジャとの出会い、そしてナジャと行動を共にした記録部分もまた断片からなっている。断片ではあっても、この箇所は、日録となっているのでその配列は時間的な経過に従っている。日録形式で書かれているのであれば断片の並列は当然であるともいえる。ブルトンが日録形式にした主要な意図は、これが虚構の物語ではなく一種のドキュメンタリーであることを明瞭にしたかったからに違いない。ナジャが惹きおこす不可思議な出来事の多くはパリの具体的な場所に密着していて、こうした都市の断片を積み重ねてゆくことで、日常のなかにありながら非日常的な面をもつ都市の相貌を多角的に、多面的に浮き彫りにしているといえるだろう。

都市の魔術的な側面を断片的にコラージュして、都市のもつもうひとつの相貌を浮き彫りにしてゆく方法は、ブルトンにおいては『ナジャ』ばかりでなく、『通底器』の第二部、『狂気の愛』の前半でも見られる。いずれの場合も、現実に存在する具体的な地名をもつパリの街でひきおこされる（比喩的な表現が許されるならば、パリの街がひきおこす）断片的な出来事の集積として語られているのだ。(10)

周知のように、アラゴンは一九三〇年代初頭のいわゆる「アラゴン事件」を契機に、シュルレアリスムを離れ、コミュニスム作家となり『お屋敷町』、『オーレリアン』、『レ・コミュニスト』といった代表作となる長編小説を書くことになる。こうした小説のなかでもむろんパリが描かれているわけだが、そこでは『パリの農夫』にあったような断片の集積で都市を捉えてゆくという方法論はなく、小説の物語に沿って背景として描写されてゆく。

むろん、都市の描写としてはこの方が普通であり、それゆえ一層『パリの農夫』やブルトンの散文作品における断片による都市の記述という独自の方法論がきわだってくるといえるだろう。

ベンヤミンの『パサージュ論』は断片と引用のモンタージュで十九世紀のパリ、十九世紀の文学、あるいは十九世紀の知を見事に浮き彫りにしている。一方『パリの農夫』や『ナジャ』、『通底器』、『狂気の愛』は、パリの街を断片のコラージュで記述したことを指摘しておく必要があると思われる。断片のコラージュという方法は、その記述が、フィクションにおける単なる描写では決してなく、日常的な現実のなかに埋没している都市の不可思議な、魔術的な「断面」を切り取ることを可能にしてくれる。アラゴンやブルトンはこうした都市の側面をコラージュし積み重ねてゆくことで、現実のなかにあるもう一つの現実の側面、「超現実」を浮き彫りにしているのだ。

註

（1）『ヴァルター・ベンヤミン著作集8　シュルレアリスム』針生一郎編集解説（晶文社、一九八一年）、二〇～二二頁。

（2）Marie-Claire Bancquart, *Paris de surréalistes*, Seghers, 1972.

（3）ヴァルター・ベンヤミン『パサージュ論Ⅰ』今村仁司・大貫敦子・高橋順一・塚原史・三島憲一・村岡晋一・山本尤・横張誠・与謝野文子訳（岩波書店、一九九三年）、一五九頁。訳書中〔　〕で示されている翻訳者による註や補いは原則として省略した。

（4）ヴァルター・ベンヤミン『パサージュ論Ⅳ』今村仁司・大貫敦子・高橋順一・塚原史・三島憲一・村岡晋一・山本尤・横張誠・与謝野文子訳（岩波書店、一九九三年）、七～八頁。

（5）同右、八頁。

（6）『世界文学全集46　サルトル／アラゴン』（河出書房新社、一九七二年）、四四二頁、強調原文。アラゴン『パリの農夫』については この河出書房新社版（『パリの神話』）および『パリの農夫』（思潮社、一九八八年）を参照した。共に佐藤朔氏の訳であり、楼木泰行氏の協力の下に訳されたことが「解説」および「あとがき」に記されている。引用は思潮社版からおこなった。

（7）Marie-Claire Bancquart, *op. cit.*, pp. 82–84.

（8）前掲『パリの農夫』、一九頁。

（9）アンドレ・ブルトン『ナジャ』巖谷國士訳（岩波文庫、二〇〇三年）、二一頁。

（10）このノートでは、断片のコラージュによって記述される都市のその方法論を指摘するのみにとどまったが、アンドレ・ブルトンには都市を女性の肉体のアナロジーで記述したもの（『通底器』あるいは評論「ポン＝ヌフ」等）、あるいは集合的な無意識をあらわす「毛細繊維」という奇妙なアナロジーで記述したもの（『通底器』）があり、こうしたブルトン特有の都市の捉え方についてはまた別の機会に考察してみたい。

博物誌の方へ

アンドレ・ブルトンのエクリチュールの魅力は、その蛇行する長い構文と、そのなかにちりばめられたイマージュの輝きにあるだろう。そのイマージュも多かれ少なかれオートマティックなものといえるだろうから、魅力的であると同時に、意味を辿るということからいえば難解なものになってしまうのだ。論理的でありながら飛躍が多いというブルトンのエクリチュールの特徴は、散文脈のなかにあらわれるイマージュの唐突さにあるのだともいえる。

さらにいえば、イマージュは比喩といった解読可能なものではなく、オートマティックな、それも心的なオートマティスムというよりはむしろ言語的なオートマティスムによるもの（「皺のない言葉たち」参照）だから、意味や論理ばかりで読み解こうとすることは、ブルトンのテクストの一面のみを問題にすることになりかねない。

というより、ブルトンのテクストにおいては意味や論理とイマージュは不可分にあり、さまざまな方向へ触手を伸ばそうとしている。だから、イマージュの系列を辿っていくことによって、表面上の意味や論理とはもうひとつ別の作品的な流れを浮き彫りにすることができるのだ。

たとえば、『通底器』。三つの章からなるこの作品は、第一部で現実の夢への浸透、第二部で夢の現実への浸透、

第三部で夢と現実といった相反するものの超克が語られているわけだが、こうした観念的な主題が語られていると同時に、秘かにではあるが、女性というものの集合的人格でもあり、また都市でもある一種の集合的な無意識、「毛細繊維」へ至る植物的なイマージュの変身譚でもあるのだ。

冒頭で語られるエルヴェ＝サン＝ドニ侯爵の挿話。恋の夢を見るためにもちいられる「鳶尾《いちはつ》の根」。その僅かな暗示のまま、植物のイマージュは夢についての考察、夢の記述と解釈の裏にかくされてしまう。それが、第二部になって、再び数こそ多くはないが印象的に登場する。コルニション（酢漬けの胡瓜）の少女にまつわるイマージュ、「ほころびはじめるある種の丈高い花々の投げやりさ」、「こうして私は鉢入りの大きなつつじの花を一本彼女に届けさせたのだけれども、私がそれを選んだのはその薔薇色のせいであり、その花が黒ずんだ中庭と、きっとむさ苦しい階段に、芝居がかって入場するさまを私は思い描いて倦むことを知らなかった」。あるいは「自分が何か奇妙なオブジェの前をよく見ずに通りすぎたという感じがしてきて、そのせいで私は数メートル逆戻りした。それは女のストッキングを売る小さな店のウィンドーにある、蚕の繭でできた埃だらけのブーケで、無色の花瓶から出ている枯れた枝組みに掛けてあった」。そして「偽の大理石のカウンターにあるたくさんの葉蘭の茎」。

一見何の脈略もなく、さりげなく記述されているこうしたイマージュは、第三部で、夢と現実といった相反するものを相互浸透させる植物的なイマージュ「毛細繊維」となる。それはまた、行動と夢といった相反する「根が絡み合った樹木のすばらしい果実」でもあるのだ。

この絡み合ったイマージュこそが『通底器』の植物のイマージュだろう。無名であり、匿名であり、ほとんど不可視に繁茂する集合的なエロティスム。「繭でできた埃だらけのブーケ」がそうであり、「葉蘭の茎」がそうだが、共に二項対立を相互浸透させるものであり、とりわけ「繭でできた埃だらけのブーケ」はエロティックな表象とむすびつく。オメガの目からオルガという名の少女を喚起するこの不定形のもやもやしたイマージュは、『狂気の愛』の「蒸気」や「雲」のイマージュと通じてゆく。

「今しがたカフェに入ってきた女性は、全身、蒸気に包まれているかのようだった」。この女性は「羊歯」とも名付けられ、「花をつけたマロニエの木に降りそそぐ透明な雨のような髪」をし、そして何より「ひまわり」の夜の女性であるのだ。ここでもやはり不定型のイマージュの連鎖がある。

　オロタヴァはもはや視界になく、頭上で徐々に姿を消して行った。雲がオロタヴァを呑みこんでしまった。というより、海抜一五〇〇メートルあまりの地点で、私たちは突然、雲のなかに封じこまれてしまったのだ。

『狂気の愛』のこの箇所から数頁にわたって「雲」についての考察があるわけだが、この不定形のイマージュはブルトンにとっては無意識的な欲望を映しだすスクリーンである――「このスクリーンの上にこそ、人間の知りたいと願ういっさいが、燐光の文字で、欲望の文字で綴られているのだ」。

『通底器』の繭、茎、毛細繊維といった不定形の、エロティスムに結びついたイマージュが『狂気の愛』における水蒸気や雲といったイマージュにひきつがれてゆくといっていいが、植物から水への移行は重要だ。植物的な繁茂のイマージュはもはやない。絡み合い、不定形に茎や根を伸ばしてゆく地下生命的（あるいは器官的）なイマージュではもはやなくなる。無機質なものへの変移。植物から水系への移行と同時にもうひとつ主要なイマージュがあらわれる。それはやはり無機的な鉱物質のイマージュだ。

『狂気の愛』にも植物的なイマージュがないわけではなく、恐らく『通底器』よりもその頻度は高いかもしれないが、しかしきわだっているのはなんといっても鉱物的なイマージュだ。
この本の冒頭近くにおけるヴォークリューズの洞窟や妖精の洞窟にある石灰や石英といった鉱物質の記述、あるいはオーストラリアの巨大な珊瑚礁の記述、とりわけ岩塩の結晶体の記述はあまりに有名だろう。ブルトンがしばしばダイヤモンドのイマージュを借りて自分の生のあり方を述べているように、ここでも鉱物のイマージュが主役になる。五章以後の主な舞台がテネリフ島のテードという火山なのだから当然といえるかもしれない。

今、サンタ・クルーズの歩道という歩道には、地味な身なりの少女たちが、その絵の複製ででもあるかのように無数に入り乱れる。私の思いはまた、雲の上を這う炎のように不断に生命をたぎらせ異様に血走ったその絵の少女の視線に集まる。灼熱した石、可能なかぎり押し隠され、日常的な所有の観念から毒されずにいる性的な下意識の灼熱の石

あるいは

私たちは愛し合っているのだし、天啓の鎖が私たちの間には確実に通じあっているのだ。そしてまた、その天啓の鎖は、われわれと同じく定かならぬ視界のもとにありながら、白夜をダイヤモンドに変えることができるような数多くの男女のカップルをつなぎとめ、いざなっている。

そして

賢者の石によって築かれた深淵の内壁に、星のきらめく城が開く。

城はいうまでもなくブルトンにとって想像力が結実するいわば特権的な場であるのだが、これは郵便配達夫シュヴァルの宮殿の例をもちだすまでもなく、典型的な石など鉱物のイマージュでもある。『狂気の愛』の城は深淵の暗黒に閉ざされた密室であると同時に、天空へきらめく透明性をもったものでもあるのだ。植物から結晶へ、地下における生命的な繁茂のイマージュから、生命の昇華のイマージュへ。ブルトンの作品のなかでもっとも幸福な徴をもつこの作品に鉱物的なイマージュが鍵として登場するのは充分納得できる。『狂気の愛』にあるエロティスムは、繭や植物の茎の絡みつくようなものではなく、爆発したまま結晶体として凝結するのだ。

二度目に絶叫した瞬間のメリュジーヌ、彼女はその臀肉のない腰からほとばしり出た、彼女の腹はそっくり八月の収穫であり彼女の上半身はつばめの二つの羽で鋳造された弓形の、胴から花火となって伸びる、彼女の乳房は自分たち自身の叫びの中にとらえられた白貂たちであり、その吼える口の赤く燃える石炭で輝くことによってひとを盲目にさせる。そして彼女の両腕は歌い、香る小川の魂だ。そして彼女の金箔の剝げた髪がくずれると、こどもである女、時代が彼女を手なづけていないゆえに詩人たちをつねに屈服させてきたこのきわめて特殊な変種のまぎれもない特長のすべてが永遠につくり上げられる。

この『秘法十七番』のイマージュは、「八月の収穫」「つばめの二つの羽」「花火」「白貂」「吼える口」「赤く燃える石炭」と単語だけ抜きだしてもきわめて動的で、長詩「自由な結合」を思わせる詩的な飛躍にみちている。この作品全体を通していえることだが、植物や鉱物のイマージュと平行して、動物的な、それも運動のある動物的なイマージュが多いのだ。『秘法十七番』が、ブルトンとエリザのカナダ旅行中に書きはじめられ、実際にこうした動物群にであっていたということも無視できないが（すでに述べたように『通底器』の舞台は都市であり、『狂気の愛』の舞台は火山だった）、むろん本質はそんなところにはない。『秘法十七番』という作品そのものがこうしたイマージュを要請しているのだ。

メリュジーヌ、スフィンクスとならんでブルトンのテクストでは特に親しいこの半人半蛇の女性は、囚われの身であるからこそ解放の表象ともなるのだし、その下半身が蛇という生物の姿をしているからこそ自然の根源的な力と交流をもつ存在でもある。イシス神話にまで結びつけられるメリュジーヌ、この半人半蛇の女性にエリザの姿を重ねあわせるとき、それが単なる豊饒だけではなく攻撃性のイマージュとなることは興味深い。彼女は子供であり、女であり、母でもあるのだが、同時に吼える白貂であり、すべてをひき裂く大山猫であり、自らの心臓をつつく鳥でもあるのだ。『狂気の愛』は恋愛小説の類をみない傑作であることはまちがいないが、そこに登場するひまわりの女性はほとんどオブジェであるかのように描かれる。結晶体のなかのオブジェだ。しかし、『秘法十七番』においては刻々と姿をかえ、さまざまなイマージュの変身によって動的にテクストを支配し、ブルトンの女性像の多面性をあらわしている。

ブルトンの詩的イマージュ、詩的エロティスムの見本として「自由な結合」がよくひきあいにだされる。そのイマージュのきらめきはやはり幾度読みかえしても驚異だ。この詩篇が単なる女性の讃歌ではなく、むしろイマージュの変移と生成の物語であることは指摘するまでもないだろうが、フォルムが明確であるだけ、強度もあるのだが、しかし定型的な息苦しさもある。その点『秘法十七番』のイマージュにはいわば無垢の奔放さがあって、動物的なエロティスムの表象をかりて女性のさまざまな相貌が浮かびあがってくる。神話的であると同時にきわめて肉感的なイマージュのメタモルフォーズだ。

いそいで付け加えておきたい。『通底器』の匿名で集合的な植物のイマージュから、『狂気の愛』の鉱物質のエロティスムをへて、『秘法十七番』の神話的で肉感的な動物的イマージュの変容へ、とブルトンのテクストを図式的に捉えようとしているのでは決してないことを。ブルトンのエクリチュールはいうまでもなくそれほど一面的で単調なものではない。ただ、こうした特徴的なイマージュをひろいなおしてみるだけでも、表面上の意味や論理とは別のテクスト的な流れを浮かびあがらせることができることを指摘したかったのだ。

ブルトンのイマージュとは文彩や比喩でもなければ、静止した視覚的な映像でもない。ある項から別の項へ、そしてさらに別の項へつねに変容してゆくことばの運動そのものだ。上昇宮のように、欲望を原動力として連鎖してゆく記号たち。植物から鉱物へ、鉱物から動物へ、動物から無機物へ、こうした連鎖は四方へ、八方へ枝をのばす。

方々へのばされるイマージュの博物誌をたどることで、アンドレ・ブルトンのテクストにある層をいくつもめくってゆくことができる。『通底器』の夢の考察から、欲望の集合的な網目である毛細繊維へ、のように。あるいは、『秘法十七番』の自由の復権から、女性のエロティスムへ、そしてさらに神話的なエロティスムへ、のように。イマージュからイマージュへ、アンドレ・ブルトンの博物誌をもういちど辿りなおしてみるべきだろう。

『狂気の愛』における結晶

アンドレ・ブルトンにとって透明な物質、結晶体のイマージュが重要であることはたびたび指摘されている。『溶ける魚』について論じた文章のなかで、ジュリアン・グラックは次のように述べていた——「ブルトンを魅惑する言葉の一つをふたたび使えば、水晶は母なる溶解のイメージをいやというほど形づくるものである」(1)。

確かに、『溶ける魚』にはダイヤモンドや宝石、水晶、ガラス、氷などの透明なイマージュが頻出する(本書第三章参照)。こうしたイマージュは、人為的で不透明な表皮を破って姿をあらわすブルトン個人の「屈折率」を率直に開示するものであるとグラックは論じてゆく。『溶ける魚』ばかりでなく、第一詩集『慈悲の山』や第二詩集『地の光』(2)においても、透明性や光をあらわすイマージュは重要な箇所で登場し、詩集全体を貫いて作品の方向を導く「上昇する記号」としての役割を果たしている。

『ナジャ』の冒頭近くに、ということは「私とは誰か」という有名な問いを受けて述べられている箇所になるのだが、次のような一節がある。

私はといえば、これからも私のガラスの家に住みつづけるだろう。そこではいつも誰が訪ねてきたか見えるし、天井や壁に吊られたものすべてが魔法のように宙にとどまっていて、夜になると私はガラスのベッドにガラスのシーツを敷いてやすみ、いずれそのうちに、私である誰かがダイヤモンドで刻まれてあらわれるのをみるだろう(3)。

ガラスの家に住み、ガラスのベッドの中で休む「私」、そして「私である誰かがダイヤモンドに刻まれて姿をあらわす」。こうした記述を読むとき、この記述が単なる結晶体への嗜好を述べているだけではなく、「私」とは誰か、主体とは何かというブルトン特有の問題提起への暫定的な答え、つまり「誰がいるのか？ ナジャ、あなたなのか？ あの世が、あの世のすべてがこの人生のなかにあるというのは本当か？ 私にはあなたのいうことがきこえない。誰がいるのか？ 私ひとりなのか？ これは、私自身なのか？(4)」という箇所にあらわれる「私だけ」「私自身」への伏線となっている重要な一節であることがわかる。先に触れたグラックの文章のなかで、不透明な表皮を破ってあらわれる真の「私」を開示するものとして透明体のイマージュが論じられていたが、『ナジャ』のこの一節もまさにこうした「私」の姿が描かれているといえるだろう。

『現実僅少論序説』の冒頭部分では、自らを「永遠に水晶の迷宮に閉じ込められたテーセウス」になぞらえている(5)。そしてこの文章は末尾「私に霊感を与えてくれ、私がもはや闇をもたぬ人間になるために(6)」に照応するのだが、ここでも透明体のなかで開示される「私」、闇をもたない「私」への願望が語られている。

ブルトンの文章で透明体のイマージュが登場するのは他にいくつもあるが、何よりも次の文章に注目しておきたい。

しかしながら、わたしがここで、このような結晶体を賛美した真意は、この書物に挿入した補足的な図版とはまったく無関係なのである。結晶体から得られる以上の高度な芸術的教訓があろうとは、わたしには思えない。かつまた、芸術作品が、人間生活のあらゆる断面をもっとも真摯な意義でとらえたものとみなしうるためには、結晶体のもつ外的および内的なあらゆる面における硬度、厳しさ、規則性、光輝を有しないかぎり、価値のないものに思われる。なるほど、美学的にも道徳的にも、人間が没頭するにふさわしいとされている意志的な仕上げの苦労にもとづく完璧な美の構築を目指すことはあろうが、わたしの場合、そのような立場とは、絶対的にかつ恒久的に相対立するものであることを、是非とも理解して欲しい。逆に、わたしは、結晶体がそれ以上手を加えられないほど完全に表現しつくしているものに匹敵するような創造と自発的行為を、つねに擁護しつづける。わたしの住む家、わたしの生、わたしの書くもの、遠くからみた場合でも、それらが、あの四角い岩塩を間近で眺めたときと同じ姿で映るようになることを、わたしはいつも夢みている。(7)

この結晶礼賛というべき一節は『狂気の愛』の第一章からの引用だが、ブルトンの結晶体への偏愛がこれほど明確に語られた文章も少ないだろう。『ナジャ』においてと同様に、住む家も、生も、書くものも、すべて透明な結晶体のなかにあらわれてほしいという願望が述べられる。しかし重要なのは、それが意志的な仕上げによる形式的な美ではなく、創造と自然発生的な活動による美をもつものであるという確認がされていることだ。いまさら断わるまでもないだろうが、『ナジャ』のなかで探求された「私」とは、既成の倫理感や審美感という不透明な殻をぬぎすてた無意識的な「私」のことである。ブルトンの結晶への讃美も、当然ながら、自然発生的な、自発的な側面にむけられる。結晶は人工の手がくわえられていず、自然のまま完成をみせている物体であるわけだが、それはそのままブルトンが考える無意識というもののアナロジーになっているだろう。ブルトンが「ガラスの家」といい、「水晶の迷宮」といい、「結晶体」というとき、それは無意識を発露させ、顕在化させる器としての透明体であるということができる。

『狂気の愛』にはこの結晶礼賛の文章以外にも多くの鉱物的なイマージュが登場する。結晶礼賛の文章の直後に次のような記述がある――「生なきものが、生あるものときわめて身近に接するため、想像力が、鉱物質の形態のうえで、自由に羽ばたき、またこれらの形態と関連して、化石の泉から、鳥の巣とぶどうの房を見分ける方法を見ならうこともできよう(8)」。そしてまた次のようなイマージュ、「頂は天に高くそびえ、足もとは霧におおわれている水晶の塔(9)」。そして、とりわけ第五章は、テネリフ島のテードという火山が主な舞台となっているのだから当然といえるかもしれないが、鉱物的なイマージュが頻出する。とりわけ次の二つの文章を引用しよう。

「おまえはどこにいるのか？　わたしは今、部屋の四隅で亡霊たちとたわむれている。だが、いつかは確実におまえを見つけだして、世界中が再び明るく照らされるときがくるだろう。わたしたちは愛し合っているのだし、天啓の鎖が、わたしたちの間には確実に通じ合っているのだから。そしてまた、その天啓の鎖は、われわれと同じく定かならぬ視界のもとにありながら、白夜をダイヤモンドに変えることができるような数多くの男女のカップルをつなぎとめ、いざなっている(10)」。「化金石によって築かれた深淵の内壁に、星のきらめく城が開く(11)」。

こうした箇所を読んでみると、『狂気の愛』のなかにあらわれる結晶のイマージュは恋愛の主題、エロティスムの主題と不可分であることが理解できる。最後の引用にあらわれる「城」のイマージュは純粋に結晶のものであるとはいえないかもしれないが、「試金石でつくられた星のきらめく城」には〈透明性〉〈輝き〉といった結晶体に共通する要素がある。城もまたブルトン特有の特権的な場をあらわしていることはこれまでも指摘してきたが、『狂気の愛』におけるこの城はさらにガラスの家のイマージュとも重なり、同書の主題である愛による昇華をあらわす一節となっている。

「至高の愛」。エリュアールが愛の詩人であるのと同様、ブルトンもまた愛の詩人である。『狂気の愛』は「ひまわりの女性」との運命的な出会いとその愛の物語であるわけだが、もう一冊「ひまわりの女性」、ジャクリーヌ・ランバ Jacqueline Lamba に捧げられた作品がある。それは『水の空気』*L'Air de l'eau*[12] という特集だ。「水の空気」はジャクリーヌと出会ったその同じ年に上梓された連作による恋愛詩集だが、この作品においても結晶をあらわす透明なイマージュは各詩篇にみとめられる。そのきわだったものだけを引用しよう。

木の葉模様を生じたエメラルドの大きな切れ目は
永遠に癒着し雪のまばゆい石切場と
肉体の石切場だけが暁光をうけてうなりをたてている
わたしはこの光のなかに仰向けに寝て
液体の空気から
死と生の刻印をとる[13]

彼女は太陽の光をうけて清らかな流水のシャンデリアのように輝く(14)

そしておまえは宝石の恐ろしい海のうえに横たわって
身をころがしていた
裸身で
花火のような大きな太陽の光のなかに(15)

わたしはおまえのガラスの腿に
唇を触れる時間があった(16)

朝の五時になろうとしていた
霧の小舟は窓ガラスを砕かんばかりに鎖を張りつめていた(17)

ここに一部引用した詩句を読んでもわかるように『水の空気』には透明に輝く鉱物的なイマージュが満ちあふれている。詩集全体に愛の「輝き」が刻印されているといっていいだろう。これほどの肯定性、幸福感が描かれるのは、ブルトンにとっても稀れであるとさえいえる。純化された愛の幸福感、しかしそれが純化されているだけ、抒情的ではあるが、ブルトンの詩作品にみられる錯綜したイマージュの絡み合いはみられない。

『狂気の愛』の結晶のイマージュも『水の空気』と同様に純化された幸福感、純化された至高の愛をあらわしているのだろうか。確かに、『狂気の愛』も『水の空気』と同じ主題で書かれている。至高の愛と至高のエロティスム。しかし、詩集ではこの主題が純化されてきらめく硬質なイマージュに凝集されているのに対し、『狂気の愛』ではその特徴をそのまま受け継ぎながら、新たな要素をつけくわえてゆく。

鉱物質の例としてあげられ、想像力が自由にはばたく場として描かれていた、先に引用した「頂は天空にとどき、足もとは霧に覆われている水晶の塔」のイマージュは、『狂気の愛』における結晶のイマージュを考える上でも、また詩集からの展開を考える上でも重要になるのではないだろうか。

結晶のイマージュは写真図版でも示され読者の注意を充分に喚起するが、もうひとつ別の興味深いイマージュが同書には登場するのだ。それは「蒸気」や「雲」といった不透明で不定形のイマージュである。

今しがたカフェに入ってきた若い女性は、全身、蒸気に包まれているかのようだった――炎の衣服をまとっていたというべきか？(18)

『狂気の愛』の主人公「ひまわりの女性」が登場する箇所である。別の箇所では「水の精」という透明なイマージュで語られるこの女性が「蒸気に包まれて」登場するのは示唆的であるといえるだろうし、第五章、「至高点」の現実における地点、愛による昇華を現実のものとする地点、テードの頂についての記述のなかで考察される「雲」のイマージュは、同書の主題である至高の愛、至高のエロティスムと切り離して考えることはできないだろう。それは次のように書きだされている。

> オロタヴァはもはや視界になく、頭上で徐々に姿を消して行った。雲がオロタヴァを呑みこんでしまった。というより、海抜一五〇〇メートルあまりの地点で、わたしたちは突然、雲のなかに封じこまれてしまったのだ。今や、わたしたちは、無形のもののうちでも最もたるものの内にいて、「ナイフで切られる」ものという、人間にとってこの上なく満ちたりた、簡単明快な観念にとらえられていた。[19]

雲という「不定形のもののなかでも最たるもののなかに」封じ込まれる二人。この雲は不定形であるがためにブルトンにとっては無意識的な欲望を映しだすスクリーンとなる。

> すべての人生は、近い将来にそれを読解するためには、各々がひたすら凝視するだけでよいような亀裂の入った不透明な外観の事柄の当質的な全体を含んでいる。スクリーンは渦巻きに加わり、ひときわ逃れやすくとりとめのないものに見えた出来事の跡を、今まではスクリーンそのものを引き裂くものだった出来事の跡を遡って行くべきだ。そこでは——スクリーンの内容の意味を問うことに価するとしても——すべての論理的原則がくつがえされ、もっともらしさを無視する客観的偶然の諸力が出迎えにやってくることだろう。そして、このスクリーン上にこそ、人間の知りたいと願ういっさいが、燐光の文字で、欲望の文字で綴られているのだ。[20]

ボードレールの作品を引用しつつ、ブルトンはいわば雲のポエティックともいうべき考察を展開してゆき、先にその一部を引用した次のような結論へと向かう。

今やわたしは雲のなかに、つねに分け入りたいと夢みていた深いもやに包まれた部屋のなかにいる、わたしは、湯気に視界を遮られた豪奢な浴室のなかをさまよう。周囲は、わたしには未知のものだ。たしかに、引き出しがいくつもある家具がどこかにあり、家具の棚には、驚くべき箱が積み重ねられているはずだ。わたしはコルクの上を択んで歩く。鏡を立てかけるほど常軌を逸していたのか？ そのうえ、絶え間なく蒸気を吐き続ける水道の栓だ！［……］おまえはどこにいるのか？ わたしは今、部屋の四隅で亡霊たちとたわむれている。だが、いつかは確実におまえを見つけだして、世界中が再び明るく照らされるときがくるだろう。わたしたちは愛し合っているのだし、天啓の鎖が、わたし達の間には確実に通じ合っているのだから。そしてまた、その天啓の鎖は、われわれと同じく定かならぬ視界のもとにありながら、白夜をダイヤモンドに変えることができるような数多くの男女のカップルをつなぎとめ、いざなっている。わたしは青い通りの中で、彼のために全的な存在となるであろう女性に向かってはじめて眼をあげるような、ウニのまつ毛を持つ男のあとに従う。夜、この極度に貧しい男は、橋の上で、永遠にこの男から離れることができなくなるであろう一人の女を抱きしめる。わたしは、雲の中で、愛する女のところに行きつくために、自分の下着で出来たピラミッドの位置を動かすべく、宿命づけられているのだ。(21)

このように、不定形な雲のイマージュはエロティスムと深く結びつけられる。しかし、単なるエロティスム、エロティックな欲望の表象となっているのではなく、「白夜をダイヤモンドに変えることができるような数多くの男女のカップルをつなぎとめ、いざなっている」というダイヤモンドのイマージュをともなう至高の愛を導くものでもあるのだ。不定形の最たるものである雲と、透明であり硬質であり定形的な美をもつダイヤモンド、この相反するイマージュがひとつに結びつけられるところは、ブルトンの作品上ばかりでなく思想上の特徴といえるだろう。先に引用した、「頂は天に高くそびえ、足もとは霧におおわれている水晶の塔」の「水晶の塔」と「足もとの霧」、あるいは「オロタヴァ」の記述における「雲」と「ナイフ」のイマージュも同様である。『水の空気』における透明体、結晶体のイマージュは、最後の引用例を除いて、純化されているだけ比較的統一のあるものだった。しかし、『狂気の愛』の結晶は「雲」や「蒸気」といった不定形、不透明なイマージュを伴い、ブルトンが考える無意識の複数的、重層的な側面を示唆している。

ブルトンは『ナジャ』のなかで美を定義して「痙攣的なもの」と呼んだ。この痙攣的な美について、『狂気の愛』ではさらに細分化して定義しなおしている。

痙攣的な美は、エロティックであると同時にヴェールに覆われ、爆発していると同時に凝結し、魔術的であると同時に状況的なものだろう。さもなくば、存在しないだろう。(22)

そもそも痙攣的な美とは、いささかも静的なところのないものであり、また同時に、動的でもないものであった。静的なものと動的なものとの間での揺れ、振幅こそが問題とされていた。『ナジャ』のなかで静的なものの例として、ボードレールの詩句「石の夢」が否定的に引用されていたが、結晶体のイマージュもややもすれば静的な美のイマージュとして捉えられかねないものだ。しかし、『狂気の愛』では、その結晶体のイマージュに、エロティックな欲望を映しだす「雲」とか「蒸気」といった不定形な表象を重ねることによって、透明で、静的であると同時に欲望という運動感をもった「至高点」を描きだしているのだといえるだろう。『狂気の愛』における水晶と雲のイマージュの絡みあいは、まさに「エロティックであると同時にヴェールに覆われ、爆発していると同時に凝結し」ている美の実現といえる。

註

（1） Julien Gracq, « Spectre du *Poisson soluble* », *Préférences*, José Corti, 1961, p. 145 : « les cristaux, pour reprendre un des mots qui fascinent Breton, se reformer jusqu'à satiété de la solution-mère. »

（2） 『地の光』における光、輝きのイマージュについては拙論「『地の光』論」（本書第四章）参照。

（3） André Breton, « *Nadja* », *OC* I, p. 651 : « Pour moi, je continuerai à habiter ma maison de verre, où l'on peut voir à toute heure qui vient me rendre visite, où tout ce qui est suspendu aux plafonds et aux murs tient comme par enchantement, où je repose la nuit sur un lit de verre aux draps de verre, où qui je suis m'apparaîtra tôt ou tard gravé au diamant. »

（4） *Ibid.*, p. 743 : « Qui vive? Est-ce vous, Nadja? Est-il vrai que l'*au-delà*, tout l'au-delà soit dans cette vie? Je ne vous entends pas. Qui vive? Est-ce moi seul? Est-ce moi-même? »（イタリック体原文、以下同）

（5） André Breton, « *Introduction au discours sur le peu de réalité* », *OC* II, p. 265 : « la Crète, où je dois être Thésée, mais Thésée enfermé pour toujours dans son labyrinthe de cristal. »

（6） *Ibid.*, p. 280 : « Inspire-moi, que je sois celui qui n'a plus d'ombre. »

（7） 『狂気の愛』笹本孝訳、思潮社、一九八八年。訳文は同書を使わせていただいた。*L'amour fou*, *OC* II, pp. 680–681 : « Mais c'est tout à fait indépendamment de ces figurations accidentelles que je suis amené à faire ici l'éloge du cristal. Nul plus haut enseignement artistique ne me paraît pouvoir être reçu que du cristal. L'œuvre d'art, au même titre d'ailleurs que tel fragment de la vie humaine considérée dans sa signification la plus grave, ne paraît dénuée de valeur si elle ne présente pas la dureté, la rigidité, la régularité, le lustre sur toutes ses faces extérieures, intérieures, du cristal. Qu'on entende bien que cette affirmation s'oppose pour moi, de la manière la plus catégorique, la plus constante, à tout ce qui tente, esthétiquement comme moralement, de fonder la beauté formelle sur un travail de perfectionnement volontaire auquel il appartiendrait à l'homme de se livrer. Je ne cesse pas, au contraire, d'être porté à l'apologie de la création, de l'action spontanée et cela dans la mesure même où le cristal, par définition non améliorable, en est l'expression parfaite. La maison que j'habite, ma vie, ce que j' écris : je rêve que cela apparaisse de loin comme apparaissent de près ces cubes de sel gemme. »

(8) *Ibid.*, p. 681 : « L'inanimé touche ici de si près l'animé que l'imagination est libre de se jouer à l'infini sur ces formes d'apparence toute minérale, de reproduire à leur sujet la démarche qui consiste à reconnaître un nid, une grappe retirés d'une fontaine pétrifiante. »

(9) *Ibid.*, p. 681 : « les tours de cristal de roche à la cime celeste et aux pieds de brouillard. »

(10) *Ibid.*, p. 756 : « Où es-tu? Je joue aux quatre coins avec des fantômes. Mais je finirai bien par te trouver et le monde entier s'éclairera à nouveau parce que nous nous aimons, parce qu'une chaîne d'illuminations passe par nous. Parce qu'elle entraîne une multitude de couples qui comme nous sauront indéfiniment se faire un diamant de la nuit blanche. »

(11) *Ibid.*, p. 763 : « A flanc d'abîme, construit en pierre philosophale, s'ouvre le château étoilé. »

(12) *L'Air de l'eau*, *OC*II, pp. 393–408.

(13) *Ibid.*, pp. 398–399 : « La grande incision de l'émeraude qui donna naissance au feuillage / Est cicatrisé pour toujours les scieries de neige aveuglante / Et les carrières de chair bourdonnent seules au premier rayon / Renversé dans ce rayon / Je prends l'empreinte de la mort et de la vie / A l'air liquide »

(14) *Ibid.*, p. 400 : « Elle brille au soleil comme un lustre d'eau vive »

(15) *Ibid.*, p. 401 : « Et toi couchée sur l'effroyable mer de pierreries / Tu tournais / Nue / Dans un grand soleil de feu d'artifice »

(16) *Ibid.*, p. 402 : « J'eus le temps de poser mes lèvres/ Sur tes cuisses de verre »

(17) *Ibid.*, p. 403 : « Il allait être cinq heurs du matin / La barque de buée tendait sa chaîne à faire éclater les vitres »

(18) *L'Amour fou*, *OC* II, p. 712 : « Cette jeune femme qui venait d'entrer etait comme entourée d'une vapeur – vêtue d'un feu ? »

(19) *Ibid.*, p. 752 : « La Orotava n'est plus, elle se perdait au-dessus de nous peu à peu, elle vient d'être engloutie ou bien c'est nous qui à ces quelque quinze cents mètres d'altitude soudain avons été happés par un nuage. Nous voici à l'intérieur de l'informe par excellence, en proie à l'idée sommaire, inexplicablement satisfaisante pour l'être humain, d'une chose « à couper au couteau. »

（20） *Ibid.*, p. 754 : « Toute vie comporte de ces ensembles homogènes de faits d'aspect lézardé, nuageux, que chacun n'a qu'à considérer fixement pour lire dans son propre avenir. Qu'il entre dans le tourbillon, qu'il remonte la trace des événements qui lui ont paru entre tous fuyants et obscurs, de ceux qui l'ont déchiré. Là — si son interrogation en vaut la peine — tous les principes logiques, mis en déroute, se porteront à sa rencontre les puissances du *hasard objectif* qui se jouent de la vraisemblance. Sur cet écran tout ce que l'homme veut savoir est écrit en lettres phosphorescentes, en lettres de *désir*. »

（21） *Ibid.*, pp. 755–756 : « Me voici dans le nuage, me voici dans la pièce intensément opaque où j'ai toujours rêvé de pénétrer. J'erre dans la superbe salle de bains de buée. Tout, autour de moi, m'est inconnu. Il y a sûrement quelque part un meuble à tiroirs, dont les tablettes supportent des boîtes étonnantes. Je marche sur du liège. Ont-ils été assez fous de dresser un miroir parmi tous ces plâtras! Et les robinets qui continuent à cracher de la vapeur! [...] Où es-tu? Je joue aux quatre coins avec des fantômes. Mais je finirai bien par te trouver et le monde entier s'éclairera à nouveau parce que nous nous aimons, parce qu'une chaîne d'illuminations passe par nous. Parce qu'elle entraîne une multitude de couples qui comme nous sauront indéfiniment se faire un diamant de la nuit blanche. Je suis cet homme aux cils d'oursin qui pour la première fois lève les yeux sur la femme qui doit être tout pour lui dans une rue bleue. Le soir cet homme terriblement pauvre étreignant pour la premiere fois une femme qui ne pourra plus s'arracher à lui sur un pont. Je suis dans les nuages cet homme qui pour atteindre celle qu'il aime est condamné à déplacer une pyramide faite de son linge. »（中略朝吹）

（22） *Ibid.*, p. 687 : « La beauté convulsive sera érotique-voilée, explosante-fixe, magique-circonstancielle ou ne sera pas. »

あとがき

本書は、アンドレ・ブルトンの詩的作品を主な研究対象にして書かれた論文を中心に、エッセーや研究ノートなどを加えて一冊にまとめたものである。各論文については「はじめに」で述べたのでご覧いただければ幸いである。執筆時期はおよそ三十年にわたるが、にもかかわらず論文の数が僅少であることに内心忸怩たる思いがつのる。シュルレアリスムに関係のある、たとえば日本の詩人、西脇順三郎、瀧口修造、あるいはブルトン以外のシュルレアリスト、たとえばアントナン・アルトーなどについて書いた批評もあるにはあるが本書には加えなかったにしてもである。

しかし、まがりなりにもこのような論集を一冊にまとめ、出版する機会を得たことは慶應義塾大学法学部および慶應義塾大学法学研究会編集委員会のおかげであり、ここに謝意を述べたい。また出版するにあたってお世話になった慶應義塾大学出版会、とりわけ原稿整理から校正、仕上げまで丁寧な仕事ぶりでお手伝いいただいた編集部の村上文さんには深く感謝を申し上げる次第である。

二〇一五年十月　朝吹亮二

跋

学問的価値の高い研究成果であつてそれが公表せられないために世に知られず、そのためにこれが学問的に利用せられずして、そのまま忘れられるものは少なくないであろう。又たとえ公表せられたものであつても、口頭で発表せられたために広く伝わらない場合があり、印刷公表せられた場合にも、新聞あるいは学術誌等に断続して載せられた場合は、後日それ等をまとめて通読することに不便がある。これ等の諸点を考えるならば、学術的研究の成果は、これを一本にまとめて出版することが、それを周知せしめる点からも又これを利用せしめる点からも最善の方法であることは明かである。この度法学研究会において法学部専任者の研究でかつて機関誌「法学研究」および「教養論叢」その他に発表せられたもの、又は未発表の研究成果で、学問的価値の高いもの、または、既刊のもので学問的価値が高く今日入手困難のものなどを法学研究会叢書あるいは同別冊として逐次刊行することにした。これによつて、われわれの研究が世に知られ、多少でも学問の発達に寄与することができるならば、本叢書刊行の目的は達せられるわけである。

昭和三十四年六月三十日

慶應義塾大学法学研究会

著者紹介

朝吹 亮二（あさぶきりょうじ）

慶應義塾大学法学部教授、詩人。

1952年生まれ。1975年慶應義塾大学文学部卒業、1979年同大学大学院修士課程文学研究科修了、1982年同大学大学院博士課程文学研究科単位取得退学。

著書に、『*opus*』（1987年）、『密室論』（1989年）、『明るい箱』（1994年）、『現代詩文庫 朝吹亮二詩集』（1992年）など。1987年、詩集『*opus*』で第25回藤村記念歴程賞受賞。翌年、同作で第1回三島由紀夫賞候補。2011年、『まばゆいばかりの』で第2回鮎川信夫賞受賞。

慶應義塾大学法学研究会叢書　別冊16

アンドレ・ブルトンの詩的世界

2015年10月30日　初版第1刷発行

著　者――――朝吹亮二
発行者――――慶應義塾大学法学研究会
　　　　　　代表者　大沢秀介
　　　　　　〒108-8345　東京都港区三田2-15-45
　　　　　　TEL 03-5427-1842
発売所――――慶應義塾大学出版会株式会社
　　　　　　〒108-8346　東京都港区三田2-19-30
　　　　　　TEL 03-3451-3584　Fax 03-3451-3122
装　丁――――中垣デザイン事務所［中垣信夫＋北田雄一郎］
印刷・製本――株式会社理想社
カバー印刷――株式会社太平印刷社

©2015 Ryoji Asabuki
Printed in Japan　ISBN978-4-7664-2272-6
落丁・乱丁本はお取替いたします。

慶應義塾大学法学研究会叢書　別冊

1 ジュリヤン・グリーン
佐分純一著　900円

2 象徴の意味 —「アメリカ文学古典の研究」異稿—
D.H.ロレンス著／海野厚訳　2200円

4 詩　不可視なるもの —フランス近代詩人論—
小浜俊郎著　3000円

5 RHYME AND PRONUNCIATION (中英語の脚韻と発音)
Some Studies of English Rhymes from *Kyng Alisaunder* to Skelton
池上昌著　8700円

6 シェイクスピア悲劇の研究 —闇と光—
黒川高志著　4000円

7 根源と流動 —Vorsokratiker・Herakleitos・Hegel 論攷—
山崎照雄著　9000円

8 詩　場所なるもの —フランス近代詩人論 (II)—
小浜俊郎著　7000円

9 ホーフマンスタールの青春 —夢幻の世界から実在へ—
小名木榮三郎著　5400円

10 ウィリアム・クーパー詩集 —『課題』と短編詩—
林瑛二訳　5300円

11 自然と対話する魂の軌跡 —アーダルベルト・シュティフター論—
小名木榮三郎著　7800円

12 プルーストの詩学
櫻木泰行著　9000円

13 ネルヴァルの幻想世界 —その虚無意識と救済願望—
井田三夫著　7300円

14 テオフィル・ド・ヴィオー —文学と思想—
井田三夫著　10600円

15 詐欺師ジョエル・ソープの変貌
ハロルド・フレデリック著／久我俊二訳　5200円

表示価格は刊行時の本体価格(税別)です。欠番は品切れ。

[発行] 慶應義塾大学法学研究会　[発売] 慶應義塾大学出版会
www.keio-up.co.jp/